THE DEBUTANTE DIVORCEE

每個世代的女生，都需要一個屬於她們的“愛情範本”！

熟女們奉『**慾望城市**』為經典、少女們崇拜『**花邊教主**』，
而輕熟女們，則超級嚮往賽克斯筆下的『**休夫新貴**』女郎！
努力要跟她們一樣美麗、奢華、獨立、享受“獵殺”男人的快感，
但是拒絕負責任……

THE DEBUTANTE DIVORCEE

普蘭姆·賽克斯 PLUM SYKES 著　**尤妮、謝佳真** 譯

休夫新貴

紐約時報
◆
暢銷書

美國當紅影集《花邊教主》輕熟女真實版

目 contents 錄

1 休夫宣言

這年頭，紐約年輕貌美、出身嬌貴的新婚女郎流行**「休夫」**。**以前花多少力氣找老公，現在就花多少力氣拋棄老公！**

蜜月一展開，先生立刻被休掉的情況時有所聞。卡布里島[1]和哈伯島[2]都是休夫勝地。早晨時分，這兩地的海灘放眼望去盡是時尚型男型女，簡直媲美Valentino的高級訂製服裝秀。有些老公更可憐，飛機一降落巴貝多機場就被拋棄了，連蜜月的機會都沒有！

機場內的社交活動十分熱絡，可說是新婚夫婦的禁地，連結婚一年以上的夫妻也無法倖免。傑米．貝蘭傑先生就是其中一位受害者。他的**前妻**芳齡二十六，據說在機場接到桑迪萊恩度假飯店來電通知說，道格拉斯．布朗克特夫婦邀請她到「老船」上用晚餐（**「老船」是暱稱，指的是他們那艘名為〈私人號〉的十五年老遊艇**）。接完電話，她立刻跳上飯店的禮賓車揚長而去，完全忘記先生的存在，還大言不慚的說：那是**很正常**的嘛！

馬斯提克島[3]的小機場比巴貝多更危險。新婚女子一走到竹編的行李轉盤區，馬上把結婚誓言

1 Capri，義大利的小島。
2 Habour Island，巴哈馬群島之一。
3 Mustique，格林納斯丁群島之一，位於加勒比海，素有億萬富翁之島的稱號。

拋諸腦後，據說是因爲滾石樂團主唱**米克．傑格**經常在那裡把妹。看到新婚妻子踏進機門，他通常不會放過。

墨西哥的卡艾斯海灣區充滿異國情調，最適合度**離婚蜜月**。對於紐約這群年輕貌美、活躍於社交圈的「**休夫新貴**」而言，享受香豔刺激的離婚假期，不僅是時興的潮流，更是她們專屬的特權。理想的度假地點，除了氣氛愉悅、景色優美之外，還要有充足的運動設施及針灸服務。交談的話題則是愈輕鬆愈好，主題不外乎：「**今天游泳游多遠？**」、「**有去島上去玩嗎？**」、「**可以穿白色牛仔褲去吃晚餐嗎？**」，或是：「**妳有受邀到金史密斯家參加跨年派對嗎？**」

卡艾斯海灣區愈夜愈美麗、派對多到數不清！除非你自己主辦派對，不然沒有人會待在家裡。還有，大家成天把蜜切拉達雞尾酒[4]當水喝，沒有一刻是處於清醒狀態的……說真的，卡艾斯最適合想要尋求刺激的「**休夫新貴**」。就算妳想天天跟不同的基金經理人來段香豔的一夜情，也絕非難事！

勞工節當天，我在海灘上認識**蘿倫．布朗特**。在卡艾斯交朋友很容易，譬如，妳發現對方也穿Pucci的比基尼，不出五分鐘就能成爲無話不談的知己。蘿倫說她已經渡過了一星期的離婚蜜月！我們認識不過一分鐘，她就對我掏心掏肺。不過，這不代表我真的瞭解她。

「我離婚那天很風光呢。」蘿倫說，頭上戴著從Hermès（愛馬仕）托特包裡拿出來的黑色大

4 Michelada，以啤酒、檸檬水與龍舌蘭調製而成的雞尾酒。

草帽。「喜歡這頂帽子嗎？這是聖羅蘭在一九七二年送給我媽的。」

「嗯，很美。」我回答。

蘿倫的海灘裝扮時尚極了！她穿著小可愛式的比基尼，上頭印有咖啡與藍綠色的幾何圖案，襯托出嬌小、玲瓏有致的曲線及誘人的可可色肌膚。腳趾頭則是擦著低調的淡粉色指甲油。一頭深褐色秀髮披在肩上，閃耀著動人光彩，隨著身體的擺動輕輕拂過沙灘。六串迷你珍珠項鍊掛在她細緻的頸項上，更添優雅氣質！她的上臂則戴著三圈金手環，都是在摩洛哥馬拉喀什的露天市集買的。

蘿倫發現我盯著她的珍珠項鍊瞧，「我媽要是知道我戴著她的珍珠項鍊來海灘，肯定會殺了我！因爲海水會腐蝕珍珠。不過，我今天一醒來就很有《夜未央》[5]的感覺，不戴珍珠項鍊很難過。二〇年代黃金海岸的法式時尚風我最愛了！妳也是吧？」

「我也很愛。」我附和說。

「天啊，好熱喔！這裡人好多。」蘿倫凝望著羅沙海灘，嘆了口氣。其實，海灘上大概只有三個人而已。「要不要到我的屋裡去坐坐？」她提議。

「當然好啊。」我從躺椅上起身。

「我們先吃午餐，再一起度過悠閒的下午。我家那間屋子的凹式客廳超美的！」她拿起托特包，套上金色皮製的夾腳拖鞋。

5 Tender is the Night，美國作家費滋傑羅於1934年出版的作品，曾拍成電影。故事描述一位醫師愛上患有精神病的富家千金，治好她的病後，卻慘遭拋棄。

在卡艾斯地區，家裡客廳若不是有階梯的凹式設計，社交生活肯定很慘！因爲沒有人會想來你家。除此之外，還要有做工精緻的半邊茅草屋頂，可以引進自然海風！就算古董家具容易因此而鏽蝕，也在所不惜。

蘿倫帶我到她父親的屋子，她暱稱爲「**爸爸的小屋**」。一棟墨西哥風格的城堡矗立眼前，周圍有環形游泳池圍繞，宛如護城河！湛藍色的水，波光粼粼，映襯著白色粉刷、些微褪色的牆面。

蘿倫領著我走進凹式設計的客廳。一位女傭捧著墨綠色的雪紡袍子過來讓蘿倫披上（**女傭身穿清爽的藍白條紋制服，感覺比較適合出現在紐約上東城的豪宅**）。過了一會兒，女傭又端著托盤出來，上頭擺著剛做好的墨西哥蔬菜餅、一小碟酪梨沙拉醬、玻璃餐盤和粉紅色餐巾。

「嗯，好香喔。謝謝妳，**瑪麗亞**。」蘿倫接著用西班牙話說：「幫我們準備兩杯檸檬水好嗎？」

「是，小姐。」瑪麗亞點點頭。

女傭把端來的餐點擺在一張亮面矮桌上後，隨即轉身去準備檸檬水。

「噢，好舒服喔。」我把海灘包往地上一丟，癱坐在柔軟的沙發上。蘿倫則是窩在藤椅上。客廳正中央有一株巨大的紅色仙人掌，高度直逼天花板，形狀甚是奇特。往窗外望去，正對面的陽台上有個小小人影正在做日光浴。

「那是我表妹**汀斯莉．貝蘭傑爾**。」蘿倫瞇著眼說，「大熱天的，她還敢做日光浴，她們家有皮膚癌的病史耶，眞危險！她的曬斑都用雷射除掉了。她也正在度離婚蜜月，這樣我也有個伴。我都叫她『**短婚小姐**』。她才嫁給傑米三天就閃電離婚了。那也是了不起的成就，對吧？對了，還想聽我離婚當天的情況嗎？」

「當然要聽。」我回答。怎麼可能錯過呢？聽別人的愛情史是殺時間最好的方法。

「大約三個星期前，我簽了離婚協議書。最麻煩的問題是狗狗**波波**要歸誰。爲了波波，我們爭了好幾個月，最後決定歸我養。總之，簽完字那天晚上，我打算和室內設計師**彌爾頓・荷姆斯**好好慶祝一番。他可以算是我最好的朋友。彌爾頓堅持要去下城餐廳[6]訂包廂，可是那天是八月十二日，餐廳裡根本不會有人，大家都度假去了。當晚，我穿了一件**Lanvin**的黑色不修邊洋裝，從頭到腳包得緊緊的。我自以爲很時尚，不過現在回想起來，我那一身打扮就像是要去參加葬禮……喔，謝謝妳。」蘿倫對瑪麗亞說，後者端著一壺檸檬水和兩個高腳杯進來。「抱歉，我得抽根菸。」

蘿倫從托特包裡拿出一只綠色鱷魚皮小菸盒，約口紅盒大小。鑲銀邊的菸盒裡放了兩支萬寶路的特醇淡菸，蘿倫都稱它是「**白金香菸**」。她點燃一根菸後，就放在煙灰缸上沒有再碰過。

「總之，我就穿著那身裝扮到餐廳去。彌爾頓一直碎碎唸說：『我們**一定**要坐樓上，**大家都在**樓上。』事實上，樓上根本沒什麼人，只有**碧昂絲**、**琳賽・羅涵**和幾位一天到晚上報、大家都看到煩的名媛。不過，最近我又**超愛**琳賽・羅涵了，巴不得能變成她，妳也是吧？」蘿倫頓了頓，等我回答，看來她不是在開玩笑。

---

6 **Downtown**，紐約著名的奇普里亞尼（Cipriani）義大利餐廳的分店。

「**每天**都當琳賽．羅涵，不會很累嗎？」我問。光是一天到晚換太陽眼鏡就夠煩人了。

「我喜歡活在鎂光燈下的感覺！哎，我扯遠了。反正，我們上樓坐定後，我點了草莓龍舌蘭，一杯接著一杯喝，然後啊……」蘿倫話說到一半，突然四下張望，確定沒有人偷聽，接著壓低聲音說：「這時，有位陌生男子要服務生送了杯年份香檳給我。」

「是誰？」我問。

「唔，他是……妳一定不相信，是**山佛．柏曼**！」

「不會吧?!」我驚呼。

「眞的是他！他正在慶祝第三家公司上市之類的。我根本不知道他是誰？因爲不想看到自己離婚的新聞，所以最近都沒看報紙。彌爾頓卻興奮得不得了！山佛是他的偶像。彌爾頓還說：『大家都以爲媒體大亨梅鐸很了不起，但山佛地位更高，梅鐸還要讓他三分呢。』」

此時，蘿倫的手機響起，她看都沒看，直接拿起來關機。

「是他，他**一天到晚**打來。」蘿倫不耐煩地說。

「妳應該接的，我不介意。」我說。

「其實，我想跟他保持距離一陣子。山佛纏我纏得很緊。他今年七十一、快七十二歲了。我才不跟古董交往呢！眞的古董我當然喜歡，不過當男友就不必了。對了，剛剛說到哪？」

「山佛送了一杯香檳給妳。」我提醒她。

「喔對，我喝了那杯香檳，然後山佛自己走了過來，開始跟我聊天。他眞的很迷人，是熟男才有的魅力。他說，我開派對慶祝離婚很『**摩登**』。我呢，只顧著追酒，當晚發生什麼事根本不記得。」她不好意思地說。「唯一記得的是，山佛後來承認他已婚。不過後來，他問要不要送我一程，我答應了。途中，他問我做什麼工作，我說我偶爾做做買賣古董珠寶的生意。他說想買珠寶送給老婆，我覺得這一點還蠻貼心的。」

隔天早上八點，山佛打電話給蘿倫，說想看珠寶。當天晚上十點半，山佛來到蘿倫家。兩人一直廝混到半夜，蘿倫才問他要不要挑選珠寶。

「他跟我說：『**不用。我其實沒有想看珠寶，只是覺得妳這個人很有趣。**』妳相信他居然這麼說嗎？」蘿倫說，眼睛瞪的老大，表情十分生動。

「天啊，我得來根菸才說的下去。」蘿倫又點了一根菸，繼續訴說。「之後，他每天早上都請司機送了一份《**華爾街日報**》、一杯拿鐵和克勞德麵包店[7]的牛角麵包給我。從那時起，我才發現離婚生活比新婚生活有趣多了！我的離婚蜜月**超讚的！**」她嘆了口氣，心滿意足地享受灑進屋裡的陽光。「**離婚真好！**」

身爲布朗特家族千金，要不享受離婚生活也難！要說芝加哥市是布朗特家族一手打造的也不爲過！但還要看你問的對象是誰？（**芝加哥有兩大家族——漢米爾．布朗特家族與馬歇爾．費爾德家族。這兩家人從來不在芝加哥網球俱樂部裡一同用餐，可說是勢不兩立。**）傳聞指出，布朗特家收藏的藝術品比古根漢美術館還多！房地產更是超越麥當勞。名流界也盛傳：哥倫比亞的祖母綠寶石產

---

7 Patisserie Claude，位於紐約西村的麵包店。

量銳減，是因為全被蘿倫的奶奶買走了！

蘿倫離婚不過三個星期，又在社交圈活躍了起來。有一次，她把婚前晚宴那件香奈兒高級訂製服又拿出來穿（整件禮服由拉薩吉工坊[8]縫製，以白色蕾絲刺繡而成，頗有重量），還從三只訂婚戒指中挑了一款搭配。蘿倫一踏進帕斯提酒館[9]，立刻成爲最佳穿著名單的候選人！她本人倒是一笑置之。不過，連在場的社交名媛都一致認爲蘿倫實至名歸。（名媛之間相互眼紅才是常態。她們往往見不得別人好，如果對方不巧是史賓斯中學的同窗，那就更別想獲選進入名單！）

蘿倫儼然是標準的時尚名媛，一身貴氣逼人。她不高，但雙臂纖細、比例完美，天生是個衣架子，還有一雙羡煞他人的美腿。蘿倫說，那雙美腿是「多年來上芭蕾課的成果」。

她宛如珍·柏金[10]的翻版，而且更加年輕貌美！一頭栗子色秀髮，蓋住前額的瀏海、配上均勻健康的膚色（如果家裡在安地卡[11]、阿斯本[12]等各大度假勝地都有豪宅，要曬出一身漂亮膚色就不是難事）。休閒打扮時，蘿倫低調而高雅，襯托出天生非凡的氣質。白天，她最常穿Marni的修長煙管褲、YSL的蕾絲襯衫，外搭一件Rick Owens的短版皮衣。古董服的話，她只挑Ossie Clarke或

8 Lesage刺繡工坊，Chanel旗下三大工坊之一。
9 Pastis，位於紐約肉品包裝區的著名的法國餐廳。
10 Jane Birkin，影歌視三棲的英國著名女星。
11 Antigua，位於西印度群島的島國，全名為安地卡及巴布達。
12 Aspen，美國科羅拉多的滑雪勝地。

Dior，還會固定飛到倫敦的度佛街市場[13]添購時尚新品。

蘿倫最愛盛裝打扮。下午去拜訪她的話，她不是穿著Chrsitian Lacroix的櫻桃紅連身薄紗小洋裝，就是上皮拉提斯專用的緊身衣（**似乎在懷念往日的芭蕾時光**）。更令其他社交名媛嫉妒不已的是：**她有一間大如套房、恆溫控制的更衣室！**

更衣室裡羅列著各式各樣的晚禮服，包括Pierre Balmain、Alexander McQueen和Givenchy等名設計師的高級訂製服。每週，蘿倫都會收到來自Oscar de la Renta、Peter Som等各大設計師「**贊助**」的禮服。然而，不論禮服有多美，她都不會收下，因爲她覺得白拿衣服很沒品。她說她通常都捐給慈善機構。

不過，有一樣東西她無法抗拒，那就是貨眞價實的珠寶！而且她的嗜好是在最不恰當的場合配戴珠寶。最令她芳心大悅的事，**莫過於戴著價值不斐的印度紅寶石躺在床上！**

我們聊了一陣子後，蘿倫說：「我應該叫汀斯莉來屋裡避暑。她八成是瘋了才一直曬太陽。離婚一定讓她大受打擊。她以爲自己調適得很好，可是精神狀態每下愈況。她居然可以一天換七套比基尼！很明顯是有問題。我很喜歡她，希望她沒事，不要弄到得做化療就糟了。」

蘿倫拿出小巧的銀色手機打給汀斯莉，她說十分鐘後過來。穿著比基尼的汀斯莉在陽台上跟我們揮了揮手，隨即不見人影。

13 Dover Street Market，名設計師川久保玲在英國倫敦開設的潮流名品店。

「每年勞工節，她們家都會回到那間屋子度假。妳跟她一定會談得來的。」蘿倫說。「說眞的，妳怎麼會跑到卡艾斯來？」

「呃，我……我是來度蜜月的。」我說。

「度**真的**蜜月喔？」蘿倫問。

「對。」我不情願地回答。

「一個人度蜜月？」

「可以算是……」我含糊地說，接著轉開我的眼睛，盯著地板。（**我發現，要承認新婚沒多久老公就不見人影，盯著地板比較容易辦得到。**）

「聽起來跟我的離婚蜜月一樣嘛，老公在不在身邊根本不重要。」蘿倫咯咯笑了起來，但瞥見我的表情，連忙止住笑。

「噢！對不起！妳好像很難過。」

「我沒事。」我嘴硬地說，連忙用手背抹去鼻樑上的淚水，暗自希望她沒注意到。

「到底發生了什麼事？」蘿倫語帶關心地問。

「呃……唉。」我嘆了口氣。

也許我應該告訴她整件事情的始末。但是……我跟她根本不熟。不過，話說回來，許多人每週花大把鈔票接受心理治療，還不是爲了向陌生人傾訴心事？

我向她娓娓道來傷心事的時候，只覺得好糗。事實上，我的「**蜜月**」跟單身監禁沒兩樣。蜜月第二天，我老公**杭特**就被迫抛下我，跑去談一個新案子。

我這輩子從沒幻想過婚禮有多麼浪漫，卻對蜜月憧憬不已。我心目中理想的蜜月，應該是這輩子最浪漫、最美妙的時光，宛如置身人間天堂。

杭特告訴我他非立刻離開不可時，我說我能體諒。我自認表現的很成熟，內心卻好失望。他答應會找時間補度蜜月，可是這樣很沒意思。結婚半年後，哪可能還維持新婚之初的幸福感呢？新婚的甜蜜稍縱即逝，而蜜月是唯一能夠抓住這段幸福時光的機會。

至今，杭特離開已三天了！他剛走的三小時內，我的心情麻木無感。沒過多久，悲哀的情緒開始湧現。孤伶伶地度蜜月，最可怕的是有殺不完的時間！隨手拿起八卦雜誌打算消磨時光，偏偏都是名人分手的消息，簡直是雪上加霜。

每天早上，女傭都會端著兩份浪漫早餐來，餐盤上擺滿慶祝新婚的花朵與墨西哥愛心。我不敢告訴她杭特早就離開了，而且可能不會再回來。

這整件事實在太丟臉，我連打電話給朋友訴苦的勇氣都沒有。她們會怎麼想？我跟杭特不過認識六個月，就在夏威夷閃電結婚。大家要是知道我獨自過蜜月的事，一定會開始閒言閒語：**她被愛沖昏頭了！一點都不瞭解他就嫁給他。他現在一定跟別的女人正打得火熱呢……**。我滿腦子胡思亂想，心裡好失落。

哀莫大於心死！我跟蘿倫說，心死無藥可救，只能等待時間沖淡一切，也許要花上好幾年、甚至幾十年的時間才能復原……

「妳太誇張了，沒這麼糟吧。」蘿倫插嘴說。「至少妳老公還沒跑掉。這是**自我拋棄**意識的磨練，妳別沈溺在自己的幻想裡。」

自我拋棄？應該是被老公拋棄吧！

「除了妳，我沒跟別人提過這件事，」說到這裡，我熱淚盈眶。「婚姻一開始就觸礁，眞的很讓人受不了。我好氣杭特這麼做。我知道他得工作賺錢，可是……噢，天啊！」

「喏，拿去吧。」蘿倫掏出一條白色蕾絲滾邊的絲質手帕遞給我，上頭繡著她的名字縮寫。

「謝謝。」用這麼漂亮的手帕擤鼻涕太浪費了，但我還是接過來擦了。「好美的手帕。」我說。

「在樂朗[14]訂做的。他們還特地派人飛到芝加哥跟我媽見面。訂製都要先預約。妳有機會一定要去看看他們的布料，質感好極了。不如下次我幫妳訂一條，這樣會讓妳開心些吧？」

「應該會。」我說。蘿倫眞貼心！如果我註定婚後終日以淚洗面，**用白色蕾絲手帕擦眼淚總比用衛生紙好多了**。

「妳就這樣想，大部分的婚姻都是從浪漫至極的蜜月開始，然後開始走下坡。現在的妳處在谷底，往後只會更好，不會更糟，不是嗎？」

我拿起手帕拭去眼眶的淚水，勉強擠出笑容。

「妳別太在意，不然婚姻眞的會搞砸。大家都把蜜月想得太美好了，其實這跟過生日一樣，壓力超大。對方期待妳每天早上起來都要很開心、很幸福，每分每秒都快樂得不得了。可是，偏偏妳那天經痛，要不就是被蚊子叮的全身是包，最不想做的事就是瘋狂做愛。誰說蜜月的時候一定隨時隨地都想愛愛?!」

---

14 Leron，紐約高級寢具用品店。

「嗨，蘿倫。」我們身後傳來嬌滴滴的聲音。

休掉丈夫傑米的汀斯莉出現在拱型玄關，正朝客廳走來。她是個美人胚子，看起來像從小在農場喝牛奶長大的健康女孩，卻散發出脫俗的氣質。汀斯莉芳齡二十八，有雙美麗的藍眸、金色的馬尾幾乎及腰，臉上還有幾顆雷射沒有除掉的曬斑，更添可愛。她的膚色健康均勻，穿著下襬開叉的黃色緞面小洋裝，一雙傲人美腿若隱若現。這身打扮哪像要去海灘？倒比較適合參加慈善晚宴。

蘿倫介紹我們認識，隨口跟汀斯莉說：「**席薇**剛結婚。」她拍拍自己隔壁的座位，示意她坐下。「妳每次出現都讓人驚豔，汀斯莉。」

「妳更美啊。」汀斯莉說，整個人放鬆地坐了下來，洋裝、秀髮齊飛揚。她轉頭看著我說：「想知道婚姻美滿的秘訣嗎？告訴妳，就是老公說什麼妳口頭上都說好，私底下照自己意思做。我跟傑米就是這樣維持的，最後才能**好聚好散**。」

說完，汀斯莉起身往角落走去，拿起放在拖盤上的酒。「我要來杯純的龍舌蘭，有人要喝嗎？」

「我要。」我說。下午喝一杯，或許可以忘卻不像樣的新婚蜜月。

「每個人看到我大中午的就在卡萊爾飯店的咖啡廳點酒，都說我腦袋壞掉了！」汀斯莉說，各遞了一杯酒給我跟蘿倫。接著，她金色的馬尾一甩，一口氣乾了那杯龍舌蘭。

「我們去游泳吧，我快熱昏了。」蘿倫提議。

「你們去就好，我好累。」汀斯莉說，使了個調皮的眼色，隨即在放滿抱枕的白色草席上躺了下來。「我躺在這兒，吃吃仙人掌冰，看妳們游就好。」

「我也要去。」我跟著蘿倫進到游泳池。我想，游個泳應該可以一掃陰霾。游泳池水溫很高，跟飯店一樣，女生通常很喜歡，男生則不然。

「我們繞著房子游二十圈吧！」蘿倫一聲令下，腳一蹬就游了出去。

「二十圈？」我不可置信的大叫。

「對啊。人生**不能沒有目標**，我這個人凡事都以目標為導向。」蘿倫趁換氣的空檔說。

我趕上蘿倫後，我們肩併肩，悠哉地游著。她邊游邊聊天，好像不用換氣似的。

「就算離了婚……喔對，我離婚的消息，Google都搜尋得到，而且鉅細靡遺。我想說的是，離婚之後，我一樣為自己設立了新的目標，這樣人生才有意義和方向。」

我們繞著屋子游時，經過一間間對外敞開的客房。我往裡頭瞧，發現牆面一貫以白色粉刷，每張床都鋪得整整齊齊，上方垂有紗帳。某幾間房的窗框爬滿鮮豔的黃花，還有幾間牆上畫有墨西哥的古老圖騰。我的心情開始雀躍起來。住在這兒，誰會不開心呢？

「蘿倫，那妳現在的目標是什麼？」我精神一振，問道。

「找回大學時代跟男生約會的感覺，沒有牽絆、也不談眞感情。我只想好好享受戀愛，其他不多想。」

她的語氣十分堅定。她突然停了下來，倏地站起身轉過來面對我，帶著幾分戲謔、幾分認眞的表情說：「我的目標**非常明確**，因為很簡單，我要在勞工節[15]到陣亡將士紀念日[16]這段期間釣到

---

15 Labor Day，美國國定假日，九月的第一個星期一。

16 Memorial Day，美國國定假日，五月的最後一個星期一。

五個男人！最好是各有千秋的極品，而且不談眞感情。每釣到一個男人，我都會慶祝一下，譬如買件珠寶、藝術品或是皮草獎勵自己。我已經跟巴黎的Revillon預訂了絕美的紫貂皮草。只要一個吻，皮草就到手。」

說完，蘿倫潛入水中。她再度探出頭時，臉上的水珠在陽光的映照下閃閃發亮。我好奇地問：「妳眞的釣得到五個男人嗎？」

儘管蘿倫美艷動人，但她已經三十一歲了，以紐約的標準來看絕對是輕熟女。曼哈頓的男人只要過了三十出頭，根本看不上同年齡的熟女，他們只想把年輕美眉！而且最好是二十五、六歲以下的。

有些男人更病態，專把邁阿密海灘上的十九歲幼齒模特兒，對紐約女人不屑一顧。總之，我認識的三十歲輕熟女中，沒有人能在半年內釣到男人，更別說是五個了。

「我的目標很實際。」蘿倫邊說、手指邊在水中隨意劃著圈圈，「聽一些離婚的朋友說，要釣到五個以上其實輕而易舉。喔，對了！我還有另外一項任務，就是把環繞音響組好。以前都是路易斯負責，我相信我自己來也行，不管花多少時間都要弄好。妳呢？妳的目標是什麼？」

這我很清楚。

「我希望婚姻像永恆香水[17]廣告裡那對戀人一樣恩愛。」我笑著說。

17 Eternity，Calvin Klein的香水。

我心目中的夫妻生活，就像永恆香水廣告一樣：在一堆柔軟的白色喀什米爾毛衣包圍下，俊男美女相依偎。婚禮最好在東漢普敦的海灘舉行，還要以討喜的黑白色系爲基調。

「我要是有妳那麼崇高的目標，也許就不會離婚收場了。」蘿倫扯著嗓門說，吃吃笑了起來。「這種夢想，我早在八歲的時候就放棄了，妳眞的很可愛。說眞的，我倒要告訴妳一個維持婚姻的秘訣。」

「什麼？」

「妳現在的目標，應該是讓老公遠離『**獵夫魔女**』！」

我皺著眉，不解地望著蘿倫。

「就是那些**專門搶別人老公的壞女人**啊！」蘿倫解釋說，「女人通常要結婚了之後，才會對她們那種人特別感冒。」

「夠了妳。」我被她逗得咯咯笑。

「可別說我沒有警告妳喔。」

我們游了一圈，再度回到客廳前方。汀斯莉招了招手，要我們進去。

「有莫吉多雞尾酒[18]喝喔。」

「我們才游一圈而已，不過還是進去陪她好了，免得她焦慮發作。」蘿倫爬上泳池的階梯，

18 Mojito，一種古巴雞尾酒，以萊姆酒、薄荷、砂糖等調製而成。

走進客廳。漆皮茶几上堆放著整齊的毛巾，她拿了一條裹身，也遞了一條給我。

「游泳好開心喔。」我擦乾身體，小啜一口莫吉多，冰冰涼涼好暢快。

「泳池很讚吧？」蘿倫說。

她包著毛巾，蜷縮在汀斯莉對面的沙發上。我則是在拉丁風味十足的水藍色搖椅上坐了下來，椅背上鑲有精緻的珍珠母貝。

「汀斯莉，妳做什麼工作？」我問。她這個女生似乎很有個性，我想多瞭解她。

「沒工作啊。」她輕鬆地回答。

「妳不會想工作喔？」

汀斯莉笑著搖搖頭。她表情一肅，說道：「我沒辦法上班，白天的服裝我穿不慣，我只穿晚宴服，更別說坐辦公室了。我只有兩種裝扮，不是運動服，就是晚宴服。」

她起身轉了一圈。「妳看，現在才下午兩點，但這已經是我最保守的打扮了。我唯一能做的工作是MTV台的新聞主播，可是我實在興趣缺缺。主播**好過時**喔！莎瑞娜．奧茲舒爾[19]現在還不是不紅了。還有，我媽其實是最大的阻礙。我每天要花兩個小時跟她通電話談家務事。另外，我得隨時待命跟家人去棕櫚灘，而且無法事先請假。我以前為查理．羅斯[20]工作過，但很少待在辦公室。有在的那幾次，我也忙著講私人電話。」

我哈哈大笑，心中頓時感到罪惡。蜜月這麼慘，居然還可以開懷大笑。我啜著雞尾酒心想：

19 Serena Altschul，曾任CNN記者與MTV台新聞主播。

20 Charlie Rose，美國知名談話節目主持人。

天啊！都什麼時候了，我應該心情鬱悶才對吧？

「席薇一定覺得妳**很扯**，對不對啊，親愛的汀斯莉？」蘿倫打趣的說。接著她轉頭對我說：「我們什麼時候有機會見杭特？他會回來嗎？還是不小心把老婆給忘了，一走了之？」

「回到紐約就見得到面。不過，他常常要飛巴黎籌畫新節目。」我自我解嘲地說：「就是這個節目毀了我們的蜜月。」

「杭特不在時，我們彼此有個伴。不管別人怎麼看，我也有寂寞的時候。」蘿倫的神色頓時黯然。

黃昏時分，酒精作祟加上天氣酷熱，我們三個人都有點茫了，氣氛也熱絡起來。

「妳想過再婚嗎？」我問蘿倫。她躺在吊床上，隨風輕輕搖擺。

「應該不會。」蘿倫回答。

「妳的選擇是對的，」汀斯莉應和說，又開始調起雞尾酒，「結了婚的夫婦都**超無趣的**！」

「我同意，無趣到爆。」我說。

事實上，朋友一旦成了人妻就沒那麼有趣了。我得承認，先前有點恐懼婚姻，其中一個原因是怕自己變得跟她們一樣無趣——我知道這種想法很膚淺。

「蘿倫，妳爲什麼會跟**路易斯**離婚啊？」我問。

蘿倫嘆了口氣說：「是因爲……呃，」她頓了頓，似乎難以啓齒。「當時，我眞的很愛路易斯，他又送我Van Cleef的鑽戒，我以爲我有充分的理由投入婚姻。但是，彼此相愛不該是結婚的理由。」

「**這種想法很不浪漫耶**。」我說。

「婚姻本來就不浪漫，」蘿倫反駁說，「婚姻是很實際的。抱歉，這是事實。我後來終於想通，沒有婚姻的束縛，才能好好享受戀愛。不過，妳現在沈浸在愛河裡。我的話妳別認眞聽，每個人情況都不同，我也說不準。」

「我想妳說的對。」我回答。

「好吧。我只能告訴妳哪些事一定要**避免**。首先，千萬不要辦一場賓客四百人的盛大婚宴！妳只會被整得七葷八素。妳相信嗎？我早就預料到婚宴一定會搞砸一切。」

「怎麼說？」

「我們的婚宴辦在緬因州一座美麗的私人度假小島上，是我母親家族留下來的遺產，島上蓋了幾間可愛的小屋。我還記得，結婚前一天，我正悠閒的眺望海洋，正好看見一艘船載著一盞水晶吊燈往舉辦婚宴的帳棚駛去。吊燈非常巨大，跟華道爾夫飯店宴會廳裡那座如出一轍。重點是，我**最討厭**那種水晶吊燈。我本來跟爸媽一起住在公園大道，但因爲家裡掛滿了水晶燈，我後來受不了就搬出去了。好不容易脫離夢魘，沒想到婚禮還是逃不了。」蘿倫忍不住打了個冷顫。

「後來整個婚禮都**不對勁**，太可怕了。」

蘿倫懶懶地從吊床上滑下來，拿起包包翻找。沒多久，她掏出一對維多利亞浮雕的耳環，熟練地戴上，邊說：「我最喜歡戴便宜的小玩意到海邊了。這對耳環很有泰莉莎·蓋帝[21]的感覺，對不對，汀斯莉？」

---

21 Talitha Getty，印尼裔的荷蘭女星，也是60年代波西米亞風的時尚代表，三十歲那年因吸食過量海洛因致死。

「非常泰莉莎！我超崇拜她的風格。想自殺的話，最好跟她一樣吸毒過量而死，大家就會奉妳爲時尚教主。」汀斯莉說。

「這麼說太不厚道了。」蘿倫正色說道。接著，她臉上泛起回憶的神情，繼續說道：「最後，我決定去度假，呃……事實上是一去不回，把所有人都搞瘋了。」一抹淘氣的笑容掛在她嘴邊。「現在回想起來，我的行爲眞的很不可取，沒人比我更糟糕。」

2 完美的丈夫

隔幾天，我們一同搭乘汀斯莉父親的老帆船出航，打算到附近的小島走走。

「所有細節我都想聽，你們認識的經過、他長得如何、吻功好不好等等。」汀斯莉對我說。我們三人並肩躺在帆船後方的甲板上。這天，天氣晴朗、微風徐徐，最適合做日光浴。

蘿倫和汀斯莉都穿著日光浴專用的白色細肩帶比基尼，還帶了一大袋水上活動專用服裝，包括Hermès的特製泳衣，適合潛水、滑水和水上特技。

我告訴她們，今年三月，也就是六個月前，我在高中同學的婚禮上認識杭特（**很沒創意吧？**），地點是在安奎拉島[22]的海灘上。婚宴場地搭著印度風的帳棚，配上擺滿桃紅九重葛的長條餐桌，佈置的浪漫至極。賓客不多，但盡是打扮入時的名流。

那時，一位高大英挺的深髮男子朝我這桌走來。**哇！**～我心中忍不住讚嘆。

他找到寫著自己名字**杭特・莫提姆**的座位牌坐定後，望了我一眼。我頓時小鹿亂撞。他穿著休閒風的淡色夏季西裝，配上一身小麥肌肉（**帥翻了！**），還有一頭濃密的深棕髮色（**沒有禿頭耶！**），相信讓許多三十出頭的男性羨慕不已。

22 Anquilla，加勒比海的英屬小島。

他禮貌地和我握手時，我暗暗害羞起來（**笑容好迷人喔！**）。他一派輕鬆自在的樣子，綠色的碧眼帶著一絲淘氣。據我觀察，他應該有一九〇公分吧？當下，我忍不住暗想：**這可是優良基因啊！**

「婚禮很棒吧？」他坐到我身旁時說，再瞄了瞄我的左手，微微一笑，又說：「不過，單身來參加婚禮更好，對不對？」

「**好會把妹喔！**」蘿倫啜著她最近很愛的橙花水說道，「聽起來很浪漫嘛。」

「是很棒啊。」我嘆了一口氣。「一見到他，我的心……就完完全全的被征服了！那是人生中最美妙的一刻，我**知道**他就是眞命天子！我也很想說，我們是交往一陣子之後我才愛上他的，但心裡很清楚，我對他其實是一見鍾情。」

後來發現，他在洛杉磯的家離我家很近。於是，婚禮隔沒幾週，我們便開始約會。五個月後，杭特向我求婚。雖然沒同居過，但我一點也不擔心。杭特樂觀、單純又大方，很好相處。他既不自戀也不自卑，跟我前幾任男友簡直是天壤之別！

我從沒見過他歇斯底里或是慌了手腳。任何問題來到眼前，他總是沈著應對。杭特更不像美國男人容易有**想太多**的毛病。我覺得，這都要怪《**性、謊言、錄影帶**》的男主角詹姆士．史派德（James Spader）[23]。男人的自虐傾向獲得認同，都是始於那部片子。

杭特行事低調，也不愛出鋒頭。他有自信卻不愛現，這點我很欣賞。他有時候蠻神秘的，這是他的迷人之處。還有，杭特超級浪漫，但不會耍幼稚。每次他說**我愛妳**時，都是眞心誠意的。

---

23 名導演史蒂芬索德於1989年推出的紀錄片。男主角以性無能為由，讓女性卸下心防，對他訴說性事，並拍成錄影帶。他借住朋友家時，意外發現朋友與妻子的妹妹婚外情，引發一連串家庭風暴。

「好甜蜜喔！」汀斯莉驚呼。「我還要聽——」

認識他幾個月後，他做了一件事，讓我不僅爲他瘋狂，還愛他愛得無法自拔！我在洛杉磯的管家有一天出了車禍，斷了幾根骨頭。人沒有大礙，問題是她沒有健保，無法負擔醫藥費。我說要幫她，她卻說有人處理好了。幾個月後她康復出院，回到家中時，我告訴她我要嫁給杭特時，她突然喜極而泣，直說杭特是全美國最善良的人。

後來，她才解釋說，原來杭特幫她付了所有醫藥費，還要她保密。他從未提起這件事。我都笑他是《傲慢與偏見》的達西先生。

杭特就是這樣的人。他是個年輕有爲的製作人，之前爲MTV台製播的搖滾秀大受好評，所以各大電視台爭相邀請他去開新節目（也因此犧牲了我們的蜜月）。

他對每個人都很好，有時候其實毋須顧慮他人的，但這是他一貫的處世態度。

「聽起來，他根本是個聖人嘛！」汀斯莉說。「還是個帥哥聖人耶。我猜，蜜月棄妳不顧的事，妳早就原諒他了。妳根本沒那麼在意，對吧？」

我微笑地點點頭。汀斯莉說得對，只是無法共度蜜月，又不是世界末日。不論我多氣杭特，總是維持不久。他離開之後經常打電話關心我。其實，只要一想到他，我整個人就融化了！我內心深知婚姻才要緊，蜜月不重要。

「我很想生他的氣，可是他好貼心，讓我氣不起來。我只想做他的好妻子。」我說。

「成天幻想當個溫柔人妻怎麼行？總要有自己的生活。妳看看潔西卡．辛普森[24]到最後落得什

24 美國性感女星兼偶像歌手，後來身材幾度走樣，唱片銷售不佳，負面新聞不斷。

麼下場？」蘿倫吃吃的笑。

幸運的是，我的確有自己的生活。在我們互許終生前，杭特決定把公司搬到紐約。他特別鍾愛紐約，我則是從小在那兒長大，能回到家鄉當然開心到不行。我們在下城找到一間很棒的公寓。再說，他才跟巴黎的電視台談成新節目，經常需要往返歐洲，搬到紐約也比較方便。

同時，我的老友**查克萊．強斯頓**正好問我願不願意一起經營他在紐約的服裝店？以前，大家紛紛想擠進東岸的名校，他卻默默跑去唸帕森設計學院（Parsons），現在成了紐約數一數二的新銳設計師。我以前在一位歐洲名設計師旗下工作，負責爲女明星打點服裝，一直希望事業有所進展。查克萊成名後，無法兼顧經營和設計，所以請我幫忙，但薪水低得可憐，爲了彌補我，他把公司百分之五的股份給我。將來，我們希望能賣掉公司。

現在，我還認識了蘿倫和汀斯莉，更期待回到紐約的生活。

「天啊，超有趣的！我見過查克萊的作品，美翻了，我覺得他很有天分。妳的人生一點都不悲慘啊。雖然沒有浪漫蜜月，可是妳有個完美的老公，這就是最大的安慰了。」汀斯莉說。

「我同意。不過，我還是**寧願**要浪漫的蜜月。」蘿倫調皮地說。

3 變裝派對之夜

「當代藝術大師約翰．科林（John Currin）和他太太瑞秋．費斯坦（Rachel Feinstein）本人要來耶，而且他們要扮的是自己！」生日前一晚，蘿倫興奮地說。「他們超信奉存在主義，相形之下，我覺得自己蠢到不行。」

我們已返回紐約。在卡艾斯相遇後，我再次見到蘿倫，是到她位於西十一街的家參加生日會。**（確切來說，是位於西十一街和威弗利街中間的雙併別墅，整棟以清爽的白色磚牆打造，為希臘復古式建築。）**每年九月中，蘿倫都會舉辦生日變裝派對，這次也不例外，主題是**傳奇戀人**。

蘿倫表示，無論你們想扮裝的戀人是否分手或在世都無所謂，反正沒有人會記得細節。她十分鍾愛這個主題，因為賓客可以盡情發揮。想不花腦筋，就扮席薇亞．普拉斯（Sylvia Plath）和泰德．休斯（Ted Hughes）這對詩人夫妻。想走誇張路線的話，那搖滾明星馬力連．曼森（Marilyn Manson）與脫衣舞孃的妻子蒂塔．凡．提斯（Dita Von Teese）絕對是首選。

杭特忙著掛好我們的外套，我走上階梯，看見蘿倫在二樓客廳的門邊歡迎賓客。她身穿粉紅色T-Shirt配淡黃色毛巾布熱褲，頭上戴了金色馬尾的假髮，腳上則是穿著白色反折短襪和一雙白色皮革的全新溜冰鞋。一看就知道，她扮的是德國歌手溜冰鞋女孩（Rollergirl）。不過，有個地方破功了：她的左手戴著一只Cartier的鑽石手環，在客廳中央懸掛的球燈輝映下，閃耀著動人光彩。

「這只手環的原主人是溫莎公爵夫人。」蘿倫一邊轉著手環說，「很美吧？是弗萊德叔叔送給我的禮物。」（**她口中暱稱的「弗萊德叔叔」其實跟她毫無血緣關係，指的是名珠寶設計師弗萊德·雷頓（Fred Leighton），店址位於麥迪遜大道上。**）

「美極了。」我讚嘆說。

「我本來要彌爾頓打扮成滾石的米克·傑格，我則是扮他的前妻碧安卡·傑格（Bianca Jagger）。後來發現，我每天晚上跑趴都走碧安卡·傑格路線，只好換成溜冰鞋女孩。這跟主題沒啥關係，但可以保證我會是全場焦點。我家看起來像溜冰場嗎？」

「不太像。」我說。

蘿倫家的客廳充滿前衛風格，牆面鋪以復古的粉紅緞布，家具多由知名藝術總監賽德瑞克·吉邦斯（Cedric Gibbons）設計，是布朗特家族中一位女明星的遺產。另外，牆上也掛有多幅兩位當代藝術大師羅斯克（Rothkos）與羅森柏（Rauschenbergs）的畫作。

客廳平時乾淨整齊，今晚到處是三兩成群的賓客，奇裝異服、創意十足。陽台上，兩位帥氣男孩隨性地倚著欄杆眺望街景。他們都戴著銀白色假髮，身穿鑲滿水晶的長禮服，一位扮性感女星珍·哈露（Jean Harlow），另一位扮瑪麗蓮·夢露。壁爐上方掛有一幅紀伯特與喬治（Gilbert & George）的拼貼作品，前方站了一對穿灰色西裝、戴眼鏡的酷妹，扮的正是這對藝術家戀人。漆皮鍍金的椅子上，坐著幾對影星亨利萊·鮑嘉與洛琳·白考兒（Bogie and Bacall）的分身。

吧台邊，幾可亂眞的名模珍．辛普頓（Jean Shrimpton）及攝影師情人大衛．貝利（David Bailey）笑得開懷。假冒的名模潘妮洛普．特利（Penelope Tree）與作家楚門．卡波提（Truman Capote）則是盤腿坐在地板上聊得起勁。這時，僞安迪．沃荷與老友霍斯頓悠哉地經過他們面前。鋪著三○年代日本和服布料的沙發上，有三對約翰．藍儂與小野洋子夫婦正在大聊八卦，一副自己就是本尊的態勢。大家似乎都很盡興。事實上，這並不尋常。紐約名流的派對多半死氣沈沈，很是無趣。

「要來杯薑汁丁尼嗎？」侍者端著一盤亮橙色的雞尾酒問道。今晚的男侍者都扮成地產大亨唐納．川普。他們身穿燕尾服，戴假髮，再噴上仿曬劑。女服務生則都是川普太太梅拉莉雅的分身，深褐色的頭髮挽成高高的髻，再穿上超級緊身的馬甲式婚紗。梅拉莉雅本尊結婚時就穿著勒死人不償命的D&G馬甲。她還能存活下來，眞是生命的奇蹟。

「喜不喜歡我的川普夫婦啊？」蘿倫問，伸手拿了杯薑汁丁尼。「川普夫婦可是八卦小報的最愛呢。」

杭特在這時候現身。他親了親我的臉頰，再禮貌地向蘿倫伸出手。蘿倫也伸手回握，再以高分貝的嗓門驚呼：「杭特！你就是那位『落跑』的完美新郎啊！很高興見到你。」說罷，立刻給杭特一個大大的擁抱。「天啊，你眞的好帥，眞受不了！」

杭特連忙抽身，露出一臉好笑的神情。

「那妳一定是那位完美的新朋友囉。」杭特說，也親了親蘿倫的臉頰。

「你眞的超會放電的！我都快被電暈了。席薇啊，你們倆……妳一定很幸福吧？」

我微笑以對。看來，蘿倫是眞心爲我跟杭特結婚高興。她退後幾步端詳我們。「喔～原來是芙烈達和迪耶哥夫婦啊！眞恩愛的小倆口。」蘿倫柔聲說。我正好從墨西哥帶回大紅色的佛朗明哥舞衣，要扮成當地的著名女畫家芙瑞達．卡蘿不是難事。杭特則是穿著親手製作的潑漆連身工作褲。

「我呢，今晚開心當個愛喝可樂又俗氣的溜冰鞋女孩。我帶你們到樓下見彌爾頓，之前跟妳提過，是我的室內設計師。他一定會愛死你們的。」

蘿倫走在前頭，穿過重重人群，一路跟賓客拋飛吻。來到階梯前時，她脫下溜冰鞋，蹦蹦跳跳地下樓。到了一樓，她又穿上溜冰鞋，帶著我們走向後方的**「早晨起居室」**。

「這是彌爾頓取的名字，我都稱它是白色房間。我又不是瑪麗皇后[25]……至少現在還不是啦。彌爾頓超虛榮的。」蘿倫抱怨說。「不過我還是很愛他。看看這塊地板——」蘿倫指著走道上的亮面木頭地板說，「跟凡爾賽宮一樣的拼花橡木，全部原裝進口，貴死人了。」

我們來到一扇法式玻璃門前。蘿倫一把推開，領我們進入**「白色房間」**，平常只能脫鞋進入**（白色房間現在正夯，晚上參加派對時得脫鞋是常有的事。幸好，今晚的賓客可以倖免）**。

房間裡人山人海，但我不得不注意到，最底部的牆上有六對灰泥雕刻的白色棕櫚樹，中間隔以六扇法式玻璃窗。往窗外望出去是井然有序的庭園，夜晚以探照燈打亮。這裡讓人彷彿置身威尼斯，一點都不像紐約西村。

房間另一角擺著一台雪白的小型平台鋼琴，很有搖滾味。鋼琴上方掛有一幅湯姆．薩奇

---

25 法國國王路易十六的妻子，在凡爾賽宮內極盡奢華之能事，最後被送上斷頭台。電影《凡爾賽拜金女》即是以她為主角。

（Tom Sachs）的白色拼貼作品。地板全以乾淨、純白的大理石鋪成。

各位可能不知道，純白無紋理的大理石價格昂貴許多。現在的趨勢是：**愈極簡的東西價格愈高，要砸的錢也愈多**。

「彌爾頓在那兒。」順著蘿倫手指的方向看過去，有兩張白色絲質、軟墊厚實的法式躺椅。有位女子斜倚在其中一張躺椅上，正是彌爾頓．惠特妮．荷姆斯（**真名為喬．史翠巴**）。他今晚扮成黑人名模伊曼，也是這間房子的前屋主。

彌爾頓身穿Alaia的復古洋裝，頭戴黑人假髮，配上原本身形矮小、皮膚白晰的他，顯得相當突兀。他特別在洋裝上別了個名牌，上頭寫著：**大衛鮑伊之妻**，深怕沒人認出他（**還真沒人認得**）。

彌爾頓正跟一位骨瘦如柴的女生聊天。她穿著蘇格蘭花紋毛衣配上毛呢裙，打扮得相當保守拘謹。她手上唯一的配件是一條淡粉色的唇蜜，沒幾秒鐘就會往嘴上補。她的皮膚白的近乎病態，髮色是偏白的淡金髮。

「討厭，他被**瑪西．克魯格森**纏上了。」我們走近時，蘿倫嘆了口氣說。她忽然轉身，示意我們停下腳步，然後壓低聲音說：「不要得罪瑪西。她看起來很天真，其實超八卦。她很愛到處探人隱私，但每次都聽個八、九分，再自己編故事。還有，瑪西以為自己有脊椎側彎，總是抬頭挺胸，其實根本沒有。我們都覺得，她快要加入『**休夫新貴**』的行列了。她一天到晚忘記自己已婚，一點自覺都沒有，我都叫她神經大條的人妻！」

「瑪西好像是我大學同學。」我說。她的名字好熟。「她之前念布朗大學嗎？」

「應該是。」蘿倫回答。

彌爾頓向我們招了招手。走到他面前後，蘿倫介紹我們認識。

「妳都到哪去啦？」瑪西開口說。這是她見到蘿倫的慣用開場白。

「呃，我不知道。」蘿倫漫不經心地回答。「妳呢？妳都到哪去了？」蘿倫反問。有人問起她的行蹤，她都用這招對付。

「妳一定是去了哪裡吧？」瑪西再問，口氣有點不高興。

「妳怎麼問都問不出來的。」彌爾頓嚴肅地說。

「我在我爸的牧場待了一陣子，然後我們還搭了船。就是這樣。」蘿倫含糊帶過。

「我們？」瑪西問。

「呃，沒什麼啦。」蘿倫敷衍兩句後，立刻轉身離去。瑪西只好哀怨地望著她的背影。

蘿倫經常上演失蹤記。回來後，不管是誰問，她從來不透露自己去了哪。接著，就有八卦媒體爆料，她跟露華濃老闆或某位名流到巴布達度假。露華濃老闆想徵詢蘿倫的意見，例如哪家公司值得收購、如何投資避險基金，以及該不該買下面臨財務危機的俄羅斯公司。之後，又有消息傳說，其實還有一位搖滾巨星同行，他跟露華濃老闆根本不對盤，是為了追蘿倫才去的。蘿倫理都不想理，還說從沒聽過他的音樂，更讓搖滾巨星為她瘋狂。

「瑪西，我們應該是布朗大學的同學吧？」我開口說。

瑪西打量我好一會兒，才問：「妳是席薇……溫沃斯嗎？」

「是，」我回答，「現在要叫我席薇·莫提姆。這是我老公杭特。」

「恭喜妳，你們倆很登對。」彌爾頓說。

「聽說妳是蘿倫的好朋友。」瑪西話一出口，突然面露難色，又接著說：「事實上，她說妳是她第二好的朋友，我才是她最要好的朋友。」

「親愛的，我才是蘿倫最好的朋友好嗎？」彌爾頓毫不客氣地嚷道。

「我在卡艾斯認識蘿倫，」我連忙緩頰，「其實跟她還沒那麼熟。」

「我知道。妳的事蘿倫都告訴我了。她說，跟妳相處給她帶來很多奇妙的影響。」瑪西老大不情願地說。

這時，瑪西神色慌張起來，開始四處張望，雙手不停扯著裙襬。

「妳一定覺得我很沒創意對不對？我很胖，只能扮成《**BJ單身日記**》的布莉琪．瓊斯。千萬別說我很瘦，我知道自己是大肥女啦。幸好，我老公還蠻像馬克．達西的，只不過是紅頭髮的達西先生，哈哈哈！」

「親愛的，那邊好像有我認識的人，我過去打聲招呼好嗎？」杭特對我說。

「當然好。」我回答。杭特隨即朝房間另一頭走去。

彌爾頓拍了拍身旁的座位，示意我和瑪西坐下。

「婚姻生活如何？」彌爾頓問。

「很幸福——」我才剛開口，就被瑪西打斷。

「——結婚是全世界最無趣的事！」她大聲抱怨。「根本沒有自尊可言。我雖然很愛克里斯多福，但是婚姻超可怕的。就我所知，結了婚的女人根本沒得愛愛，只有離婚的人才能享受。」

我八成露出不可置信的表情，所以彌爾頓立刻點頭說：「一點都沒錯。」

「彌爾頓，聽說走廊的木板是設計師阿塞爾．維伍德親自從荷蘭運送過來的，這是眞的嗎？」瑪西問。「還有，聽說蘿倫把酒窖拿來放皮草，裡面應該比阿拉斯加還冷吧？這是小道消息還是眞的？」

「我不能洩漏客戶隱私。」彌爾頓打起迷糊仗。

氣氛頓時一陣尷尬。瑪西脹紅著臉說：「我沒有要探人隱私的意思——」

「妳那位完美老公去哪啦？」彌爾頓趕緊插嘴換個話題。

「他——」我四處張望，沒看見杭特人影。後來發現他站在白色鋼琴前，背對著我，正跟兩位打扮成原宿女孩[26]的女生聊天。其中一位長相平庸，另一位卻美艷無比，兩頰顴骨特別高。

長相普通的女生沒多久就離開，美豔的顴骨妹和杭特繼續聊。她戴著一頂閃亮的日本妹妹頭假髮，身穿白襯衫、黑領帶和迷你格子裙，底下搭白色及膝襪和超高厚底鞋。她有一雙無比修長的美腿。這等美景，通常只有夏季在義大利薩丁尼亞島才看得到。在一片雪白襯托之下，顴骨妹一身打扮別具時尚感。

「他在那兒。」我指著杭特說，「我們去找他吧。」

我們三人起身準備離開。一看到那位原宿女孩，瑪西楞了一下，直直瞪著她。

26 美國歌手關史蒂芬妮帶動的風潮。她曾以日本原宿時尚為靈感，寫了「原宿少女」一曲，並且找來四位日本舞者伴舞，特色是臉上化藝妓妝，穿著用色大膽。

「眞—不—敢—相—信！」瑪西激動地說。「沒想到他在跟**蘇菲．達蘭**聊天。妳看看她，居然那樣勾著妳老公的手臂！」瑪西壓低聲音說。「蘇菲很不檢點，一天到晚亂放電。不是我愛八卦，說人閒話是很不道德的，可是她老愛勾搭不該碰的男人，妳最好小心點。」

「瑪西，我跟杭特剛結婚四個星期，我想她應該不會對新婚的男人下手吧？」我說，一點也不介意。

「別以爲結婚就沒事，蘇菲只勾引有婦之夫。」

「妳不要恐嚇席薇啦——」後頭的彌爾頓出聲制止。他蹬著高跟鞋，步履蹣跚。「我們等會見。我剛剛看到大衛鮑伊本人出現了。」說完，他踉蹌地往庭園走去。

我和瑪西來到杭特面前。剛才說人壞話的瑪西，這會兒卻熱情地和蘇菲擁抱及親吻臉頰。

「蘇菲，妳認識席薇嗎？」瑪西說，轉身對著我。

「應該不認識。嗨，我是蘇菲『**亞**』．達蘭。」她伸手跟我握了握，說話帶有一點法國口音。「瑪西，不要再叫我蘇菲了。」

「席薇是杭特的**太太**喔！」瑪西連忙補充，特別強調「**太太**」兩個字，實在很多餘。

聽到這兒，一臉藝妓妝的蘇菲亞臉色剎時更加慘白。她伸手扶著鋼琴，情緒似乎很激動。

「杭特，你……你結婚了?!」蘇菲亞問，一副怪罪他的神情。

「蘇菲，他們手上戴著婚戒。」瑪西特地指出，「大概是這裡太黑了，妳沒注意到。」

「我叫蘇菲『**亞**』。」她說，接著大大地嘆了一口氣。「反正，恭喜妳，席薇。我跟妳這位**超帥**的老公認識好——久了。我們是高中同學，一直都很**要好**！」這時，她的雙手食指靠攏比了個叉，目光飄向杭特。「杭特……眞不敢相信！你死會了也不跟我說——誰知道你結婚了啊！」

她凝望著杭特好一會兒，才轉過身對我說：「杭特人很好。我手上有個計畫，他答應要幫忙，眞貼心。」

「他是眞的很貼心。」我微笑望著杭特。他一手伸過來環住我的腰，緊緊捏了一把，愛意表露無遺。

「對啊，他可是個非常**體貼的老公**呢。」瑪西顯然是衝著蘇菲亞說的。

「小姐們，夠了。」杭特忍不住出聲，一臉不好意思。

「席薇，妳老公再借我五分鐘好嗎？想跟他談談我的計畫。」蘇菲亞沒等我回答，便拉著杭特往壁爐走去。瑪西繃著臉望著他們的背影。

「哼，算我反應過度好了。」她氣呼呼地說。

「對了，妳先生呢？怎麼沒看到他？」我努力轉移話題。

「不知道。」瑪西想都不想就回答，似乎完全不在意。

「怎麼會不知道呢？」我笑了起來。

「我忘了嘛。」

「瑪西！」

「哎唷，我哪知道……克里斯多福好像去克里夫蘭還什麼鬼地方賣產品。我不記得了。有那麼重要嗎？」

此時，蘿倫左手端著銀托盤溜了過來，在大理石地板上展現高超的溜冰技術。

「有人要龍舌蘭嗎？」她把托盤放到邊桌上問。瑪西拿了一杯，立刻一口飲盡。

「杭特人呢？」蘿倫四處張望，問道。「我想多認識他。」

「在那兒跟蘇菲亞．達蘭談事情。」我指著壁爐的方向說。蘇菲亞還在跟杭特聊，表情相當嚴肅。「他們認識很久了。」

蘿倫熟練地踮起腳，然後彎下身，頭碰腳尖，保持這個姿勢說：「蘇菲亞跟每個人的老公都說很熟。」

「她有個計畫要杭特幫忙。」我說。

「相信我，蘇菲亞根本不需要幫忙，她的人脈夠廣了。她母親好像是德．羅斯切爾德貴族的後代。她父親寫了一齣超無聊的法國戲劇，得了諾貝爾和平獎之類的。」

「是喔。杭特個性很善良，他對誰都很好。」我說。

蘿倫站起身，仔細打量賓客。

「就算我老公是聖人，我也不會讓蘇菲亞靠近他。之前不是跟妳說過，要小心『**獵夫魔女**』嗎？」蘿倫挑著眉警告。「噢，重頭戲來了。」

我還在狀況外，DJ已經開始播放《**美好時光**Good Times》這首經典老歌，所有人都隨著音樂搖擺起來。

我盡情地跳舞跳了好一陣子，才在眼角餘光處瞥見蘇菲亞正在親吻杭特的臉頰，一邊一個，很有法國人的作風。接著，她伸出雙手環上杭特的頸子，緊緊抱了一下，才轉身離去。

杭特趕緊朝我們走來，途中穿過扮成伊莉莎白．泰勒與李察．波頓的男女。這對男女對面，有兩位金髮女生一同熱舞。她們打赤腳，身穿Carolina Herrera的白色婚紗，手捧白色玫瑰花束。

「杭特來了。小心不要撞到那對芮妮．齊薇格！」蘿倫扯著嗓子說。他走到我們面前時，蘿倫繼續搖擺著身體說：「你都沒玩到耶。聊天聊得如何？」

杭特一手環抱我的腰，一手搭在蘿倫上下舞動的肩上。

「沒有妳們兩位就不好玩了。」杭特說。「我們喝點東西好嗎？我好渴。」

幾分鐘後，我們各自啜著一杯沙可丁尼雞尾酒。杭特突然提議說：「我有個好主意，我來撮合蘿倫和我的死黨，覺得怎麼樣？他是我大學最要好的朋友。」

「誰啊？」我問。

「親愛的，妳沒有見過他，因爲他常在外地經商。不過，他非常適合蘿倫，人很聰明，也是個型男，一定配得上——」

「杭特，謝謝你的好意，」蘿倫打斷他說。「可是我不來相親這一套，我覺得很俗氣。」

「那等他回到紐約，我們一起吃頓飯就好。」杭特不死心。

「不用特地安排吃飯，我現在只接受火熱的一夜情。」蘿倫帶著就事論事的口吻答道。「還是謝謝你，你人很好，跟妳太太說的一樣。」

「或許是我多管閒事，」杭特嘆了口氣，會意地微微一笑說。「可是你們倆眞的很登對。」

「拜託！你說話的口氣還眞像《黃金單身女郎》[27]的節目主持人，受不了！」蘿倫尖聲說道。

「我保證妳一定會有一場夢幻婚禮，這樣妳都沒有興趣嗎？」

---

27 Bachelorette，美國ABC電視台製作的實境相親節目，是《黃金單身漢》（The Bachelor）的姊妹作。

「現在你像我奶奶了！對我來說，沒有什麼比夢幻婚禮更糟糕的。」蘿倫脫口而出，隨即一臉尷尬地改口說：「不，你們倆的婚禮另當別論啦，抱歉。」

瑪西突然現身，悶悶不樂的樣子。

「妳整晚都去哪裡了？」她問蘿倫。

這時，蘿倫的手機正好響起。她瞄了螢幕一眼，嘴角微微上揚，接著把手機放在大理石桌上，不打算理會。

「幹嘛不接？可能是傑斯[28]或某位大明星打來問可不可以來派對啊。」瑪西問，直盯著手機看。

蘿倫聳了聳肩，立刻轉身溜了出去。

稍晚時分，賓客漸漸散去，我們也都喝得很放鬆。我和杭特窩在一張沙發上，瑪西走到我們身旁一屁股坐下。她帶著幾分醉意咕噥說，她和其他女生這麼在意蘿倫，是因爲她從來不接手機，只能等她回電。

沒人見過她撥手機。想找她，得等她主動跟你聯絡。有人說，蘿倫家裡電話只有女傭知道。她可以連續三星期不回電給男人，完全不怕男人不再打電話來，因爲他們通常不會死心。有些女生覺得她很沒教養，特別是那些嫉妒她的人。瑪西的說法是，**蘿倫跟葛麗泰·嘉寶[29]一樣有人群恐懼**

28 Jay-Z，美國饒舌歌手。

29 Greta Garbo，好萊塢老牌女星，行事低調隱密，有神秘女郎之稱。

症，所以才不回電。

「有些閒話實在很難聽。有人說派對結束之後，蘿倫會抱著愛狗在壁爐前發呆，度過寂寞的夜晚。傳這種八卦很不厚道。蘿倫人很好。妳想想看，姊姊小時候就死掉，她一定很不好受。家中發生悲劇，蘿倫一直都很堅強的面對。她比較不拘小節，但心地非常善良。反正問題不在她，是紐約的名媛太閒。」瑪西解釋說，「閒到不是排飯局，就是拍雜誌內頁、上電視或做愛。蘿倫可是忙得很。」

事實上，許多名媛趨之若鶩的晚宴，蘿倫經常在最後一秒鐘臨時取消，而且沒人敢說話。紐約的女主人有遠見，她們會這麼想：她這次不出席，下次還有機會，前提是不能惹她不高興。

蘿倫爽約的藉口多半是：「我要去洛杉磯看我爸的足球隊比賽」、「我被困在阿斯本」，或「我家布布（**一隻匈牙利維茲拉犬**）過敏，我出不了門」。聽到這些理由，諒誰也不敢生氣，不然會被別人說妳小心眼，嫉妒她出國，或連她的父親和狗都要計較。

就算直接到她家拜訪，她也不一定有空。通常是女傭阿葛塔來應門。她是波蘭人，總是穿著一身雪白的制服說：「蘿倫小姐等會兒就下來，您哪裡找？」好像你來的時間永遠不對。之後，阿葛塔會端來一杯新鮮的鼠尾草茶讓你邊等邊喝。廚房隨時都有一壺泡好的茶，蘿倫想喝就喝得到。阿葛塔很崇拜女主人，因爲蘿倫會借她珠寶，讓她在家戴著打掃屋子。

「我們應該到樓下走走，看有沒有東西喝。鼠尾草茶可以解酒。」瑪西提議說。

蘿倫正好溜了過來，在沙發扶手上暫歇。

「你們在說阿葛塔的鼠尾草茶嗎？」她問，「馬上就來。」

「太棒了！」瑪西眼睛一亮，興奮地尖叫。看來，她比阿葛塔還崇拜蘿倫。

「杭特，聽席薇說，你這星期要去巴黎？」蘿倫問。

「是啊，我要去幾個禮拜。」杭特答，「幫我照顧我親愛的老婆——」

「有人要去巴黎嗎？」

蘇菲亞不知道什麼時候湊了過來，直直望著杭特說：「我也會去巴黎。也許，我們可以去寇斯特飯店喝馬鞭草茶，你說好嗎？我在那邊很寂寞的……我只是要過來跟你們道別。你們倆眞的很登對，不過我可是**好傷心**呢。」

「妳幹嘛現在走？這裡正熱鬧呢。」瑪西問。

「我今晚的行程**非常滿**。」蘇菲亞眨了眨眼說。

她轉身離開，突然又停下腳步撇過頭說：「杭特，我到巴黎再打給你。」

蘿倫向我使了個警告的眼色。我轉頭看著杭特，他似乎不太在意。蘇菲亞果眞不虛其名。不過，我親愛的老公很可靠，讓我放一百個心，我們絕對不會成爲八卦小報的主角。

4 職業朋友

根據各方權威消息指出，**阿莉西・卡特**發出的邀請函最令紐約名流瘋狂。蘿倫生日過後幾天，郵差送來一封阿莉西・卡特的邀請函，距離派對預定時間相當緊迫。這年頭早就沒人寄信了。收到郵寄的邀請函，代表女主人對你持保留態度。若眞有誠意邀請，通常會派快遞送來，才能確保賓客可以儘速回覆。

信封爲淡灰色，與Dior沙龍的基調相同。卡片以凸版印刷印上白色的復古書寫字體。整體樣式極簡，是紐約現在最流行的風格。在史密森文具精品店訂製邀請函（Smythson），白色字體比淡粉色字體貴一倍，而淡粉色又比普通顏色貴一倍。或許由於價格較昂貴而深受名流喜愛。

邀請函內容如下：

阿莉西・卡特
敬邀參與
蘿倫・布朗特的離婚慶祝派對
時間：十月二日星期六午夜十二時

地點：瑞文頓飯店，閣樓
伴手禮：一份
服裝規定：約會服
可攜帶：單身男性
禁止攜帶：老公

這場派對很符合蘿倫的調調。現在，滿三十二歲的紐約女性早就不敢再參加婚前單身派對或新生兒送禮會了。大家很怕在派對上聽到生產時要「**開五指**」這類的話。我覺得「**開幾指**」這種說法很嚇人，應該要婉轉一點形容才對。

沒想到，蘿倫竟然要開離婚慶祝派對。信封裡還有一張白色小卡，上頭以灰色字體寫著：

蘿倫已在下列商店登記禮物[30]**：**
Condomania[31]，**布利克街**351**號。電話：**212-555-9442
Agent Provocateur[32]，**梅瑟街**133**號。電話：**242-222-0229

30 美國流行賀禮登記，家有喜事的主人通常會先到店裡登記想要獲得的禮物，再讓賓客自行挑選購買，以避免收到不適合的賀禮。
31 紐約著名的情趣用品店，販售各式各樣的保險套。
32 精品內衣品牌。

在這之前，蘿倫不改其作風，失聯了好幾天。我打過好幾次電話給她，想謝謝她邀請我參加生日派對，但每次打去，電話那頭都傳來：**語音信箱已滿**。想留言都不行。接著就莫名其妙來了這麼一張離婚派對邀請函，令大家傻眼。

沒有人知道離婚派對要做什麼？但也無所謂，反正也沒有人眞的瞭解蘿倫。大家只能確定一件事：那就是蘿倫過著人人稱羨的貴婦生活！她年輕貌美、身材姣好又非常多金，是個不折不扣的『**休夫新貴**』。

紐約現在盛行新的交友形式，有一種人稱爲「**職業朋友**」（professional friends）。交往時，你通常不會察覺他們的「**職業**」身分。

這群人非常專業，表現得跟眞的好友一樣親密、貼心。職業朋友以各種身分潛入曼哈頓名媛的生活，像是室內設計師、藝術顧問、財務顧問、陀旋律動老師[33]或派對設計師。這些職業朋友幫名媛花大錢，從中抽取百分之十五的佣金，同時扮演超級死黨的角色。

紐約名媛通常固定在早上五點半出現精神崩潰的症狀。這時，職業朋友就得準備接電話，耐心聽名媛訴苦，說自己最近生活壓力超大。除了這群人有本事應付，還有誰受得了？

『**休夫新貴**』是職業朋友鎖定的客群。她們不敢跟已婚的朋友聊心事、不信任異性戀男人，又亟需有人作伴。我後來才發現，原來貼心的彌爾頓就是職業朋友。他的表現特別專業，幾可亂

33 Gyrotonics，由羅馬尼亞舞蹈家創立的肢體運動，配合裝有滑輪與皮帶的器材輔助訓練肢體。

眞。他會派人送維他命給每位女性朋友，還附上一張小卡片表示關心。天氣變涼時，他會打電話給蘿倫等女性客戶說：「不要出門，外頭很冷。」這麼一來，名媛當然會認定自己不能沒有彌爾頓，否則哪天搞不好會凍傷或是得軟骨症！

杭特飛去巴黎的隔天早上，我收到一只包裹，外頭覆以亮面黑色包裝紙，搭配白色綢緞打成的完美蝴蝶結。如此精美的禮物，想必不是平白無故出現。

我拆開上頭的信封，拿出一張鑲金邊、質料厚實的白色卡片。卡片最上方以橘色字體刻印著彌爾頓．荷姆斯的名字，內容如下：

親愛的席薇：

巴黎一隅，送給在第五大道一號的妳。

很高興認識妳。傍晚六點，我會過去找妳。

彌爾頓

六點要過來？他怎麼知道我住哪？八成是蘿倫告訴他的。問題是，他來找我做什麼？

我啜著濃縮咖啡，一邊拆開包裹，裡頭放了一本艾索林（Assouline）出版社出的《巴黎客廳設計》。書裡好幾頁貼著粉藍色便利貼，上頭還有註記。打開其中一頁，一間白色牆面、寬敞明亮的客廳映入眼簾。以白色爲基調的空間，配上相襯的白色古董椅、古董桌、裝飾藝術風格的玻璃燈，與插滿紫丁香的白色花瓶。照片下方的描述是：「伊娜．德拉．芙蕾頌，時尚設計師，香榭大道區」。彌爾頓在便利貼上寫道：「地板採用寬版箭尾紋，我喜歡。」

我這才恍然大悟。原來我被彌爾頓盯上了，他毛遂自薦要當我的室內設計師。

我和杭特搬來紐約之前，幸運地找到這間座落於第五大道一號五樓的美麗公寓。這棟古典風格的公寓建於二〇年代，空間相當寬敞。從我們家可以俯瞰華盛頓廣場公園。雖然現在裝潢只完成一半，我對它的喜愛絲毫不減。彌爾頓大概以爲杭特不在時，比較容易說服我。不過，我提醒自己，我本來就不是會花大錢請設計師的人。以前或許財力不足，現在就算有錢，我的心態仍未改變，很多事喜歡自己來。

紐約名媛太習慣凡事都有人打理，我不一樣，不喜歡過嬌嬌女的生活。很多好命的女人都忘了自己身處二十一世紀的紐約，而非十八世紀的佛羅倫斯。聽說，紐約上東城的某幾位名媛千金連梳頭都有人代勞！

我不知道有沒有空完成剩下的裝潢工作？但我會想辦法，至少週末能夠空下來。現在杭特不在，正好可以專心做事。我從玄關漫步到客廳，發現家裡眞的有不少空間可以發揮創意，也不得不承認工程非常浩大。

這時，電話響起，是彌爾頓打來的。

「那本設計書很棒吧？」電話那頭傳來朝氣勃勃的聲音。

「彌爾頓，我很喜歡……」

「——麻煩你把躺椅往右移大概……十六公分左右。不對！再過去一點。對！然後稍微往陽台推一點點……對！好，停！停！！！」他大吼。「——不好意思，我在裝潢現場。」

「要我等會兒打給你嗎？」我問。

「沒差，我一直都在現場。」彌爾頓說，「重點是，妳要請我設計嗎？」

「我想你應該很忙吧。」我客氣地暗示。

「妳一個人怎麼可能弄得好裝潢？」彌爾頓試圖說服我，「妳家這麼大。再說，沒有我帶妳去D&D建築設計公司，妳根本拿不到像樣的材料。還有，杭特不在家，妳一定很寂寞……」

「他經常打電話給我。」我連忙解釋。

是真的。杭特到了甘乃迪機場和戴高樂機場都有打電話給我，今早也在我的手機裡留言說想我。其實他才離家不過二十四小時。世界上找不到比他更甜蜜貼心的老公了。

「反正，我等一下就過去妳家喝咖啡，就是這樣。六點見。」說完，彌爾頓就掛電話了。

我今晚六點要做什麼？我翻了翻行事曆，下午，我和查克萊要見內曼馬庫斯百貨[34]的資深採購。看來有場硬仗要打。我很確定，他們對於查克萊這一季的作品不太感興趣，想拿到訂單沒那麼容易。彌爾頓過來也許也不是壞事，他一定可以逗我開心。不過，這不代表我得雇用他。

「禮服我們很喜歡。」內曼馬庫斯百貨的採購鮑伯．巴爾頓說，一邊把訂單裝在文件夾裡，

34 Neiman Marcus，美國精品百貨公司。

用橡皮筋束起來。

鮑伯是該公司最有影響力的時尚採購，有著其貌不揚的外表。年近退休的他，體型非常壯碩。這天，他身穿Thom Browne的手工訂製西裝，下半身是九分褲設計，正好露出一雙淡紫色的喀什米爾羊毛襪，想不引人注目也難。

我們在查克萊位於克里斯蒂街的工作室見面。裡頭除了擺放好幾台裁縫機、庫存商品堆得到處都是，還有許多紐約時裝設計學院（F.I.T.）的實習生與中國籍的女裁縫師來回穿梭。整間工作室亂烘烘的，不過，鮑伯似乎絲毫不介意。坐在一張精緻古典椅上的他，小心翼翼地移動早已汗濕的大屁股，站起身說：「不過，目前我們最多只能訂十五件。等名媛穿禮服上了媒體，我們再考慮。」他盯著查克萊說：「你得想辦法增加曝光率。」

「沒問題。」查克萊冷靜以對。

查克萊臉上掛著輕鬆的微笑，坐在古董法式沙發邊上。他身穿倫敦塞維爾街（Saville Row）訂製的六〇年代復古西裝，配上俐落的白色手工襯衫。西裝外套的翻領上，別著一只鑽石配珍珠的玫瑰造型胸針，原本是他母親的首飾。

一派自在的他，突然望著我對鮑伯說：「席薇在紐約的人脈很廣。她已經和三位年輕貌美的名媛千金洽談好了，她們答應要穿我們的禮服去參加……阿莉西．卡特的新年舞會。」

這些時尚設計師個個演技精湛，連奧斯卡獎得主都自嘆不如，查克萊也不例外。我在心裡吶喊，他說謊都不打草稿的嗎?!表面上只得點點頭、陪笑說：「這可眞是好消息，你說是吧？」

我遲早要爲今天的謊言付出代價！

「那我只能說恭喜了。」鮑伯一臉欽佩的說。「沒想到，妳可以這麼早就敲定那些名媛。那這樣，她們穿的三件早春禮服，我們各加訂兩件。」他準備把訂單本再打開。「只要上了雜誌，禮服很快就會搶購一空。阿莉西自己願意穿你們的禮服嗎？」

「她兩週之後就要來試衣了。」查克萊不知道哪來的膽撒這個謊。

「嗯，我不得不稱讚阿莉西的品味。她跟我太太是很要好的朋友。」鮑伯說。

「太好了。」我說，胸口感覺一悶，「你會參加新年舞會嗎？」

「當然不會錯過。恭喜你了，查克萊。」鮑伯熱情地說。

天啊，這下死定了！我心想。

鮑伯一走，我立刻把查克萊拖到廁所去質問。廁所非常簡陋，也是我們唯一能夠私下說話的地方，而且因爲太破舊，只好點蠟燭，好讓客人看不清楚全貌。

「天啊，查克萊，你剛剛在幹什麼？」一片漆黑中，我衝口問道。

「妳可以幫我弄到那些千金吧？」他說。「說她們要穿我的禮服去參加阿莉西的舞會，就讓訂單增加一倍耶……」

「查克萊，容我提醒你，沒人要穿你的禮服去阿莉西的舞會！那是你編的。」

「席薇，這不是開玩笑，妳一定要找到人。」

他每次都這樣！先跟客戶說得天花亂墜，再半說服、半強迫我去執行。再說，我根本不想浪費時間找千金小姐來試裝，還得想辦法把她們塞進尺寸比XS還小的樣版衣裡。查克萊當然是爲了生意著想。撒個謊，就多賣出六件禮服。我們得想辦法說服更多名媛穿他的禮服去參加舞會。

這時，我靈機一動。「對了，找蘿倫！」我嚷道。「阿莉西要為她辦一場瘋狂的離婚派對。我也受邀參加。蘿倫一定跟阿莉西很要好。」

「該不會是蘿倫．漢米爾．布朗特吧？」查克萊問。「天啊！她好迷人耶。」

「就是她。」

「蘿倫**超有時尚品味的**。妳能不能安排她來試裝呢？」

「唉，我盡量。」我說。**前提是要能聯絡上她**。

收到邀請函後，我打過電話給蘿倫。那次雖然能夠留言，她依然沒有回電。現在為了查克萊的生意，我只好再試試。當天稍晚，我又留了言，但不抱任何希望。

如我所料，下班之前仍然沒有她的消息。不過，彌爾頓既然是她的「**死黨**」，應該可以聯絡上她。

下班後，我快步回家。一開門，發現彌爾頓就坐在客廳沙發上，那是家裡唯一一張沙發，而且破爛不堪。他上半身穿著鮮橘色的土耳其長袍，下半身配白色麻褲，一副七零年代棕梠灘的貴婦裝扮。我走進家門時，他撇著頭，對毫無設計的擺設挑了挑眉，一臉深表同情的樣子。

「你竟然有本事說服門房讓你進來。」我一見到彌爾頓就說，隨手把包包丟在地上，在他旁邊癱坐下來。

「你們的家具只能用礙眼來形容，可是這間公寓……」彌爾頓突然止住，仔細環視寬敞的客廳、挑高的天花板與精緻無比的壁爐，「實在是時尚極品！完美的極品啊！」

我們的公寓或許很空曠，但套句彌爾頓的話，真的是極品。除了特別寬敞的客廳之外，還有三間臥室、一間傭人房、數間浴室、一間飯廳、一間書房和一個不小的廚房。

彌爾頓站起身，開始以腳步計算客廳空間，驚呼說：「好大啊！」「還有三面環景。天啊！這裡已經有超美的磨石地磚了，哪還需要箭尾紋地板呢？」

「我不知道要從哪裡動手。」我坦承說，忽然意識到裝潢工程浩大，令人不知所措。

「客廳很美，格局也優。我們用十八世紀義大利風的灰綠色壁紙當底，再用手工印上銀色玫瑰花束圖樣，妳覺得如何？」

「聽起來很不錯……不過對我們來說，有點太奢華了。」我婉轉地拒絕，心裡很擔憂，手工印模聽起來非常昂貴。「有替代方案嗎？」

「席薇，我有個更好的想法。牆壁用法羅與波爾（Farrow & Ball）的粉紅漆。我超愛這個顏色，它是英國進口油漆中最柔和的粉紅色。這樣會很有……英國查茲沃斯莊園[35]的味道。客廳不該用壁紙的，夜景就是最美的裝飾。妳看！」

彌爾頓說的一點也沒錯。我穿過客廳，把三面法式落地窗一一打開，外頭各有一座雕刻精美的小陽台。站在陽台上俯瞰，華盛頓廣場公園裡的茂密森林一覽無遺。抬頭一望，盡是無邊無際的藍天。不過，我暗暗提醒自己別被沖昏頭了，我不需要室內設計師。

「彌爾頓，」我開口說，「我想我負擔不起你的設計費。」這樣應該可以讓他打退堂鼓。

35 Chatsworth，英國德文郡公爵的住所，現為著名歷史景點，也是電影《傲慢與偏見》中達西先生的家。

沒人回答。我轉過身，彌爾頓不見人影。過了一會兒，發現他在主臥室來回穿梭。

「我想，精心打造的**自然風**最適合這裡，也就是不雕琢、有質感的風格是你們要的。一切自然不造作，像自己的設計一樣。你們的主臥室打造得相當完美。這裡要再加一片復古風的床頭板，牆壁貼上中國風的手工壁紙，還需要幾張瓊森（Maison JanSen）的邊桌……」

「——彌爾頓，我請不起設計師。」我打斷他。「你的想法我很欣賞，但我不是會請設計師的人。」

「我呢，是蘿倫送的禮物，妳沒有選擇。」他回答，隨即往廚房走去。

「什麼？」我連忙跟了上去，疑惑地問。

「我會幫妳裝潢好。蘿倫知道妳不會花錢請設計師，所以她替妳雇用我，很貼心吧？不是我吹牛，我眞的很行，這樣大家都開心。要來杯香檳嗎？」他打開冰箱問。我還來不及回答，他已經拿出香檳、拔掉軟木塞，倒了兩杯之後，我們碰杯慶祝。

我啜了口香檳，決定不再堅持。彌爾頓說服人的功力一流。這眞的很神奇。我一直堅持反對的想法，竟然兩三下就可以徹底扭轉。彌爾頓的說詞是，他至少可以搞定三個房間。等杭特從巴黎回來時，發現家裡廚房、主臥室和客廳都已經裝潢好，一定會很高興。我自己弄的話，一個月肯定辦不到。他說的對，所以我沒幾分鐘就被說服了。

彌爾頓很會找弱點下手。他知道我很想扮演好賢妻良母的角色，給杭特一個大驚喜。我要是能把家裡打點的很舒適，杭特絕對會很意外，也會很開心，可是我眞的抽不出空。我不得不承認，中國風壁紙一定很讚。彌爾頓還說，他有管道可以買到最棒的家具。我開始在心裡盤算，家裡裝潢好之後，一定很適合為杭特辦個生日驚喜派對。

彌爾頓乾了香檳，開口說：「裝潢你們家不用費多大力氣，只是稍微妝點一下而已。我想，妳老公回來前，幾個主要空間都可以弄好。對了，杭特現在人在哪裡？」

「他在巴黎，在為新節目尋找拍攝地點。」

「太好了。」彌爾頓說，「下星期我也要去巴黎，一定要約他見面。我先去採購，再去拜訪蘇菲亞。她們家在聖路易島上有一棟**美輪美奐**的豪宅。」

「一定很美。」我說。

「她要帶我去巴黎郊區的波旁宮（Bourbon Palace）。這座宮殿有四十年沒有開放了，不過聽說她是波旁王朝的後代，可以帶我進去。要不是一七八九年發生法國大革命，她可能會當上法國皇后呢。」

「彌爾頓，你還會跟蘿倫見面嗎？」我試圖轉移話題，現在不想聽任何關於蘇菲亞的事。我還有正事要擔心。

「我今晚會去她家，之後就要準備去巴黎了。」

「能不能請她打電話給我？」我問。「我工作上有要緊事要請她幫忙，可是聯絡不上她。」

「我見到她就幫妳轉告。」彌爾頓說。「現在，她八成一個人在家無聊，也懶得回電話。」

5 不可靠的朋友

這天半夜，我的手機突然作響，時間大概是凌晨三點吧，我也不確定。我在朦朧中接起來，以爲是杭特從巴黎打來。結果是蘿倫。她聽起來很亢奮。

「天啊，他剛離開。」蘿倫喘著氣說，整個人清醒無比。

「誰？」我帶著濃濃的睡意問。

「山佛啊，還有誰。」

「不會吧！」

「我知道已婚男人半夜待在離婚女子家中很不恰當，而且還是很正的離婚女子喔。我得打電話叫他保鏢來帶人，才把他請走。對了，梔子花香水最近很夯，妳喜歡嗎？擦在身上會有夏威夷風味。」

「什麼？」我完全狀況外。

「有沒有發現我的思緒很跳躍？」

「山佛找妳幹嘛？」我把燈打開，稍微坐起身。

「妳知道的，**當然是……為了那個嘛**。我什麼都沒做，讓他非常失望。我不跟已婚男人上床，那是很不時尚的行爲。眞抱歉，我這麼久才回電給妳，都是我的錯。事實上，最近我人不舒服，什麼都不想動。妳覺得槴子花香水怎麼樣？」

「我喜歡，但不知道去哪裡買。」我說。

「邦德街9號[36]。我的給妳好了。大家跑趴的時候都噴槴子花，眞受不了。彌爾頓說，下次我辦派對的時候，要在頭髮上噴一點，還得光腳才夠時尚。妳要來喔。」

「我當然會去——」

「——抱歉。」她突然打斷我。「妳等一下好嗎？」

我聽到另一支電話響，蘿倫接了起來。

「嗯，親愛的……我也想你。」我聽到她說。「喔不，不不不……我再打給你好嗎？那邊現在幾點？……這樣好不好？再見。」

蘿倫回到電話上。

「唉！他好盧喔。」

「剛剛是誰打來的啊？」

「我們明天一起吃午餐好嗎？」蘿倫說，我的問題當作沒聽到。

「好啊。」我回答。明天可以順便拜託她阿莉西的事。「去哪吃？」

「明天早上再決定。我十一點打給妳好嗎？」

隔天早上，蘿倫十一點整打電話到工作室來。坦白說，她會準時打電話，讓我很意外，也很

36 Bond No.9，紐約一家高級訂製香水商店，以總店店址為店名。

欣慰。也許蘿倫沒有大家說的這麼糟。

「天啊，我沒有晚打吧？」蘿倫劈頭就說。

「沒有。現在才十一點零一分。」我回答說。

「跟妳說，我們得取消午餐了。妳一定覺得我超任性的，可是我傷心的吃不下飯。」

我也很傷心啊。查克萊的禮服怎麼辦？

「妳還好嗎？」我問。

「喔，我很好。反正，事情很複雜啦。今天眞的沒辦法吃午餐了。」

「我工作上有件事想請妳幫忙，不知道妳願不願意？我們改喝下午茶好嗎？」我滿心期待地問。

「喝下午茶很棒啊，可是今天不行，我人在西班牙。」

蘿倫說她在馬德里，我早該想到的！我這才瞭解，蘿倫無法在一地久留，那會要了她的命。不過，半夜人還在紐約，早上就到馬德里，這可不是誰都辦得到。她是怎麼飛去的？

「搭私人飛機。」她壓低聲音說。「不是山佛的，是我一個朋友的飛機。昨晚，他訂好時間去馬德里。半夜三點多，他打電話來盧我跟他一起去。我後來覺得，到西班牙的山區去度週末也挺好。那裡養了全世界最美的駿馬，我很想去騎。不過，我不能跟妳共進午餐很可惜。眞對不起。妳會討厭我嗎？」

「不會，別傻了。妳在西班牙做什麼？」

「跟妳說，我釣到第一個男人了，解決一個獵物！我和一位帥哥鬥牛士親熱了，但是現在對他一點興趣也沒有了。」

蘿倫善變的程度跟小女生沒兩樣。不過，她的獵男大挑戰進展真快速。她嘆了口氣說：「他是一位業餘鬥牛士。昨晚我們一起搭飛機，在機上吃著印度燴飯的時候，我覺得他帥到不行。可是，現在我們跑到山上不知名的地方，待在他這間恐怖的房子裡，一點都不好玩！被一堆花草樹木包圍，讓我開始產生幽閉恐懼症。還有，西班牙鄉間到處是棕櫚樹，很像電影《地球末日記》（The Day of the Triffids）裡的吃人植物。可是，爲了釣到男人，我不得不默默忍受。」蘿倫的口氣聽起來像謹守貞潔的修女。「他可是我找到的第一個獵物呢。」

「他是什麼樣的人？」我問。

「這麼說吧，跟鬥牛士親熱眞是讓人精疲力盡。不過，跟西班牙人接吻很噁心。他們很愛吸舌頭，吸到好像要吞下去似的。超噁！美國人要是這樣，最好被抓去關。還記得那件Revillon的短毛紫貂皮草嗎？那是一件有古董釦的短大衣，已經從巴黎寄出了，希望它會比我早到達紐約。每解決一個獵物，我總得犒賞自己一下，對吧？畢竟，跟陌生男子接吻是很痛苦的一件事。妳也知道，跟外國人的口水攪和在一起，黏呼呼的，很不舒服。」

「好噁喔！」我大笑出聲。「買件頂級大衣犒賞自己是一定要的。」

「老天，我得掛電話了。」蘿倫說。「我一回到紐約就打給妳，愛妳喔。」

女生朋友耍任性或爽約，我通常不太介意。可是，蘿倫善變的個性，在紐約名媛界裡無人能

出其右，遠超過一般人的忍受範圍。待我娓娓道來。

在紐約的某個社交圈裡，朋友之間耍點小脾氣、臨時放鴿子、說話不算話或不夠義氣，都是家常便飯。事實上，美貌出眾、家世顯赫的富家千金才有權利出爾反爾，至於相貌普通、家境較差的名媛就另當別論了。蘿倫則是極盡任性之能事！

她一天到晚把別人耍得團團轉，但憑著迷死人不償命的外表，大家不僅容忍她耍任性，還認為那是她的魅力所在。我的日子可沒那麼好過。接下來的兩天裡，查克萊不停追問我何時能夠說服阿莉西來試裝。

蘿倫回電後，沒再接到她的消息。後來星期四，快遞送來一樣東西。當天，我留在家工作，順便監督裝潢工程（**我不得不佩服，彌爾頓請來的工人效率很高。短短幾天，家裡煥然一新**）。這時，快遞人員送來包裹，上頭附著淡粉色的超迷你信封。信封裡有一張郵票大小、顏色相配的小卡，上頭印著桃紅色的字，內容如下：

抱歉！一點青結酒吧[37]見？ XXX蘿

對於紐約名媛而言，道歉十分傷神。因此，最近很流行用只能擺幾個字的超迷你花押小卡（**目前最小的尺寸是2乘3**）。上頭最多只能寫這幾個字：**晚餐美味極了！瑟西亞**。而且還是雙面都

---

37 Blue Ribbon，紐約知名餐廳集團，旗下有壽司、麵包店及各國料理的餐館。這間位於曼哈頓唐寧街的酒吧以酒類飲料和輕食為主。

使用。

有人毒舌說，曼哈頓名媛偏愛迷你卡片，是因爲她們沒什麼話要說。蘿倫耍任性耍的淋漓盡致。她不僅愛放人鴿子，還經常臨時變更行程或取消約會。任性女出爾反爾時，妳除了接受也別無他法。況且，新的安排有時候更吸引人。

看著蘿倫送來的精美小卡，我一度想回絕她，說我另有要事。我老大不情願地打開包裹，裡頭擺了一瓶**邦德街9號**的梔子花香水，瓶身很有份量，名稱就叫「**紐約縱情**」（**還真符合蘿倫的個性**）。另外附有一顆香水噴球，球身是橘色皮革，配上鮮綠色的噴嘴。收到如此奢華的禮物，我也難掩興奮之情。我套上噴嘴，在手腕上噴了一點。好香啊！下午哪還有什麼要事呢？

我打電話給查克萊，告訴他我整個下午可能都不在工作室。他回答說，只要能說服阿莉西來試裝，做什麼都值得。

我準備更衣出門時心想，天啊，我和蘿倫根本不熟，怎麼好意思開口要她說服好友幫我解圍？我套上一條Hudson的咖啡色天鵝絨褲，搭配白色喀什米爾羊毛長大衣。希望這身裝扮，能掩飾我內心的不安。

我來到位於唐寧街與貝福德街口的青結酒吧時，竟然看到蘿倫早就來了。這間餐廳小而美，她就坐在靠窗的圓桌上。

蘿倫身穿一襲摩卡色的縐褶雪紡洋裝，展露一雙美腿，毫不畏懼紐約秋日的涼意。腳上則踏著一雙淡粉色鱷魚皮的Jimmy Choo高跟涼鞋，一件嫩綠色的狐狸皮草披肩隨性掛在椅背上。她在短短幾天內兩次橫越大西洋，居然還能一派悠閒，絲毫未顯疲態。

我掃視餐廳，發現自己的外套款式跟至少四位女生撞衫，心裡好生失望。紐約時尚流行永遠走在世界尖端。在美國其他城市，流行款式通常一季才會退燒。**而在紐約，只要「一餐」就過時了。**

「妳今天好像賈姬喔。」蘿倫一見到我就稱讚說。她站起身擁抱我、親吻我的雙頰。「我超愛妳的外套。」

「我的外套很醜。妳才美呢！」我回吻她說。

「拜託！我今天醜死了，」蘿倫扯著自己的洋裝說，「覺得自己好像豬喔。」

我們倆都算打扮入時，但美國的名媛之間有個不成文規定，那就是見面時一定要相互稱讚對方的品味，還得自慚形穢、謙虛以對。

女生多半在高中時期就學會這套行禮如儀的劇本。除了效忠誓詞[38]外，就屬這套社交劇本最重要。大原則是：切忌即興演出，更不能傻傻地接受對方稱讚。

我跟蘿倫同時嘆了口氣，才一同坐下。一位男侍者來到桌前為我們點餐。我們點了兩杯可樂、兩盤牛排加薯條，沒有生菜沙拉。

「我好餓。」蘿倫哀嚎。「我們直接講重點，妳要我幫什麼忙？」

「呃，跟妳的朋友阿莉西有關，就是邀請我參加單身派對的那位。」

「這可怪了。我也要問妳阿莉西的事。」蘿倫一臉驚訝地說。

「什麼？」這可把我弄糊塗了。

---

38 Pledge of allegiance，美國公立學校的全體師生，在開學日或重要集會活動時，都必須面對國旗誦讀效忠誓詞，以展現愛國情操。

「妳先說吧。」蘿倫面帶微笑。

我把事情的原委從頭到尾詳述一遍。說完，蘿倫立刻拿起手機打給阿莉西，規定她一定要穿查克萊的禮服舉辦新年舞會。我從她們的對話中可以得知，阿莉西對蘿倫言聽計從。

「搞定了。阿莉西九月二十號星期一下午兩點會到工作室試裝。要的話，我也可以穿查克萊的禮服參加舞會。」蘿倫向我保證說。「喔，太好了，謝謝。」侍者端著兩杯可樂來時，蘿倫對他說。

她一口氣乾了可樂，好像幾個月沒喝水似的。「可樂是全世界最好喝的東西。我一直想戒掉，可是試了一千次都沒用。這應該比戒菸容易，不過菸也戒不成就是了。」

幾分鐘後，我們的食物送來了。蘿倫看了她那盤牛排薯條兩眼，然後遞給侍者說：「我能不能換成櫻桃蘿蔔沙拉？」接著，她轉頭對我說：「我要請妳幫個忙，幫我做一件重要的事——」

「當然，妳才剛幫了我一個大忙！」

「我想請妳當伴娘。」蘿倫甜甜一笑說。

「妳要跟那位鬥牛士結婚？」

「不是，是當我離婚單身派對的伴娘。」

「那當然沒問題。」我說。離婚伴娘的頭銜，眞令人發噱。

我後來知道，伴娘的主要任務是負責確保沒人帶老公來參加派對。依照邀請函上的指示，每位賓客必須攜帶一位單身男性，而且要是「**好貨**」，最好不要是年年在各大派對上常見的熟面孔，因爲這表示他們是「**滯銷品**」。

所謂的「**好貨**」，必須坐擁高薪，而且工作要有意思。當然，愈高薪的工作往往愈無趣。電腦工程師可以接受，像發明Skype的工程師就很理想。其他條件包括不能頂上無毛，還要擁有房地產（**謝絕無殼蝸牛**），有家族遺產更加分。

「我沒有尋覓第二春的打算。」蘿倫說，一臉羞怯。「我只是要找第二號獵物。這也是離婚單身派對的主要目的。除了我和一群黃金單身漢之外，在場都是已婚女性，這樣就沒人跟我競爭了。喔，我也許會邀請一些離婚女郎來參加，像莎樂美和汀斯莉，她們人都超有趣的。我突然這麼安排，希望妳不會介意。我會把男性名單給妳。這麼做，妳不會覺得我太……**嬌**了吧？」

「一點也不會。」我嘴巴上附和，心裡卻想：**還有誰比妳更嬌縱呢？**

6 尋夫記

星期五中午和蘿倫吃飯，傍晚返回家中後，我不禁自問：一個新婚女子去幫忙安排一場**謝絕老公的離婚單身派對**，會不會太……怪了點？

我總覺得不對勁，倒還不至於有罪惡感。只是，新婚女子去當離婚派對的伴娘，而且如此熱衷，難免有些不妥。

說實在的，我覺得新婚夫妻很惹人厭。每次聊天的話題，不外乎是廚房鋪了新的沃特瓦克斯瓷磚，要不就是嘗試了哪些「**做人**」的方法。離婚派對正好可以反制那些庸俗不堪的新婚夫妻。晚上七點過後，若有外人在場，就該禁止談論**會陰切開術**或是**排卵期**這類的話題，免得讓大家不自在。

傍晚稍早，我打了電話給杭特，想告訴他離婚派對的事，當時應該是巴黎晚上十一點。只要我先向他報備，不管做什麼他都不會有意見。如果他不希望我去當伴娘，我也會乖乖聽話。

「親愛的，我等一下再打給妳好嗎？我還在吃晚飯。」手機接通之後，他說。電話那頭傳來嬉鬧吵雜的聲音，還聽到帶著美國腔和英國腔的人熱絡地交談。他顯然玩得很開心。

「當然沒問題。想你喔，老公。」我說完，便掛了電話。

我今晚不外出，決定在床上享用晚餐，邊看上回錯過的《我家也有大明星》[39]，邊等杭特的電話，打算過個頹廢的夜晚。杭特不准我在床上吃東西，他覺得很不像話，我倒覺得在床上吃東西再時髦不過了。穿著復古絲質睡衣，待在床上吃中國菜，什麼都不用擔心的感覺超讚。

沒等到杭特打來，我就睡著了。他大概不想吵醒我，因為直到隔天（星期六）早上，他依然沒有打來。

起床後，我立刻撥電話到杭特下榻的布里斯托飯店（Hotel Bristol）。這是一間非常高級的老飯店。

「莫提姆先生不在——」接電話的人帶著濃濃法國腔，簡短地答道。「他一整天外出。」

杭特在忙什麼呢？希望他在巴黎街頭漫步時，也思念家中的妻子。也許他正在逛紗比亞羅莎[40]，打算挑一件精緻無比的手工蕾絲細肩帶睡衣給我，不過我沒跟他提過這家店就是了。**妳得適時暗示，老公才曉得要送什麼驚喜給妳，這是眾所皆知的道理。**我提醒自己，下次跟他講電話，一定要不經意地提起這家店。

「可以幫我帶個訊息給莫提姆先生嗎？」我說。

飯店櫃檯把我轉接到語音信箱。於是，我留了一段很長的甜言蜜語給杭特，還送了好幾個

---

39 Entourage，HBO製作的時尚喜劇影集。

40 Sabbia Rosa，巴黎的高級內睡衣專賣店。

飛吻。

「寶貝，嗯哇——嗯哇——嗯哇——」

我改打杭特的手機。手機響了幾聲之後，出現三個嗶聲，接著聽到語音回覆說：「**請稍後再撥**。」我又打了幾次，電話都接不通。也許美國的手機在法國收訊不良。法國人歧視美國產品，也不是一天兩天的事了。我心想，好吧，寫電子郵件給他好了。我披上晨衣到書房裡去，坐在彌爾頓為杭特挑選的書桌前，打了以下這封郵件：

我最愛的老公：

好想你喔。老婆被迫參加一場離婚單身派對，而且謝絕帶老公入場，希望你不會反對。對了，要是你正好經過聖父街，而且不由自主地被一家名叫紗比亞羅莎的店吸引，就順從直覺走進去吧，因為你老婆很愛這家店的小驚喜。再打給我喔，寶貝！

xxx席

交代完離婚派對的事後，我又爬回床上，看能不能夢到我的夢幻睡衣？到了星期天早上，杭特依然沒有回電！我只好再打去飯店。總機人員花了點時間查詢杭特的房號，回覆說：「這裡沒有莫提姆先生，他應該已經退房了。」

「不對，他一定還在——」我堅持說。**不然他會在哪**？

「我再確認看看……」又是一陣等待，電話那頭傳來鍵盤聲。

「沒有，電腦顯示，他星期五下午兩點就退房了。再見——」

電話那頭已掛斷。我緩緩放下話筒，胃裡突然一陣翻攪。

杭特退房了嗎？那他人在哪？結婚以來，我第一次認眞懷疑起杭特。我愛他，但我們認識半年就決定結婚，我眞的瞭解他嗎？杭特只不過去了一個星期而已，我就開始不安了，我眞的能信任他嗎？連彌爾頓打來興奮地說，他在跳蚤市場找到全世界最美的古董吊燈，我都開心不起來。沒有老公點亮我的生命，有威尼斯的水晶吊燈又有何用？

「你跟杭特見過面了嗎？」我問。

「呃……」彌爾頓支吾其詞。

「什麼？怎麼了？」

「沒見過他。那盞吊燈眞的超美——」

「——如果你看到他，能不能……」我忍不住哭了。

「席薇，怎麼了？」彌爾頓擔憂地問。

「我只是想跟他說話，可是聯絡不上他。結婚這件事，突然讓我壓力好大……」

「我們明天會跟他見面。」

「我們？」

「蘇菲亞安排的。」

蘇菲亞，那位差點當上法國皇后的原宿女孩，還有雙修長的美腿。

「爲什麼是蘇菲亞安排的？」我問，有點惱怒。

「我們要去歐博坎街上一家餐廳吃飯，蘇菲亞幫忙訂位。」

星期一諸事不順。杭特仍然無消無息，我也找不到他。除此之外，阿莉西根本沒來試裝。我很肯定，蘿倫確認的時間是九月二十日星期一下午2點。可是，阿莉西沒來過一通電話，也沒寫過一封電子郵件。她的手機直接轉接語音信箱。

查克萊非常憤怒。他整天帶著怒氣畫奧斯卡禮服的草圖。那些好萊塢女星眞倒楣，希望沒有人會穿他的禮服。我則埋首於整理帳目，奢望工作能讓我暫時忘記煩惱。

到了傍晚，我什麼都不在乎了，心情突然好轉。老公失聯這麼多天，我從一開始傷心難過，到變得疑神疑鬼，現在終於堅強起來，走出傷痛。我告訴自己不下千百次：**我根本不需要老公**。七點左右，杭特終於打來了。

「嗨，親愛的。」聽到他的聲音，我緊張地說，心跳得飛快。

「我想妳想瘋了，妳週末都去哪？」他問。

「去哪？這句話應該是我問你的！我打給你有十五次了吧，你人到哪去了？」我不耐煩地問，不禁怒火中燒。

「在這啊，我還能去哪？」杭特回答。

什麼？這就怪了。

「飯店告訴我你退房了。」

「眞奇怪，我週末都在飯店裡。我有好多……會要開，再加上……時差，所以沒辦法隨時打電話。」

「那爲什麼他們要說你退房了？」我問，語氣盡量溫和。

「飯店一定搞錯了。」杭特說。「對了，蘿倫的離婚單身派對，我覺得妳應該去當伴娘。然後，那天晚上有多火熱，可要仔仔細細地跟我報告。」

「那當然。」我哈哈大笑。看來，我們應該沒事了。

「還有，妳提到的紗比亞羅莎……眞是間好店——」

「有沒有買東西給我啊？」我忍不住興奮地問。

「親愛的，這是秘密，不能說……」

「老公，對不起——」

「對不起什麼？」

我怎麼會懷疑杭特？我只是在電子郵件裡暗示了一下，他就乖乖地跑去紗比亞羅莎，眞是個窩心的好老公！週末失聯的事，顯然是飯店的問題。可是……這一切還是很沒道理！但算了……這些都不重要。也許是因爲杭特離開太久，讓我變得神經兮兮。

「對不起，因爲我好想你。」我撒了謊。

「我心裡一直念著妳。沒有美麗的老婆在身邊，巴黎不再是美麗的花都。」

「我最愛你了。」我說，這是眞心話。

「對了，上週，我找到一個很棒的地點拍攝鄉間小屋的場景，是在巴黎北邊的一座古老城堡，車程大約兩小時。」

「怎麼找到的？」

「彌爾頓幫忙找的。上週，他突然打電話給我。我們約在花神咖啡館吃早餐，談了家裡裝潢的事。後來，他提到蘇菲亞帶他去參觀一座絕美的城堡，所以我就去看了看。現在，我們的團隊已經進駐城堡，準備拍攝工作。」

「蘇菲亞人眞好。」我說，自以爲表現得很大方。

這時，我突然想到，昨天彌爾頓不是說他還沒見到杭特？也許我聽錯了，可是，我覺得事情有點不對勁。

「對啊。她的人脈很廣。我得去跟彌爾頓和蘇菲亞吃晚餐了，我會幫妳跟他們打招呼。」

「太好了。」我掛了電話。

爲什麼大家都在巴黎跟我老公吃飯，而我卻一個人在紐約呢？更何況，那位「**獵夫魔女**」也在，這怎麼成?!我得趕緊計畫到巴黎度週末。

7 離婚派對

阿莉西・卡特在社交圈向來有「揮金姑娘」[41]的名號，辦派對一貫走鋪張奢華路線。這位「揮金姑娘」，是紐約唯一一位年齡不到三十五歲、家中卻有一間專屬宴會廳的女子。她堅稱自己在查爾斯街那棟氣派如宮殿的豪宅，全是授權販售義大利高級香橙皂賺來的。

不過，社交圈裡無人不知，背後眞正的金主，其實是阿莉西那擁有多家連鎖賭場的老公史提夫。女性雜誌從未報導過這件事。「揮金姑娘」周圍的心腹，也都守口如瓶。

午夜，我和蘿倫一同來到瑞文頓飯店的閣樓。

「這些梨花裝飾還行嗎？太過頭？還是太低調？」阿莉西一見我們就問。她身穿一襲Ungaro的印花長禮服，白底配上大紅罌粟花，呼應派對的花卉主題。「花卉設計如果有問題，**都要怪安東尼・陶德**，這部分是他負責的。我個人**超欣賞**他。」

一支梨花要價六十美元，可以想見，陶德照慣例從中狠撈了一筆。他的解釋是：派對在秋天舉辦，梨花季早過了，因此要價不斐。當然，主要原因還是阿莉西指定非要梨花不可（**現在，名牌包已經不足以象徵地位，高級花卉才夠看**）。

---

41 Spenderella，從灰姑娘（Cinderella）衍生而來。

據說，她爲了在秋天打造春季花卉饗宴，導致紐西蘭的梨花園大量減產，所造成的生態浩劫，比麥當勞對雨林的破壞更嚴重。阿莉西表示，這次的主題象徵「**重生**」。然而眾所皆知，她決定花卉主題的標準只有一個：愈昂貴愈好。

「花很漂亮，阿莉西。」我稱讚說。

「妳是席薇·莫提姆嗎？很高興我們終於見面了。」她轉頭跟其他人打招呼，「歡迎妳們，離婚愉快！」

阿莉西絕口不提試裝爽約的事，我也沒提。

「我們快點去拿酒吧。」蘿倫直奔吧台。「兩杯香檳加冰，要用平底玻璃杯裝。」她對酒保說。「我在某本雜誌上讀到，法國伯爵費德列克·尚東[42]用這種方式喝香檳耶，很時髦吧？」

酒保倒好香檳，蘿倫遞了一杯給我。

「有看到帥哥嗎？」蘿倫問，目光掠過全場。「我看起來會不會很俗氣？」

蘿倫一身打扮無懈可擊，完全符合瑞文頓飯店不成文的正式服裝規定。她身穿一件淡灰底配小白圓點的**Tuleh**縐褶長禮服，外罩一件僅蓋住肩膀的短皮草，是用非法的猴子毛皮做的，厚度約有一吋。

她今天化了濃濃的煙燻妝，戴上假睫毛，蓬鬆的頭髮隨意披在肩上。我則是從查克萊的禮服

---

42 Fred Chandon，酩悅香檳（MOËT & CHANDON）的家族繼承人。

中挑了一件最保守的白色蕾絲洋裝穿，用意是昭告大家：我不是來釣男人的。

「妳今晚很美。」我告訴蘿倫。

「我覺得有點不自在。」蘿倫看了看四周說。「這裡的氣氛太冷了些。」

今晚的氣氛確實和很女生的派對大不相同（**幸虧如此**）。閣樓四周以大片的落地窗包圍。眺望出去，五光十色的霓虹燈閃爍如繁星。有了這片璀璨絢麗的紐約夜景映襯，派對增色不少。

場內到處可見成雙成對的男女。有幾位男士的手環抱著女士的腰，有幾對窩在特別布置的迷你沙發上，還有幾對坐在散布四處的絨毛坐墊上卿卿我我。巨大的梨花擺飾下，有一、兩對正打得火熱。乳白色的梨花朵朵綻放，好像一團團鮮奶油般蓬鬆柔軟。

「那是誰啊？」我問。

旁邊吧台的高腳椅上，一位貌似中東人的女子正在瘋狂親吻一位膚色很深的男子。她不斷地貼近，男子身體被壓得愈來愈靠近吧台，姿勢看來很不舒服。這時，他一個不注意，頭上的毛帽突然滑了下來。我和蘿倫在一旁差點沒笑翻。

「那是**莎樂美・艾爾—費雷**。」蘿倫壓低聲音、帶著淘氣的語氣說。「大家都稱她是中東和平大使離婚婦女代表。她從來不跟宗教不同的人接吻，個性超酷。我一直都以她爲榜樣。」

蘿倫走到莎樂美身邊，拍拍她的肩膀說：「莎樂美，妳要小心。這裡不是日內瓦，是瑞文頓飯店。」

「蘿倫！別煩我，我很忙。」莎樂美不悅地說，雙唇還黏在那位男子的唇上。

莎樂美貌似中東版的蘇菲亞・羅蘭。她有焦糖色的肌膚、一頭烏黑柔亮的及肩秀髮，以及一對深邃的碧眼，配上濃密的長睫毛。她身穿一件深V收腰長禮服，胸前風光呼之欲出，渾身上下散發阿拉伯女人的魅力風情。

「莎樂美，妳最好低調一點。」蘿倫在她耳邊說，語帶命令。

莎樂美這才抬起頭，對蘿倫調皮地眨了眨眼。

「親愛的，離婚快樂！」她說。「我的事大家都知道，何必低調呢？」

眾所皆知的是，莎樂美今年芳齡二十八，是沙烏地阿拉伯的公主。二十一歲那年，奉父母之命嫁給國王的姪子費薩爾．艾爾—費雷王子，畢業於哈佛大學。

結婚幾年後，先生為了經營家業，便帶著她移居紐約。過了一年，先生必須再度返回中東三個月。那段期間，莎樂美發現八號木屋（Bungalow 8）這家私人夜店愈夜愈熱鬧，也是許多皇室成員喜歡流連的場所。同時，曼哈頓的媒體開始注意到她，她很享受鎂光燈下的生活。她的外表看似放蕩不羈，但其實八號木屋是她去過的第二家夜店。

於是，莎樂美開始縱情享受充滿男人與伏特加的夜生活，還把八號木屋的拖鞋當藝術品收藏。有一天，她被拍到與美國籍、以色列裔的地產大亨夏伊．弗萊曼公然調情，隔天立刻上報。正巧，費薩爾就在《紐約郵報》第六版的網路版上讀到老婆的八卦，標題是：**阿拉伯公主與以色列猛男熱戀實錄**。他隨即從利雅德打電話給莎樂美說：「我要休了妳。」連續說三遍，便掛了電話。根據伊斯蘭教律法，離婚即刻成立。

現在，莎樂美改跟猶太人交往，雙方父母都不認同，連莎樂美自己的父母也不跟她說話。她都自我解嘲說，她現在只能自立自強。

我的目光一直離不開莎樂美，一方面是因爲火熱親吻秀太精彩，另一方面是因爲她從裡到外散發著無與倫比的魅力。我想，查克萊應該非常願意邀請她來試裝。目前看來，要說服阿莉西的機率不高。況且，莎樂美比影視明星還要迷人。

「她一定很適合查克萊的禮服。」蘿倫小聲說。

「跟我想的一樣。」我也壓低聲音。

蘿倫硬生生把莎樂美從夏伊身上拉開，她一邊掙扎，一邊笑得花枝亂顫。蘿倫指了指我說：「這是我的朋友，席薇。」

「嗨，妳的洋裝很美。」莎樂美說。

「謝謝。」

我決定下週打電話邀請她來工作室。之前被阿莉西耍了，這次我得聰明點。男侍者端著香檳過來。

「要喝香檳嗎？」我問莎樂美。

「不了，香檳沒什麼作用。我只喝烈酒。請給我一杯純伏特加。」她對男侍者說。

「馬上來。」男侍者回答，轉身走回吧台。

一位比例勻稱的孕婦在此時現身。還有夜生活的孕婦，曼哈頓大概僅此一人。她紮著馬尾，下半身穿煙管褲，上半身搭配民俗風的娃娃裝，正好遮住圓滾滾的肚子。

「蘿倫！跟妳說，我找的黃金單身漢原來有女伴！」她興奮地說。

「**菲比・凱爾德**。天啊，謝謝妳來，這個時間對孕婦來說太晚了。妳看起來好瘦。」蘿倫口是心非地說。

「我看起來跟駱駝沒兩樣。」菲比假惺惺的說。

「我根本看不出來妳懷孕。」莎樂美跟著睜眼說瞎話。

這時，男侍者正好端了一整盤伏特加過來，放在我們身旁的小桌上。除了菲比，大家各拿一杯。可憐被冷落的夏伊拿了兩杯。

「菲比，妳見過席薇嗎？」蘿倫問。

菲比對我投以熱情的笑容。我沒見過她，但她的名字好熟。她羞怯地瞇著眼說：「我剛踏入社交圈的時候就認識杭特。你們秘密結婚的事我聽說了。恭喜妳成功的綁住他。他眞的好帥，還是出了名的花花公子。噢，他眞是個完美的男人。」

「他確實很完美。」我說，刻意忽略不中聽的部份。

莎樂美趕緊轉移話題。雖然外表看不出來，但她其實是個心思細膩的人。「妳的預產期在什麼時候？」莎樂美問，喝完一杯伏特加，又拿了一杯。

「大概一個月後。我們剛從歐洲度假回來。薩森醫師要是知道我還坐飛機出國，肯定會把我關起來。席薇，兩星期前，我們在倫敦見到杭特。他還是魅力十足。」

「是巴黎。」我糾正她。「他人在巴黎。」

「呃，我們在倫敦見到他耶，糟糕！」

菲比說什麼?!杭特在倫敦?!**兩星期前嗎？可是……我用力回想。那不就是……不就是我跟他失聯的那個週末嗎?!**

我屏住呼吸，在腦中努力拼湊日期。就在兩星期前，我找不到杭特……可是……剛剛喝的伏特加開始作祟，我不確定是兩星期還是三星期前了？這太扯了！菲比根本是胡說八道。

「他整個週末都待在巴黎的飯店裡。」我反駁說，語氣十分肯定。「他都在開會。」

「老公搞失蹤喔！哈哈哈！」菲比大笑出聲。「我老公也常不見人影，眞是太有趣了！」

爲了化解尷尬氣氛，蘿倫問：「菲比，妳的童裝做的如何？」

「唉呀！很累人。我們的樣版送去上海，下週就會拿回來了。」

「不好意思，我去一下洗手間。」我藉故離席。

我找了間廁所躲進去。

杭特之前真的是去了倫敦嗎?!為什麼菲比要這麼說?!重點是，他如果去了，為什麼要隱瞞我?!

突然，女廁所的門碰的一聲打開。接著，有人敲我的門。我出來之後，看見莎樂美和蘿倫一臉擔憂地盯著我。

「妳在這兒啊。」蘿倫說。「菲比說的話妳別理，孕婦腦袋不清楚。她不可能在倫敦見到杭特，這個人就是喜歡瞎攪和。」

「眞的嗎？」我問，暗自希望蘿倫說的是實話。

「對啊。」莎樂美附和說。「她最喜歡把『**我們的樣版在上海！**』這句話掛在嘴邊。樣版都送去兩年了。」

這不太對。菲比的童裝設計做得有聲有色，而且很有野心要拓展事業版圖。莎樂美只是爲了安慰我，才故意說她經商失敗。

「我們回去吧，我想帶妳見一個人。」蘿倫拉著我的手說。

這個人是**山佛・柏曼**（**他的本姓是柏莫瑟夫斯基。他的家族在一九三九年從俄羅斯移民到美國後，才縮寫成柏曼**）。穿西裝、打領帶的山佛彆扭地坐在絨毛墊子上啜著沛綠雅。他頗有年紀、體態臃腫，很符合大亨的形象。即便如此，他全身仍是散發出一股霸氣，很顯然有權有勢，人人都想高攀。

我和蘿倫走上前去時，看見菲比直繞著他打轉，像隻餓壞的母獅準備享用獵物。山佛一見到蘿倫，從此目不轉睛，眼中只有她的存在。

「啊——」他雙手伸向蘿倫，蘿倫一把握住。山佛沒有起身，蘿倫在他身旁坐下，其餘的人仍然站著，只好低頭看著他們。「紐約第一美女來了。」山佛拉起蘿倫一隻手親吻。

看得出來，山佛瘋狂地、徹底地愛上蘿倫了。

「山佛，跟你介紹，這是我的朋友席薇。」蘿倫指著我說。

「很高興認識你。」我伸手和山佛握了握。他的手非常冰冷。

「蘿倫的朋友，就是我的朋友。」他親切地說。

菲比帶著期待的眼神盯著山佛，但他沒多說什麼，目光移回蘿倫身上，對著她說：「親愛的，我有一筆生意給妳。」

「好不容易等到你這句話。要我幫你美麗的太太找首飾嗎？」蘿倫問。

「不，是幫我找。」

「那我希望你對自己奢侈一點。」

「還記得在拍賣會上沒標到的那對**法貝熱**（Fabergé）**袖釦**嗎？」

「——等等！」菲比插嘴說。「我也有同樣的經驗。我在菲利普斯（Phillips de Pury）拍賣會上沒標到萊儷[43]的蛇髮女妖墜子。當時，我人很不舒服。後來去看醫生，我說我快要死掉了。醫生說，想活命的話，就非買到不可。我只好用雙倍價格跟弗萊德買，才能活到現在。」

這時，大家都盯著菲比看。她臉一紅，害羞地說：「我可是很認眞做生意的。我的樣版都在上海了。」

「好啦，大家都知道。」莎樂美說。「我們去吃甜點吧。」

莎樂美拉著菲比離開，我和蘿倫留下來陪山佛。他轉過身，以強勢的眼神望著蘿倫說：「我是認眞的，蘿倫。我想擁有沙皇尼古拉二世的那對法貝熱袖釦，但不知道目前在誰手上。」

我這才發現，山佛的眼光獨到。法貝熱袖釦在古董珠寶市場上非常搶手，一副要價八萬美元以上。得標者通常會馬上轉手賣出。若是沙皇尼古拉二世或拉斯普丁[44]的私人收藏品，絕對更加搶手。

對蘿倫而言，搜尋任務愈艱難，她愈有動力。她曾經跟我說，坐私人飛機尋找古董珠寶花的錢，往往遠超過賺取的利潤，但她不介意。正如她所言：**不然的話，吃飯以外的時間，要怎麼消磨呢？**

43 Lalique，法國知名藝術珠寶設計師，擅長運用水晶結合珠寶設計首飾。

44 Rasputin，沙皇尼古拉二世所寵信的東正教教士，在皇宮內握有權勢、行為放蕩，被視為妖僧，後來遭到暗殺。

「我會幫你找。不過，對方賣不賣很難說。」

「妳只要眨眨眼，就能讓一個男人爲妳傾家蕩產了。」山佛語帶挑逗。

蘿倫樂得哈哈大笑。

「我會盡力。」她說。

「謝謝妳，親愛的。」山佛親了她臉頰一下，搖搖晃晃地站起身，準備離去。「我得走了。有消息讓我知道，好嗎？」

蘿倫點點頭，望著他離開，流露出依依不捨的神情。

「他很可愛。」她說。

「山佛愛妳愛得無法自拔。」

「哎！」她笑了起來。「當朋友很不錯啦。這次的任務很有挑戰性，法貝熱的袖釦相當稀有。除了性生活外，我很少這麼興奮。」

「老公，是我。」我說。

「老婆，妳怎麼還沒睡？現在那邊幾點？」杭特問。

現在是紐約半夜三點，巴黎早上九點。我站在廚房，整個人清醒無比，手中緊緊握著電話。參加完蘿倫的離婚派對後，我根本睡不著。菲比說的話讓我震驚不已，只是之前不願承認。

「我剛從蘿倫的派對上回來沒多久，派對午夜才開始。」

「去睡覺，等妳醒了我們再聊。」杭特說。

「杭特，我好想你。」

自從杭特上次在巴黎旅館失聯、我們一番懇談過後，一切已恢復正常。杭特對我加倍貼心，雖然人不在，但只要他有空，就會打電話關心我。先前的誤會，我幾乎忘得一乾二淨。其實，我心裡不太願意跟他提起菲比說的事，但我不得不提。

「今天晚上我遇到你一個老朋友，菲比。」我說。

「好幾年沒見到她了，她好嗎？」杭特問。

好幾年?!兩週前不是才剛見過嗎？

我快速地思索，努力鎮定下來，開口說：「她肚子很大了。她說，她兩星期前見過你。」我頓了頓，才說：「而且是在倫敦。你偷偷跑去倫敦，對不對？」

杭特靜默不語。

我不禁憤怒起來，用力地打開冰箱，拿出開了的香檳倒了一杯。我啜了一口。

沒事，一點頭暈的感覺都沒有。莎樂美說的對，香檳沒有用。

杭特突然開口說：「妳說菲比啊！她說話從來不用大腦，加上現在懷孕，荷爾蒙分泌更旺盛。我確實見過她，跟她先生彼得一起，但地點是在巴黎的喬治餐館（Chez Georges）。她肚子眞的好大。」

「那你剛才爲什麼說好幾年沒見過她？」我質問。

「席薇，我親愛的老婆，我很愛妳，妳完全不用擔心。」

我有說我擔心嗎？沒有的話，他爲什麼突然這麼說？難道，這表示他確實有事會讓我擔心？

「我沒有擔心。」我言不由衷。

「那好，不要多想，乖乖去睡。別理菲比說的話，她只是因爲懷孕，所以腦袋不清楚。我回去之後，約他們夫妻一起吃個飯好嗎？」

我躺在床上時不禁自問：**我們的婚姻，會比伊麗莎白．泰勒和尼克森．希爾頓**[45]**的婚姻還短暫嗎**？結婚不過六週，我已經開始擔心老公出差的時候會不安分了。這怎麼行！參加一次離婚派對，我就開始覺得男人都不可信任。

一覺醒來（**隔天睡晚了**），我又開始覺得老公是聖人。昨晚我是哪根筋不對？我才不會變成伊麗莎白．泰勒。杭特不會騙我，他解釋的很清楚，是在巴黎見到菲比。菲比因爲懷孕記憶力變差了，這很合理。也許，成天跟這群休夫新貴混在一起，我的腦袋也糊了！

接下來的日子裡，我埋首工作，家中裝潢也準備收尾。彌爾頓的團隊打造了奇蹟。不過短短幾週內，整個家妝點得美輪美奐。杭特再過幾天就要回來了，我迫不及待想見到他。他一定會很喜歡煥然一新的家。

除了這些，我沒有餘力想其他的事。專心工作確實能忘卻煩惱。我後來聯絡上莎樂美，電話中的她親切有禮，也答應要穿查克萊的禮服參加阿莉西的新年舞會。我們約好一星期後試裝。

45 尼克森．希爾頓是伊麗莎白．泰勒的第一任丈夫。兩人結婚約八個多月後離婚。

查克萊光聽她的聲音就很欣賞她。他說：「我已經不在乎阿莉西了。請阿拉伯公主代言才是王道。」

幾天後，彌爾頓搖搖晃晃地扛著兩盞沈重的吊燈過來。兩盞燈都從巴黎運回。我幫他一起把吊燈擱置在走道上。接著，我們一同「巡視」（彌爾頓如此形容）整間公寓。只能說，美的令人讚嘆不已。

這趟巡禮的終點是廚房，也是我最喜愛的地方。裡頭有成套的乳白色精緻櫥櫃，配上鏡面防濺板。窗簾則是鮮紅色的絲質布料，配上一條巧克力色的羅緞滾邊。飯廳的中央擺了一張鄉村風格的老橡木餐桌，搭配幾張古董竹椅。彌爾頓堅持要用紅色絲質壁燈作爲照明，取代時下流行的嵌燈。

「這裡可以擺個Aga烤爐，而且要買白色新款。」彌爾頓建議說。「這樣家裡就很舒適了。」他緊張地瞄了瞄手錶，似乎在趕時間。「我不能待太久，明早要到烏茲別克去。Diane von Furstenberg[46]和Christian Louboutin[47]之前都去過有新絲路之稱的烏茲別克。我也打算效法他們。我預計在當地待三個月，主要爲我的Target系列家具找靈感，明年一月才會回來。家裡的設計妳喜歡嗎？」

「超喜歡，眞希望杭特快點看到。」我開心地說。

「哎唷，看看妳，眞是可愛。妳眞的很愛他對吧？」

46 知名比利時服裝設計師。
47 法國高級女鞋設計師。

我紅著臉點點頭。

「我認識的人，沒有一個眞正愛自己的老公。」彌爾頓說。「連同性戀都不例外。」

「這樣很糟。」我說。「要喝冰茶嗎？」

我倒了兩杯冰茶，又開了包巧克力碎片餅乾倒在盤子上。彌爾頓拿了一片坐在竹椅上吃。

「嗯～」彌爾頓一臉滿足的樣子。

「巴黎好玩嗎？」我倚著流理台問。

「好玩。蘇菲亞家的城堡超──讚！」

「杭特要在那裡拍攝電視節目是吧？」

「對。他雇了蘇菲亞來幫忙，很明智的決定。」

「什麼？你說他雇用了蘇菲亞？」我十分震驚。惡名昭彰的『**獵夫魔女**』要爲我老公工作？彌爾頓的腦子肯定燒壞了，杭特不可能雇用蘇菲亞，還故意不讓我知道。有任何決定，他都會先跟我商量過。

「你確定嗎？」我不可置信地問。

「別這麼擔心。」彌爾頓試圖安撫我。

「我沒有擔心。」我嘴硬地說，差點被餅乾噎著。政府應該警告民眾，婚姻可能導致噎食。

「席薇，蘇菲亞正在跟**皮耶·隆巴赫頓**交往，就是經常登上《**巴黎競賽畫報**》[48]的那位。據說，他和摩納哥皇室成員有私交，在法國政府裡也頗有人脈。蘇菲亞對杭特沒興趣。她惡名昭

48 Paris Match法國的時事八卦週刊。

彰，都是因爲擁有一雙遭人嫉的美腿，所以妳不用太擔心。」

我這才稍稍寬心。彌爾頓說的對，**不過是一雙美腿而已，沒什麼好擔憂的。**

8 心慌意亂

「妳完全有理由擔心！」汀斯莉尖聲說道。「我說眞的，蘇菲亞比阿拉伯實施石油減產還讓我害怕。」

我剛剛跟汀斯莉提起杭特雇用蘇菲亞的事。

「噓！別說了，汀斯莉！」蘿倫制止她。「席薇，妳可以擔心，但別讓老公察覺，默默擔憂就好。還有，就算妳開始自言自語和自我安慰，也千萬別神經兮兮。婚姻亮紅燈時，我就是這麼撐過來的。」

「可是，我的婚姻沒亮紅燈啊。」我反駁說，不禁捫心自問：**真的沒有嗎？**

這是杭特回來的前一晚，我、蘿倫與汀斯莉到卡萊爾飯店（Carlyle Hotel）的藝廊餐廳用餐。心煩意亂時，汀斯莉最愛和姊妹淘來這裡聚會。她覺得這間餐廳很有安慰作用。餐廳內的紅色絲絨扶手椅舒服至極，還有老服務生穿著白色外套，左手披著麻料餐巾布，與手肘正好呈九十度。沒有什麼比這個景象更令人心安了！然而，今晚我的焦慮卻不減反增。唯有蘿倫和汀斯莉的裝扮讓我精神稍稍一振。

稍早，她們倆到Chanel瘋狂血拼，身上都穿著戰利品。汀斯莉身穿一件毛呢外套搭配及膝燈籠褲。蘿倫則是罩著一件黑色大衣，領口別著詹姆士・德・紀凡希[49]設計的紅寶石別針。「我今天走南・康普納[50]路線，而汀斯莉扮的是獵場看守人。」蘿倫說。

一位女侍者來到桌前。她一身黑色洋裝，足蹬黑色漆皮高跟鞋，一頭紅髮吹得老高。她走路踏著輕快、律動的步伐，令人彷彿置身百老匯。

「今晚要吃點什麼？」她問。

「迷你漢堡。」汀斯莉和蘿倫齊聲說。

「我要時蔬沙拉。」我說，今晚沒什麼胃口。「我們喝香檳好嗎？」

「馬上來。」女服務生動作俐落地轉身離去。

「我很難不跟杭特提到蘇菲亞的事，因爲——」我脫口而出。

「勸妳別提，杭特會認爲妳大驚小怪。」汀斯莉插嘴說。她一副坐立難安的樣子。「天啊，毛呢好扎人，我會不會癢死啊？」

「我眞的是小題大作嗎？」我問。

若眞是我小題大作就好，這表示實際上一切安然無事。

「不見得。我記得有一次打電話給路易斯，以爲他人在紐約，其實是跟十五歲的模特兒跑到里約熱內盧去鬼混。」蘿倫說。「要是當初敏感一點，我早就察覺問題了。」

看來，我是自找麻煩。實在不該找汀斯莉和蘿倫訴苦，她們只會讓情況雪上加霜。

---

49 James de Givenchy，世界知名珠寶設計師，創辦珠寶品牌Taffin。

50 Nan Kempner，紐約社交名媛，活躍於六、七〇年代。

「我的建議是，妳現在快點請律師。」蘿倫壞笑說。「離婚很容易的。」

「同意。」汀斯莉高聲應和。「對了，我決定，往後交往的對象不是億萬富翁，就是餐廳小弟，但條件是要二十五歲以下。以前的我一直謹守分寸，現在恢復單身後，我想好好放縱自己，女人的美貌是有賞味期限的。別問我爲什麼，我就是知道。」

我沒跟著一搭一唱。這些玩笑話，使我心情加倍沈重。我也不覺得拿別人的婚姻開玩笑是恰當的。

汀斯莉用手肘頂了我一下，發現我板著臉後，露出尷尬的神情。「天啊，對不起！我們很壞。」她連忙道歉，一臉羞愧。

女侍者正好端了三杯香檳、沙拉和迷你漢堡過來。蘿倫與汀斯莉把自己盤子上的麵包與薯塊清掉，一人拿了一塊只有四分之一大小的漢堡。這麼丁點兒食物，給嬰兒吃都不夠。

「這是唯一能夠減肥的垃圾食物。」蘿倫說，一邊小口啃著牛肉漢堡。「不是麥胖，是麥『**瘦**』喔。[51]」

「嗯～」汀斯莉啜了口香檳，發出滿足的聲音。「席薇，我覺得大驚小怪是**應該的**，但不代表**真的**發生了什麼事。不曉得妳懂不懂我的意思？當妻子的本來就該敏感一點。蘇菲亞這種女人心機很重……」她繼續解釋道。「所以就算沒事，妳也要隨時保持警覺，就像大家都會密切注意石油減產的問題一樣。」

51《麥胖報告》（Super-size Me）是一部紀錄片，探討麥當勞速食對人體的危害。蘿倫開了個文字遊戲的玩笑，原文為：「Super-downsize me」，downsize有瘦身之意。

「她說的完全正確。」蘿倫點點頭。「再清楚不過了。」

搭著計程車回下城時，我心想，蘿倫和汀斯莉離過婚，不信任男人是很正常的。蘇菲亞不可能打杭特的主意。若真如大家所言，她是個心機重的女人，就不會笨到利用職務之便接近杭特，這樣一來，她的企圖豈不是昭然若揭？

進了家門後，我走到客廳，整個人癱坐在新沙發上。這張沙發採用仿舊的摩洛哥織錦花布，美麗又舒適，彌爾頓前幾天才請人送來的。

家裡的裝潢大致完成，只剩下浴室的洗手台還沒安裝，明天杭特回來以前就會弄好。

坐了好一會兒，我才站起身走到臥房。燈一開，杭特居然坐在床上咧著嘴對我笑，手裡還捧著一束白色山茶花。

「嗨，老婆。」他說，模樣一派瀟灑。

「啊！……」我失聲尖叫，立刻丟下包包奔向他。可想而知，我整個人融化在他懷裡。兩個人的激情瞬間爆發，不停地瘋狂做愛！

一陣狂野過後，我們依然難分難捨，拼命擁吻，想把過去一個月的思念都彌補回來。到了大約半夜兩點，杭特下床去，打開塞得鼓脹的公事包，拿出一個白色盒子遞給我。

我接過來，看見盒子上印有紗比亞羅莎的黑字。一打開，裡面是一件藍綠色的絲質睡衣，鑲有精緻的古董蕾絲。

我迫不及待穿上它照照鏡子，看起來很有凱薩琳．丹妮芙在電影《青樓怨婦》裡的韻味（**我覺得，如果想扮成妓女，她絕對是被仿效的第一人選**）。

「杭特，這件好美喔！」我開心地說，又回到床上。「謝謝你。」我窩在他懷裡撒嬌，滿足地閉上眼。

隔了幾分鐘，杭特開口問：「老婆，我們浴室的洗手台呢？」

「誰叫你提早一天回來。」我帶著睡意咕噥。「明天洗手台就裝好了。」

「家裡變得很漂亮。」杭特說。「這麼短的時間，妳怎麼辦到的？」

「我請了設計師。這是我第一次這麼做，覺得好丟臉喔。」我笑著說。

「我覺得很棒啊，我們終於有了眞正的家。我很喜歡，也好愛妳。」杭特弓著身，把我緊緊抱在懷中。「我們睡覺吧。」

我很確定，杭特沒有外遇。他還是很貼心的好老公！

「老婆，妳不用這麼辛苦吧。」隔天早上，杭特起床時對我說。

「我想爲你做早餐。」我端著早餐到床上。

我們坐在被子上，一起享用巴爾薩沙麵包店的牛角麵包。大約七點四十五分時，我的手機響了。

「嗨，席薇，我是蘇菲亞。妳好嗎？」

「喔，嗨。」我說，嚇了一跳。

「能不能請杭特聽電話？事情很緊急，他的手機關機，我聯絡不到他。」

我不情願的把手機遞給了杭特，好心情頓時消失，心底的疑慮再度浮現。

「蘇菲亞找你。」

杭特接過電話，邊聽邊皺起眉頭。

「妳不能解決嗎？天啊……不會吧？我真的不想下星期再飛巴黎一趟。我剛剛回到紐約，又好久沒見到席薇……等我下一趟過去處理可以嗎？我瞭解……對！好，我再打給妳。」說完，他掛了電話。

杭特人剛回來，蘇菲亞就打算把他騙回巴黎了嗎？我開始冒汗，濡濕的睡衣黏在皮膚上。汀斯莉與蘿倫的忠告早已拋諸腦後，於是我脫口而出：「老公，雇用蘇菲亞的事，你爲什麼沒有告訴我？」我努力緩和語氣，不要像個打翻醋桶的太太。

杭特一臉驚訝。「我雇用蘇菲亞，只是爲了取得在城堡拍攝的許可。她男友皮耶是巴黎市政廳的高官，她說會請皮耶幫忙疏通。我們的拍攝工作有很多問題，請她幫忙，還是付點薪水好，總不好意思讓人做白工。她在巴黎的人脈很廣。」

「大家都這麼說。」我冷冷地說。

「希望我不用趕去巴黎。」杭特嘆了口氣說。「如果真的必須過去，我們一起去巴黎度週末，讓我補償你，好不好？」

「當然好啊，老公。」我說。

這樣應該是沒事吧！我努力甩開不愉快的情緒，告訴自己，沒什麼好擔心的。

我突然有一股衝動想問蘿倫和汀斯莉，杭特都邀我一起去巴黎了，我還要懷疑他嗎？這應該不會是晃子吧？

不行！她們一定會認爲杭特是要去和蘇菲亞幽會。她們說的話不可信！

離了婚的敗犬，和幸福的人妻想法怎麼可能相同？結婚永遠比離婚好。

9 Google不到的男人

五十九街與第五大道的轉角上，有間名為「**古老俄羅斯**」（A La Vieille Russie）的神秘珠寶店。裡頭的店員個個面無表情，活像鬼魂。

整間珠寶店陰森森的，宛如一座大型墳墓。天花板邊上沾滿灰塵，只有存放貴重寶石的玻璃櫃上有燈光照射。不過，蘿倫很喜歡這家古老又低調的珠寶店，認為他們的珠寶品質最高檔。她決定從這家店開始尋找山佛的法貝熱袖釦。幾天前，蘿倫說服我陪她一起來。

「我今天擦了新香水，叫公園大道，」我們驅車前往上城途中，她提到。「我想讓自己看起來很窮，才能應付他們。」

說眞的，蘿倫的穿著毫不窮酸。她身穿一件Giorgio di Sant' Angelo的鮮紅色洋裝，胸前開叉幾乎及腰。她這身打扮適合五四俱樂部[52]，而不適合五十九街。

離婚派對結束後，山佛曾向蘿倫詳細描述他夢寐以求的袖釦。據他表示，那對袖釦是在一九〇七年復活節當天，沙皇尼古拉二世的母親送給他的禮物，可以說是「**法貝熱袖釦的始祖**」。

袖釦上鑲著蛋形黃琺瑯，中央有金線織成皇冠的圖樣。若是眞品，袖釦後頭會有鑽石刻上的

---

52 54 Studio，七〇年代紐約著名的迪斯可夜總會，也是名流匯集的場所。

流水號，必須用放大鏡才看得到。拍賣當天，得標者以電話競標。蘿倫相信，「**古老俄羅斯**」的員工一定知道誰是得標者，甚至懷疑他們受客戶委託匿名出價。

原籍俄羅斯的山佛一直很想擁有俄羅斯的歷史文物。他聽說Tom Ford[53]也在收集法貝熱袖釦。既然如此，他認為花十萬美元買一平方公分不到的黃色琺瑯袖釦，也無可厚非。

「對，我知道那對復活節袖釦。」蒼白如鬼魅的店員**羅伯特**輕聲說。他刻意壓低聲音，深怕打擾了亡魂似的。

「耶，太好了。」蘿倫也壓低聲音說。「我就知道你們能找到買主。」

「布朗特小姐，我們不知道那對袖釦在誰手上。」羅伯特邊說邊收拾桌上的東西，似乎有意結束話題。

「那得標者是誰？」我問。

「小姐，我們不能洩漏客戶資料。」羅伯特臉色一沈，瞪了我一眼說。

「羅伯特，夠了！」蘿倫說。「拜託你，我有一位很重要的客戶願意不惜代價買到它。在拍賣會上失手讓他非常難過。交易成功的話，也會算你一份。」

「布朗特小姐，很抱歉，我不能答應。我還有事要忙，不招呼了——」

「——我可以試戴那一條嗎？」蘿倫打斷他說。

她彎著身，指著下方玻璃櫃中一只古董手鐲。手鐲形狀如蛇，鑲有土耳其綠寶石與鑽石。

「當然可以，布朗特小姐。」羅伯特嘆了口氣，隨即打開櫃子，小心翼翼地拿出手鐲。

53 美國知名設計師，前Gucci首席設計師，後來自創品牌。

蘿倫套上它，再盡量推到上臂，模仿埃及人的戴法。

「噢，」她深吸了口氣。「噢，天啊。」

「美翻了。」我忍不住讚嘆。

「也貴翻了，要兩萬兩千塊美金。」她看著手鐲上的標籤說。「這個價格，我很難決定耶，羅伯特——」

「當然，我們一定會給些優惠，布朗特小姐是常客。」羅伯特對蘿倫說，眼神虎視眈眈。

「你說的優惠，有沒有包括那位神秘買主的名字？」蘿倫面無表情地說。

羅伯特深吸了口氣，歪著頭，一臉不悅地瞪著蘿倫。

接著，他示意我們跟他進辦公室。辦公室空間狹小，裡頭擺了張皮製書桌，桌上堆滿書、珠寶盒及寶石設計圖。羅伯特勉強擠進書桌，在破舊的電腦上按了幾個按鍵，螢幕上隨即出現一張袖釦的照片。那對袖釦的確十分精緻，黃琺瑯色澤飽和、貴氣逼人。照片底下有幾行敘述：

價格：$120,000美元

客戶：G．蒙特瑞

付款方式：電匯

「G．**蒙特瑞**是誰？」我問。

「我們從沒見過他。每次電話聯絡都是透過第三人，錢則是直接匯進我方戶頭，交貨地點是在莫斯科的柏悅飯店（Park Hyatt）。」羅柏特解釋。「他們行事非常低調，不願意留下聯絡電話。很多俄羅斯的客戶都是如此。爲了安全起見，他們不願透露任何資料。布朗特小姐，那只手鐲，妳打算怎麼付款呢？」

「不敢相信妳居然買了手鐲。」搭計程車回下城時，我對蘿倫說。

「這筆帳，我會算在『客戶』身上。」蘿倫理所當然地說。「山佛不惜代價要得到那對袖釦。而且我覺得，」蘿倫揚起眉說，「這趟尋寶之旅，肯定會花不少錢。」

我哈哈大笑。果然是道高一尺，魔高一丈啊。

「其實，山佛眞的是個貼心的男人。」她說。「要不是他結了兩次婚、有兩個小女兒、外頭還有不知道多少個私生子……我可能會，妳知道的……」

「眞的假的？」我問。

「其實，主要原因是，我沒辦法想像——」蘿倫頓了頓，伸長脖子看司機有沒有在偷聽，然後小聲地說：「跟大胖子愛愛是什麼感覺！滿身肥肉很像水床耶。」

「喔，天啊，夠了妳！妳也太誇張了。」我聽不下去了。

「我的『性』福怎能不顧。山佛要是個年輕健壯的單身漢就好了。眞希望他有兒子。」

計程車疾駛回第五大道的途中，我從包包裡翻出黑莓機。

「好，我要來搜尋這位神秘的G．蒙特瑞先生。」我說。

車子左甩右甩，我勉力在黑莓機上按了Google，然後鍵入G．蒙特瑞搜尋。

「不如，十一月第一週我們一起去莫斯科找那位神秘男子好嗎？那時，冰上馬球季正好開始，一定會很好玩。」蘿倫提議說。

我心動了。聽說莫斯科超好玩，紐約時尚界在當地也頗有發展。我或許可以趁機為查克萊多拉一些生意。

「聽起來很不錯，但我考慮一下再跟妳確定好嗎？我可能會跟杭特一起去巴黎。」

「妳跟他還好嗎？」

「他回來後一直很體貼。」

「還以為妳會加入我們**休夫新貴**的行列呢，眞可惜。」蘿倫說。「我開玩笑啦。」

這時，黑莓機螢幕上蹦出一個畫面：**找不到和您的查詢——G．蒙特瑞——相符的資料**。

「眞討厭。」我氣餒地說。

蘿倫伸頭過來看，皺起眉頭。她拿走黑莓機，再試著用各種關鍵字搜尋，仍然毫無結果。

「Google不到的男人！天啊，好吸引人喔。」她說，決定放棄搜尋。「我一定要到莫斯科去，天涯海角也要找到他。」

「妳的獵男計畫怎麼辦？」我問。

「搞不好蒙特瑞先生會是我的二號獵物。」蘿倫說。

「如果他是高齡七十九歲的老先生呢？」我問。

「肯定不是。」蘿倫信心滿滿地說。「直覺告訴我，他是個活力充沛的人。我已經**瘋狂**愛上他了。」

10 紐約西村的時尚嬌妻

紐約西村住著一群「**時尚嬌妻**」，目前在名流社交圈內的地位，可說是無人能及。她們最常出沒的地點包括：**帕斯提的露天雅座、布利克街的Marc Jacobs店門口，以及西九街自家豪宅前的石階上**。這些地區彷彿曼哈頓的人間天堂，難怪每到週末就成了觀光客聚集地。**時尚嬌妻們**個個擁有一口潔白無瑕的牙齒，以及一頭永遠閃耀動人、搖曳生姿的美麗秀髮。她們亮麗無比的外表，每每讓外地人流連駐足、驚嘆不已。

麗芙・泰勒、歐拉茲・施拉貝爾[54]與莎拉・潔西卡派克都名列在內。午餐時間，這些**時尚嬌妻們**最喜歡推著嬰兒車到培瑞街上的聖安伯厄斯（Saint Ambroeus）用餐，一般人很難訂得到位。

她們有幾個共通點：一、擁有人人稱羨的職業（**以電影明星居多**）。二、早晨會披著古董斗蓬到西十街的傑克咖啡館（Jack's）買咖啡。三、肌膚永遠散發著明艷動人的光澤，宛如剛剛享受完一場激情性愛。就算蹬著六吋的Roger Vivier高跟鞋、手推著Bugaboo Frog嬰兒車[55]，她們臉上仍然洋溢著幸福的光輝。

54 Olatz Schnabel，《潛水鐘與蝴蝶》電影導演朱立安・施納貝爾（Julian Schnabel）之妻。

55 荷蘭頂級嬰兒車系列，號稱嬰兒車界的賓士，一台要價約台幣三萬元。

某天晚上七點，我頂著寒風從辦公室回家，途中碰巧預見其中一位容光煥發的**時尚嬌妻**。說老實話，對新婚女子而言，沒有什麼比這種遭遇更令人沮喪的。我是說眞的。

杭特回來後幾天，我決定下廚做晚餐。這天白天工作特別忙，查克萊和我從早到晚忙著確認春季訂單，杭特則是有開不完的腳本討論會。晚上，我跟杭特都想待在家裡享受悠閒時光。

回家途中，我到第九街與第六大道上的席達瑞拉超市（Citerella）挑選一些義大利進口食材。離開肉品區時，我想起家裡的通樂用完了，只好再走回超市裡。

我一邊瀏覽架上的商品，一邊順手拿了清潔劑、牙膏等必需品放到購物車裡。結婚後，這些家用品永遠買不完。望著滿車的清潔劑與洗碗精，我頓時感到十分無力。

事實上，這些不浪漫的生活瑣事，任何婚姻皆無可避免。我老公帥歸帥，用衛生紙的速度卻特別快。而當我每次從超市拖著一大袋衛生紙回家，與老公談情說愛或一夜纏綿的動力便隨之消散。有時候，婚姻眞的是愛情的墳墓，只是新婚妻子不願面對現實而已。剛結婚幾週的新人也無法避免，這就是現實生活的殘酷。

舉例來說，昨天晚餐時，縱使我有千百個不願意，還是得跟杭特討論怎麼處理他的髒衣服。婚前，情侶之間只有討論愛愛地點的時候才會談到洗衣機。我們躺在床上快要入睡時，杭特突然問我：「老婆，我好愛妳。我在特魯萊[56]買的登山襪放到哪去了？」

我哀怨地心想，夫妻在床上難道只能談這些事嗎？不是該激情地做愛嗎？這樣的婚姻，一點

56 Telluride，美國科羅拉多州的滑雪勝地。

都不像永恆香水廣告那樣浪漫，倒比較像**《大家都愛雷蒙》**[57]這類鄉村喜劇。先生再怎麼有型，多少都會有些壞習慣，例如：杭特刮完鬍子後，永遠不會把洗手台上的鬍泡沖掉。更煩人的是，妳還得唸他，他才會清理乾淨。沒有人警告過我，婚姻永遠脫離不了柴米油鹽——就算有管家幫忙也一樣。這些瑣事，只會讓人「性」致大減。

我從最上層的架子拿了一盒垃圾袋放到購物車裡時，一股慾望燃起，我心想：**好想做愛喔！**……不對，我忘了還有乾洗的衣服！我瞄了一下手錶，現在是七點半，我得趕緊結帳回家，乾洗店八點會把杭特的衣服送來，我必須回家付錢。

我推著滿車的日用品到收銀台前排隊。發現前頭的人是菲比，我有說不出的沮喪！她就是典型的**西村時尚嬌妻**，整個人神采奕奕的。

菲比一手拿著一塊法國起司，好不時尚，另一手拎著自創品牌菲比寶寶名店的淡黃色購物袋。她上半身罩著一件毛呢短斗蓬遮掩身孕，下半身居然穿著凱特．摩絲風格的煙管牛仔褲，令人不可置信。還有那一頭閃閃發亮的棕髮，幾乎可以當鏡子了。儘管不情願，我還是得跟她打聲招呼，免得失禮。於是，我拍了拍她的肩膀。

「嗨，菲比。」我說。

她轉過身望著我，瞄了瞄我那一車的日用品，似乎完全沒認出我。這時，她突然驚呼：「席薇？是妳嗎？看妳拿了一車的清潔劑，我還眞認不出妳呢。」

是啦，也難怪。最近我跟杭特做愛的次數少得可憐。婚前，我記得我們天天做。現在，大概

57 Everybody Loves Raymond，美國CBS電視台製播的家庭喜劇。

是每三天一次吧。這樣很少嗎？還是很多？或普通呢？永恆香水廣告那對情侶多久愛愛一次呢？

「婚姻生活過得如何，席薇？」排隊等候結帳時，菲比問。

爲什麼大家都要問這個問題？我能怎麼說？我八成是得了婚後憂鬱症吧，我哀怨地想。既然有產後憂鬱症，那也一定有婚後憂鬱症。

「很幸福啊。」我回答，這應該是標準答案。

我想反問她的是：妳和妳老公會邊吃法國起司、邊設計昂貴的嬰兒服，然後邊做愛嗎？

「杭特還是跟以前一樣經常出差嗎？」她問道，排隊的人龍向前推進。

「現在很少了。」我睜眼說瞎話。事實上，婚後我跟杭特見面的時間少得可憐。不過，我可不想讓菲比逮到機會拿杭特的風流史來轟炸我。

「希望明天可以見到你。」菲比說，邊把起司放到結帳台上讓店員刷條碼。

我一臉困惑地望著她。

「就是娃娃車午餐會啊！地點在我新開的店。大家都會來，有**蘿倫**、**瑪西**、**揮金姑娘**等等。一定**超級好玩**。」菲比語帶威脅，好像在暗示，不好玩的話，大家走著瞧。「妳沒收到邀請函嗎？」

娃娃車午餐會是由紐約少數富豪名流發起的一項親子慈善活動，參與者多半是坐擁億萬財產的**時尚嬌妻**與一幫擁護者。他們共同的偶像是喜劇演員傑瑞．山菲爾德（Jerry Seinfeld）的妻子潔西卡。她育有三個孩子，也是娃娃車慈善組織[58]的主席。潔西卡除了要主辦娃娃車午餐會外，還有時間換不同的Narciso Rodriguez洋裝出現在公開場合、做指甲彩繪，以及抽空和老公做人。

---

58 Baby Buggy，成立於2001年的紐約慈善機構，旨在協助紐約的貧困家庭。

她到底是怎麼辦到的？

「小姐，一共四十元。」店員說。

菲比遞給她一張百元鈔票，然後對我說：「這種起司一磅要價六十四塊美金。這個地方眞是搶錢啊！」口氣得意洋洋。

她臉上掛著開心的微笑。菲比最喜歡在不熟的朋友面前展現自己的財力。

「明天的午餐會算妳一份。時間是下午一點鐘。邀請函都發完了，但沒關係，妳就說是我邀請來的客人就可以。」

這根本不是邀請，而是命令。

回到家中後，我下定決心要以菲比爲榜樣，不要被亮麗的人妻打敗。與其花時間想要去哪買她身上可愛的斗蓬，或猜想懷孕八個月爲何還穿得下煙管褲，不如仿效她，好好展現新婚妻子的風采。我要爲杭特煮一鍋美味的義式燉飯，然後換上前幾天在Daryl K買的連身小洋裝等他回來。洋裝的剪裁特殊，性感之餘還帶點前衛。

我套上洋裝時心想，還是菲比聰明，當個穿名牌的人妻幸福多了。

正當我開始切洋蔥，門鈴突然作響，一定是第九街上那間世界乾洗店送來的衣物。我連忙從包包裡掏了些錢，然後開門。中國籍的男孩吉姆站在門外，手上抱著一堆杭特的西裝及我的晚宴服。我領他進門，要他把手中的衣服擱在玄關的椅子上。

「謝謝。」我說。「一共多少錢？」

「八十五塊。」他回答。

我給他九十塊，跟他說不用找。

「謝謝。」他說，把錢收在腰間。

「再見。」我把門打開說。

快走出門時，他突然轉頭說：「小姐，這是在莫提姆先生的口袋找到的。」

他塞給我一樣東西，隨即快步離去。我關上門，打開手一看，是一個小型的密封塑膠袋，裡面放了許多張收據。吉姆眞貼心。我正準備把塑膠袋放在玄關的桌子上時，突然注意到第一張收據。不會吧……我拿近一看，上面印的是——英磅?!

不可能吧！我頓時一陣驚慌，連忙拉開袋子，拿出第一張收據，上頭寫著：

布雷克斯飯店

羅蘭花園三十三號

倫敦SW7

九月十七日

住房費用：£495.00

客房服務：£175.00

迷你酒吧：£149.00

迷你酒吧?!杭特居然花了三百多塊美金喝酒?而且還是在倫敦知名的高級飯店房間裡!我看著收據上面的日期，努力回想，心中慌亂不已。

九月十七日，是蘿倫離婚派對前兩週，那不就是杭特失蹤的那個星期嗎?這下確定了!菲比確實在倫敦見過他，杭特不僅說謊，還嫁禍給一個孕婦，說她腦袋不清楚。

我望著不停顫抖的雙手心想，我該不會是得了**多發性硬化症**吧?!都是我老公愛玩捉迷藏的遊戲，搞的我病情發作。太過份了!我該怎麼辦才好?馬上打電話給杭特，戳破他的謊言嗎?還是我太激動了，應該先告訴蘿倫?她會不會立刻請離婚律師過來?也許——

「嗨，老婆。」

我嚇得震了一下。剛才太專心，完全沒注意到杭特已經進門。

我還沒來得及說話，他把我拉到懷裡親了親，又摸摸我的頭，似乎察覺我需要安慰。

「噢，席薇，妳穿這件洋裝真好看。」杭特說。發現玄關擺著一堆衣物，他又說：「謝謝妳去拿乾洗的衣服回來。我知道妳很忙，下次我去拿就可以了。」

我無言以對。**難道，這就是婚姻「不」美滿的滋味嗎?**

11 名流寶寶

我實在沒心情參加菲比第二天的娃娃車午餐會。

我心裡只有那張倫敦飯店的收據、滿腦子想的都是究竟該怎麼跟杭特談這件事？

於是我跟查克萊說我有太多公事要忙，不能出席菲比的午餐會，希望他會說那就算了，不料他的反應恰恰相反，催促我去。

阿莉西．卡特是娃娃車慈善組織的贊助人，查克萊要我去向她下功夫，跟她重新約定試裝的時間——她第一次試裝爽約後，根本沒費事打電話跟我們致意，即使是我在離婚派對見過她以後也沒有。

菲比寶寶名店位於華盛頓街與荷瑞修街街角，隔壁是Christian Louboutin精品店，顏色與購物袋完全相同，牆壁通通漆成淡黃，飾條是鴿灰色。

我到的時候，店裡已經熱鬧滾滾，那些秀髮閃亮、娃娃車狂的媽媽們正在血拼，採買針對六週大寶寶設計的七百五十元喀什米爾嬰兒鞋帽組。

菲比坐在店裡，三位公關正在指揮她和她的朋友們擺姿勢，在一堆又一堆有商標的黃色寶寶衣物前拍照。

「妳見過阿曼妮亞沒？」她在我走向她時叫道。

菲比穿著Halston金色古董長洋裝，恰到好處地呈現她隆起的腹部。她一手拿著小緞包，一手拉著一個16個月大的小孩，不曉得她怎麼還有辦法同時喝水？

「噢！她以後會是超級模特兒。」其中一位公關對著那小孩尖嚷。「快！來照相。我們照相好嗎？我幫妳拿水。」

這位名叫凱西的公關一把拿走她的水，菲比以專業架勢改變表情，綻出充滿母性而年輕的笑容，五位攝影師冒出來咔咔咔地拍照後旋即消失，活像人形流星。

「好乖。」菲比說，輕搖著緊挨在她臀部邊、有點瘦伶伶的小孩。「她的小名是曼妮。」

「眞是好名字。」我說。

「她的確**很棒吧**——」

就在這一秒，店面後面爆出一陣閃光燈。菲比迅速轉頭去看閃光的方向。

「看！薇樂瑞帶**巴巴**來了，巴巴的實際名字應該是巴薩札。」菲比說，匆匆過去找另一位耀眼女郎，她的寶寶被塞到她面前有皮草內襯的Baby Björn娃娃椅裡，以便拍照。

其實，眞正會引起大家注意的對象，只有人群裡天使般的孩童，因此到場的可愛小朋友也愈來愈多。而所有孩童中，吸睛力最強的還是那些所謂的**名流寶寶**！

他們鮮少超過18個月大，只參加最時尚的活動，諸如藝術盛會、電影特映晚會、時裝秀。**（只限前排，因為在第二排就沒人看得到小孩了，又何必費事帶去？）**

每一個名流寶寶年齡還未滿三週，就已經有九十六筆資料可以在Google上搜尋得到！他們對

Yoya Mart的試衣間比自己的嬰兒床還要熟悉，而且已經在蘇活屋俱樂部[59]的寶寶音樂課跟**凱特·溫絲蕾**的小孩至少見過三次面。

名流寶寶的正字標記包括雙眼下有黑眼圈，以及稚嫩的肌膚透出疲憊至極的青色。

如果你認不出派對上的寶寶也無妨——**名流寶寶**的照片多到爆，只要幾天後翻一下《**高譚**》（Gotham）或《**紐約**》雜誌，保證可以找到答案，派對新聞那幾頁通常至少會刊出三位**名流寶寶**的照片。

我一邊想著事情、一邊掃視店裡，沒有阿莉西的影子，也許菲比會知道她在哪裡。

我走向女人堆裡的她，愈深入人群，愈覺得自己不亮麗。從那些光鮮的衣著判斷，我是唯一一個從辦公室過來的女人。我離開公司的時候，披上查克萊美麗的刺繡外套，搭配我的牛仔褲，但我完全不如整個上午都在美容院裡做頭髮、化妝的**時尚嬌妻們**。

「阿莉西來了沒？」我向菲比做出嘴型。她正被一群女人包圍住。

「她剛去洗手間。**揮金姑娘**得休息一下！」菲比嚷回來。「她根本沒小孩，卻買了三個金色緞布的尿布包！她就是克制不住——」

「謝啦。」我說，走向店面後方的「**化妝間**」。

菲比的「**化妝間**」，宛如迷人的客房。

59 Soho House，位於曼哈頓的會員制俱樂部兼旅館。

一張小沙發套著白色棉質椅套，布面印著黃玫瑰，放在化妝間另一頭，看來很舒服。洗手枱上懸掛著一面沉重的金框古董鏡，前面有個插著黃玫瑰的大花瓶，幾個小銀盤上堆著有如小山的黃色糖霜杏仁。

有一些裝著液體的小瓶子，標籤上印著「寶寶香水」幾個銀字。整個化妝間都是柔和完美的僞法國風格，但菲比根本沒半點法國血統，她來自邁阿密（這是祕密）。

沒看到阿莉西的蹤影，我如釋重負。杭特的飯店收據讓我怒不可遏，此刻也眞的沒心情跟她那種女人周旋。

我想，也許我可以在化妝間喘口氣，暫離外面的瘋狂。

洗手間裡有人，於是我癱坐在扶手椅上，此刻應該可以說我是在自艾自憐吧。我該怎麼做？我反覆問自己。我恐懼地想，如果我質問杭特，事情將只有一種結局，但我又不能不問他……或者，我眞的可以呢？爲什麼不能假裝不知道那張可疑的收據，就此淡忘這件事呢？別人的太太都是這樣處理的嗎？

就在這種驚惶的心情下，我注意到一陣咯咯輕笑聲從洗手間的門板後面飄出來。然後一個嘶啞、充滿香菸味的聲音低低的說：「我在走廊用站姿上他。那個**尼基**好可愛哦！我問他幾歲，他說：『我**快要十九歲**了。』」

雖然丟臉，但我承認我聽到耳朵都豎起來了。

「噁！他住哪裡？」另一個聲音說。

「一百一十七街，跟他爸媽住。」

「妳好壞，壞死了。」

「就是說啊，我就是愛使壞。」

我想不出那香菸嗓音屬於誰？但另一個人的身分很快便聽出來了，是蘿倫！慢慢的，一縷香菸的銀色煙霧從洗手間門縫底下冒出來。

「妳好噁喔！咳咳——」蘿倫尖叫。

門板打開，蘿倫踉蹌出來，之後是一蓬煙，接著出現的是叼著菸的汀斯莉。

我幾乎認不出她了！她穿著緊身的黑色皮褲、白上衣，上衣最引人注目的特色是顯露出的一大片酥胸。她左腕戴著Cartier鑽錶、耳朵上是碩大的淡粉紅色鑽石耳環。她幾天前還儼然是獵場看守人的打扮，這眞是奇怪的蛻變。

「席薇，好高興妳來了。」蘿倫看到我的時候說。

「妳看看我。」汀斯莉說，沒有拿下香菸。「我改穿琦莫拉・李・西蒙斯（Kimora Lee Simmons）設計的衣服。這種打扮可以釣到的男人年輕多了。」

「那就値回票價了。」我回答，感到驚奇。

「化妝間是這家店最棒的地方。拜託，我們可不可以不要回到店裡？我在這裡玩化妝玩得很過癮。」蘿倫說。「我喜歡菲比，但是她瘋了。我是說，她那模樣好像以爲會有五千億個小孩搶著買那條兩萬元的小駱馬毛睡毯。」

蘿倫和汀斯莉各拿一瓶寶寶香水，擠著坐進我對面的沙發裡。汀斯莉滿不在乎地將一盤糖霜杏仁倒入垃圾桶，將菸灰彈到光潔的空銀盤上。她逮到我盯著她。

「菲比喜歡我使壞，我是她唯一的情緒出口，她那麼的……**規矩**。我不懂她。」她說，露出困惑的神情。汀斯莉打開皮包，挖出睫毛膏和小巧的化妝鏡。「要是把睫毛膏塗得像水泥一樣厚重，看起來就**超級琦莫拉**哦。」她說，開始刷睫毛。

「妳一定不會相信我昨晚遇到的事。」蘿倫說，抬頭看我。

「什麼事？」我問。

「她有5次高潮。」汀斯莉插嘴。

「妳怎麼**確定是5次**？」我問。

女人必須確認自己因爲結婚，而可能錯過多少次高潮。

「因爲昨晚用的那盒保險套裡有5個套子，今天早上盒子裡沒剩半個套子，而我每次都高潮。」蘿倫說，很就事論事的口吻，沒有絲毫困窘。

「**5度高潮男**是誰？他有名字嗎？」我追問。

「有是有，但我不記得了。獵男馬拉松已經解決兩個了！爲了慶祝二號獵物到手，我訂了新的白色凱莉包，有玫瑰金的配件。天啊，他眞不可思議！一個晚上高潮的次數，竟然超過我**整場**婚姻的。」蘿倫尖聲說，打開化妝包，一陣翻找。

「妳的獵男大挑戰不是……親到就算數了嗎？」我取笑她。

「我不是高中生了，離婚女人喜歡……」蘿倫說。

「嘿咻——」汀斯莉心不在焉地搭腔。「蘿倫，妳包包裡有沒有我喜歡的那款黏呼呼唇蜜？那支Chanel的？尼基愛死它了，它讓我跟尼基更加「黏膩」！再半小時就是我們的約會了，到時一定會有很多的嘿……」

「——別說了。」蘿倫打斷她。「席薇是端莊的年輕人妻。妳再繼續講那個，她會很想死。拿去——」她遞給汀斯莉一支粉紅色唇蜜。

其實在紐約，**人妻要做愛、女生想跟男生上床、離婚女郎想上男人**……城裡從事這種活動的需求很大，每個女人多少都有機會遇上這種事！因此，每條街、每隔幾步就會有一家豪華旅館。房間的價錢裡通常也包括了一級棒的性愛設施。

蘇活屋最昂貴的「**遊樂室**」套房裡，床鋪尺寸媲美法國、浴缸比太平洋更大、淋浴的水流澎湃得像尼加拉瓜瀑布，從所有角度向你噴水。從現在到一年後的每個週六晚上都已經被離婚女郎搶訂一空了！

而蘿倫的獵男大挑戰，看起來似乎也漸漸演變成在跟汀斯莉較量似的，進了旅館後的二十四小時裡，她靠著必備的閃亮唇蜜加上保險套、享受只做愛不承諾的「**無責任性愛**」！

「都是我不好，我會帶壞小孩。」汀斯莉飛快地在唇上來來回回塗抹唇蜜。每塗一下，嘴唇好像就更豐潤、更粉紅，擦完後，雙唇看來像兩條肥滿的小香腸。「這東西太神了。門房們，小心啦！天啊，我是不是超級黏呼呼的？」

汀斯莉已經變成**男孩花痴**了，一提到**男孩**就渾身是勁。

她現在不但跟十八歲的門房往來，也就是前面說的尼基；同時也跟二十一歲的鮮配網[60]送貨員打得火熱！這送貨員到汀斯莉家那棟大樓時，通常就是由門房尼基開的門。這段羅賓遜太太[61]式的

60 FreshDirect，網路生鮮食品店，送貨到府。

61 Mrs. Robinson，出自一九六七年的電影《畢業生》，描述班傑明與羅賓遜太太偷情，卻也愛上羅賓遜太太的女兒。

三角激情令汀斯莉很興奮，並且很享受安排約會的艱難過程。

「妳的莫斯科獵物怎麼樣了？」我問蘿倫，想起那個Google不到的男人。「他還在妳的獵物名單上嗎？」

「我顯然還是徹底瘋狂地愛著他。」蘿倫微笑。「我想我會採取攻勢。他叫『**齋爾斯**』，名字很性感吧？他下個月要參加冰上馬球，這點我很肯定——」

「這個『**莫斯科男**』是誰？」汀斯莉插嘴，突然聚精會神。

「誰也不是。」蘿倫說，打開粉盒，對我做出「**什麼都別說**」的嘴型。

「對了，告訴妳們喔，瑪西遇到很慘的事情。」汀斯莉說。

「我已經曉得了。」蘿倫說。

「什麼事？」我問。

「她發現老公克里斯多福跟**她以前的大學室友上床**。這是娃娃車慈善組織主席**薇樂瑞・葛沃特**爆出來的小道消息。」汀斯莉說。

「不會吧——」我說，大感震驚。

「出軌的跡象他統統都有。他每次出差總是交代得很含糊，瑪西也沒有多想，眞是笨蛋一個。她發現老公書桌有一個上鎖的抽屜，這絕對是不忠的重大指標！還有，她老公沒注意到她新買的Rochas禮服。**她用老公的信用卡刷了六千元付帳耶！她老公竟然都沒注意到——**」

「她還好嗎？」我問。「也許我可以去看她。可憐的瑪西。」

「她四天沒吃東西了，看起來像戰俘。她興奮得咧，自從她一九八七年得厭食症以來，從沒掉過那麼多體重。」汀斯莉說。

「汀——不要太毒舌了。」蘿倫說。「瑪西狀況很糟，現在真的很需要朋友。我明天要去看她。她能甩掉那個偷吃的卑鄙小人最好。反正她離婚的話，生活應該會精彩得多。」

「妳想我們是不是該回店裡了？」我問。「我似乎應該去找阿莉西了。」

「我想看看那些可愛的媽媽和寶寶。蘿倫，妳好遜。」汀斯莉哈哈笑，按熄香菸，一溜煙出了化妝間的門。

我沒跟著站起來，蘿倫也沒有。我扔了顆杏仁到嘴裡，嘎吱嘎吱地咬。

「怎麼了？」

「沒什麼。」我撒謊，不知道跟蘿倫說飯店收據的事是不是個好主意？

「妳看起來很沮喪。是我們的關係嗎？我們聊的事讓妳覺得很噁心嗎？妳看起來真的很沮喪——」

有那麼明顯嗎？

「是杭特的……乾洗衣服。」我說。

「怎麼了？」蘿倫說。

我嘆了口氣，向蘿倫說明原委。

「我在他的乾洗衣服找到……飯店收據。他說沒有去過倫敦，但是他騙我。」

「哎呀，老天……」蘿倫說得很慢。

「我該怎麼辦？」

「妳應該跟我去莫斯科看冰上馬球，忘掉這回事。十一月六日，記到妳的行事曆上。」

「我是很想去，但是說眞的……我該怎麼辦才好？」我繼續問。

「也許事情不是表面上那樣——」蘿倫說。「如果在眞正的**水落石出**之前和他吵架，就太不理智了。哎呀，妳看起來有點哭喪著臉耶。」

「我覺得好難過。」我說，努力著不讓自己哭。

此時此刻，不適合因爲老公跑到倫敦去就苦惱到情緒崩潰。儘管如此，我覺得淚水已經湧到眼眶了。我振作起來，看看手錶，已經兩點半了。我決定再次走進外面的人群，看能不能找到阿莉西？找不到的話就直接回辦公室。最要緊的是，完全不去想杭特的事！再者，蘿倫說的也有道理，如果我沒有搞清楚眞相，就不能怎麼樣。

「好，我要出去了。」我說，站起來。

「我晚點再打電話跟妳詳細談。」蘿倫心照不宣地說。「但別跟杭特提起半個字。」

「好建議，謝謝。」我說。

我走回店面時，賓客已經變少。忽然間，有人拍我肩膀一下。

「席薇？席薇？」

我轉身。阿莉西站在我面前，苦著一張臉。

「席薇，我試裝的事怎麼樣了？」

她眞幸運，可以根本不記得自己有多健忘。我最好別跟阿莉西說她錯過了試裝日期。我說：

「妳隨時都可以來。」

「**我真的迫切需要**禮服。我擔心查克萊……整個忘記我了——噢，看！」她說，從衣架上抓了件小小的黃色雨衣。「我一定得買下來！美呆了，菲比眞行。」

「我晚點打電話跟妳約時間，阿莉西。」我說。

「好，我等不及了。」

我站在門口等著拿外套時，突然出現一陣騷動。菲比和薇樂瑞跟每個人吻別的時候，瑪西忽然到場，親吻大家打招呼，半個人也沒漏親，活像現在派對才要開始，而不是散場。

她化了完整精細的妝，塗著Schiaparelli粉紅唇蜜、穿細瘦的黑緞褲、高跟魚口鞋、露出紅色腳趾甲，寬大的黑色絲質上衣，領口有一個大領結，儼然奧莉薇亞．紐頓強在《**火爆浪子**》[62]裡完全改變造型的那一刻，只不過瑪西的轉變是眞的。

「瑪西，妳還好嗎？」我說。

「**感覺棒呆了**，脊椎側彎完全消失了，而且現在我穿得下零號的size了。」她回答。

她始終是穿零號的衣服！也從沒得過脊椎側彎，因此她沒有任何改變。

「噢，薇樂瑞，嗨——」瑪西飛快轉移目標，招呼起這對時髦的母子。「啊，巴巴——巴巴——」

---

62 Grease，一九七八年的歌舞片。奧莉薇亞飾演乖乖女，愛上約翰．屈伏塔扮演的校園男孩幫派頭頭，為了吸引他的青睞，奧莉薇亞捨棄保守的衣著，打扮入時。

已經累壞的小孩沒有反應，因此瑪西把臉湊近他。她噘起豔麗的粉紅雙唇，正要親吻巴巴。

「**嗚哇哇哇！**」巴巴大嚷著。

「巴巴，她是瑪西啊——」

巴巴開始像小雞一樣哇哇叫，拳打腳踢。突然，他轉向瑪西，於是瑪西也湊近他。他卻一陣嘔吐，一大坨穢物直接吐在瑪西的絲質上衣上。

「哎呀！」瑪西叫了起來，向後跳。「這小孩有什麼毛病?!」

「是妳的口紅。」薇樂瑞說，眼光避開瑪西。「嬰兒討厭……化妝品，那會影響嬰兒的腦部發育。我得帶他離開這裡了。」

說完，薇樂瑞就走了。

瑪西臉色脹紅，糗得要命。她看著我，一臉哀愁，問說：「剛剛那個嬰兒是故意這樣對我的嗎？」

12 瑪西的崩潰

『滾開！』十六個月大的寶寶，尖叫著斥責他不屑的名媛！

第二天早上，**即時追星網**[63]如此昭告天下。**名流寶寶**摧毀女性自尊的殺傷力，比任何大人都來得厲害！

瑪西躲起來，消失得無影無蹤，沒有人聯絡得到她，唯一能哄她出來的人是蘿倫，但她好像也人間蒸發了。

據說，在菲比午餐會後的隔天早上六點，有人在馬克酒店的大廳看到蘿倫穿著運動服、戴著大太陽眼鏡，正要進入電梯。她進去後，顯然是按下到閣樓的按鈕。傳聞迅速擴散，主要是因為據說山佛長期在那裡承租閣樓套房，而那之後就沒有人再看過她了。

我不相信這個傳言。其實，蘿倫從沒在上午十一之點前起床過。總之，除了這堆愚蠢的八卦，我迫切需要跟她談心，只有她聽我說過那張奇怪的飯店收據！那收據讓我心煩意亂了好幾天，簡直難以忍受。可是蘿倫最後跟我說的話，是叫我別向杭特提起半個字！儘管蘿倫很瘋狂，

63 Gawker Stalker，一個網站，發現名人蹤跡的民眾都可到該網站貼文。

但我認爲蘿倫對男女關係頗有與生俱來的智慧，我決定暫時三緘其口，但這樣還是維持不了多久，因爲杭特很快便察覺了我不太對勁。

有一天晚上我們躺在床上，杭特說：「嗯，漂亮的床單，最適合用來……」他傾身過來吻我。

「是Olatz出品的哦。」我說，故意背對著他。「這是你堂哥送我們的結婚禮物。」

說來奇怪，有時候連一個六百元的葡萄牙亞麻布、蕾絲花邊、手工繡製的枕頭套，也不能提振你的心情。那一夜我太焦躁煩心，怎麼樣也浪漫不起來，即使Olatz床單也救不了我。

「親愛的，怎麼了？」杭特關切地問。

「沒事。」我說，眼睛閉得死緊。「只是累了。」

「妳心情好像並不好。」杭特說，手撫摸著我的背。

「嗯……並不是。」我含糊其詞，其實我是怒火中燒，但不知道該怎麼滅火？

「我想問妳，我下次去巴黎出差要一個星期，妳可以陪我去嗎？我打算十一月的第一個禮拜去，這能讓妳開心一點嗎？」

這提議不錯！但實際情況是我對杭特很不爽，哪能輕易放過他？

「我不需要開心！」我繃著臉說，打開電燈，怒視我老公。

「那妳爲什麼皺眉皺得這麼可愛、又兇巴巴的？」杭特說，似乎覺得有點好笑。「怎麼回事？」

杭特實在很可愛，讓人根本不可能持續該有的憤怒。再說，看看他！——長得這麼帥，一臉愛睏地躺在我旁邊，一副很好抱的樣子！

我忍不住去親吻他。或許，我能試著忘記他的過錯，並且原諒他……也許是這些搶錢的床單太過浪漫了……

「老婆，看妳悶悶不樂好幾天了，告訴我是怎麼回事好嗎？」

或許，我**應該說點什麼**，徹底解決這件事？說不定眞相很簡單，然後我就可以在十一月跟杭特去巴黎，度過愉快的時光。其實，我再也憋不住了，也顧不得蘿倫的告誡！

「這個……我……是有心事。」我總算說出來了。「前幾天，吉姆送回你的西裝，他交給我一疊收據。」

「什麼意思？」杭特疑惑地問。

我身體探出床緣，拉開床頭櫃的抽屜。那個密封塑膠袋就在裡面。我拿出來，找出布雷克斯飯店收據。

「請你解釋一下。」我說，拿收據給他。

杭特檢視收據。「這是飯店的收據，幾個禮拜前就該交給會計了。」他將收據放到他那邊的床頭櫃，彷彿收據沒有任何異常之處。「好了，現在我可愛的老婆跟我，是不是該讓我堂哥的頂極禮物發揮**最大的功能了？……**」

杭特開始用鼻子磨蹭我的肩膀。不可思議的，他竟然不覺得收據有任何問題！我閃躲開，心裡感到沮喪。

「杭特，我正在努力要跟你吵一架耶！」我脫口而出，推開他。

「像我們這麼幸福的新婚夫妻有什麼好吵的？」他打趣說，根本沒認眞看待這件事。

「你爲什麼騙我說沒去倫敦？」我問。

好了！我說出來了！**或許這關鍵的一分鐘將會是我們婚姻的終點？**

我直挺挺地坐著，怒視著他。爲什麼就連我對他大發雷霆的時候，他看起來還是可以這麼……這麼的性感呢？眞是可惡！

「什麼？」杭特說，露出困惑的神色，從床上坐起來，有點激動地用手攏過頭髮。「我從來沒有騙過妳……妳在說什麼？」

「菲比說她在倫敦看到你，你說她腦筋糊掉，忘記她是在巴黎看到你的。」我反擊。

「呃……我是那樣說的嗎？」杭特遲疑地說。他似乎想了一會兒，然後說：「嗯……」

他是不是在想怎麼交代才沒有破綻？該如何捏造不在場證明？或者我只是毫無理由地瘋狂起疑？

經過一段感覺像是無止境的靜默後，杭特終於說：「我想，菲比說她看到我的地方是……倫敦。」

「對！」我憤怒地說。「但是你說你根本沒有去倫敦。」

現在我自己也昏了。或許腦袋糊掉的人是我。

「親愛的，對不起。我一天到晚出差，半數時候連我也不清楚自己在哪裡？所有的歐洲城市都變得一樣了。我不是存心要害妳擔心的，甜心。」杭特說，拉起我的手親吻。

眞不曉得倫敦要怎麼變得跟巴黎一樣?!

「你到底去倫敦做什麼？而且是週末耶。」我不高興地問。

「我想那是……」

杭特沒了聲音，好像想不太起來，最後說：「……對了，是臨時跟英國的發行商開會。對不起，我一定是忘了跟妳說。我在倫敦只待了二十四小時，之後立刻回到巴黎。」

我突然想到，關於瑪西的老公一提到公司事務時總是很「**含糊**」——汀斯莉是怎麼說的？這種「**含糊**」就是汀斯莉說的那種已出軌的「**含糊**」嗎？

「布雷克斯飯店不是洽商開會的那種飯店。」我嚴厲地說。

「我知道，老婆。我想帶妳去住，那裡很浪漫。」杭特說。

「別鬧了——」我終於挫敗地說。

不敢相信我們在吵這種架！永恆香水廣告裡的超模克莉絲蒂．特靈頓（Christy Turlington），想必從沒跟那個帥哥口角過。

「妳在說什麼？」杭特說。

「我是在說，我不是沒腦筋的女人。」

「噯，席薇，別這樣。妳知道我經常住在不同的旅館，不要無理取鬧，我們睡覺吧。」現在他也有點火了。

「我哪有無理取鬧！我是合情合理的懷疑，我老公週末跑去倫敦最浪漫的旅館幹嘛?!」

「席薇，別吵了——我不能認同妳這種猜疑，所以我沒有答案可以給妳。」

「可是——」

「噓。現在妳只是爲了吵架而吵架，我已經解釋過了，這件事到此爲止，好嗎？」

我知道杭特一向不多話，但他這個性子現在顯得眞可惡！我認爲他對我發火根本不公平。我再度發難。「可——」

「親愛的，夠了！」杭特有點嚴厲地說。「妳要嘛相信我、要嘛不相信，反正我說的都是實話。」

或許我是反應過度了。我如此想著，開始氣自己。這陣子工作讓我又累又緊張，偶爾會因此讓我有點像呑了火藥似的焦躁。

當我仔細思考後，杭特的解釋完全符合情理——這陣子他瘋狂出差，一家旅館跟另一家旅館有差別嗎？對他來說可能通通都一樣。

杭特說的對，我只能信任他。或許我應該接受丈夫的超讚的提議，別再爲小事鑽牛角尖。冬天的巴黎很可愛，沒有吵雜的觀光客。

「老公，我很樂意去巴黎。」我最後說。我絕對可以利用在那裡的時間辦點正事。我們得在歐洲拓展銷售點。「很抱歉我生你這麼大的氣。」

「我們會玩得很開心的。」杭特和藹地說。他從不對我記恨，這是他最棒的優點之一。「妳來一星期，然後我得去法蘭克福十天，之後我們在紐約團聚。」

我親吻杭特，鑽進被子裡，貼近他。我忽然靈光一閃——

「你知道嗎？我想那正好是蘿倫去莫斯科前的那個週末。她一直叫我跟她去，也許你去法蘭克福的時候，我可以去莫斯科找她。我可以替查克萊找點生意，還有蘿倫要去看馬球賽。」

「蘿倫去莫斯科做什麼？」杭特問，感到好奇。

「她說是歡樂出差之旅。她要幫山佛買一對白痴法貝熱袖釦，袖釦的主人剛好是她覺得自己**正在瘋狂愛著的人**，就是那個她從沒見過的人，叫齋爾斯……他姓什麼來著？對，是齋爾斯．蒙特瑞。蘿倫叫他Google不到的男人。」

杭特看著我一秒鐘，露出難以置信的眼神，這可眞奇怪了——然後他笑了。「**休夫新貴與Google不到的男人？**聽起來眞像絕配！我預料他們會有很閃的戀愛，之後結婚、生一窩小朋友，那些小孩會跟我們的小孩玩。哈哈哈！」

「蘿倫絕不會再婚的。」我反駁。「她的離婚生涯太快樂了。」

「寶貝，婚姻生活**更精彩**。我們得鼓勵她嫁給這個可憐人。」

「她只是想要火熱的約會。」我說。杭特根本搞不懂嘛。

「大家當然都是寧願結婚，不要離婚。」他回答。

「你是最完美的丈夫。」我說。他是眞心在討好我。

「沒有，我不是，妳才是完美的老婆。」

也許我們始終都會是永恆香水廣告裡的愛侶。

瑪西在第二天早晨出現，原來她根本沒失蹤，只是白天都在睡覺，晚上都在看用TiVo數位錄放影機錄的《**靈媒緝兇**》（Medium）。大概中午的時候，她忽然打電話到我辦公室，聽起來昏昏沉沉的，像是毒蟲在說話。

「妳知道……克里斯多福……在哪裡……嗎？」瑪西口齒不清，完全不像清醒的人。

「妳不知道嗎？」我反問，嚇了一跳。

「不……」那不夠清楚的嗓音抖了一下，「我踢他出去……他就走了……走得……沒魂……沒影……」

眞可憐！瑪西聽來像是人生百態電視台（Lifetime）電視劇裡的人物。

「瑪西，克里斯多福是不是眞的──」

「……是汀斯莉跟妳講的嗎？……他絕對有外遇……他不肯說是誰。他說他會跟對方分手，但我整個人都傻掉了。請妳過來……我這三天只有吃**思樂康**（Seroquel），沒吃別的。那是精神分裂症的藥，但我沒有精神分裂，我……」

電話那頭忽然響起吸鼻子和擦衛生紙的窸窣聲。瑪西不可遏抑地哭了起來。

「瑪西，我今天下午要工作，有幾個重要的約會。妳撐得到六點嗎？然後我就過去。」我同情地說。

「哇嗚──」瑪西哀叫，聽來像受傷的小貓。「蘿倫說她半個鐘頭後過來……她這幾天都躲在某個男人那裡……也許她可以陪我到妳來。」

「好，那就好，晚點見──」

「──等一下！還有一件事，席薇……」吸鼻、吸鼻、吸鼻。「既然我要離婚了……我可以穿查克萊的衣服嗎？」

不管妳老公有沒有失蹤，當妳踏進公園大道九百七十五號的瑪西家客廳時，妳會發現這裡的景象足以使妳必須仰賴思樂康過活！

她結婚時，聘請法國知名室內設計師賈克·葛杭傑（Jacques Grange）來裝潢，因此這間公寓看起來像巴黎聖母院的內部。

我到的時候才剛六點。瑪西坐在客廳裡一張布面很挺的深綠色毛氈沙發上。椅面上擱著一本莫琳·道的《要男人幹嘛？》[64]。她一手拿酒、一手拿搖控器，死死的盯著電視，拚命轉台。

她穿著完美無瑕的Rochas白色西服、黑色蕾絲袖口、領口打著領結、魚網絲襪，搭配非常高的紅鞋。金色鬈髮襯著她的臉，稍早的淚痕已不見蹤影，臉色蒼白，頗像個美麗的女鬼，就像《神鬼第六感》裡面的妮可基嫚。

她的神態冷靜沉著，可見她瀕臨瘋狂，因爲瑪西正常的時候，跟冷靜沉著絕對沾不上邊。

「席薇，嗨。」她說，眼睛沒從螢幕移開。「那傢伙那樣對我，妳想我還可以去下城跑趴嗎？」

我坐到她旁邊的長沙發上，將我的包包放在地上。

「瑪西，我眞的很擔心妳，我可以跟妳談談嗎？」我柔聲說。

她點點頭，咕噥說：「可以。」

---

64 Maureen Dowd，*Are Men Necessary?*，中譯本由早安財經出版。

「也許妳應該想想怎麼挽救婚姻，」我告訴她，「而不是……跑趴。」

「——跑趴很重要。」瑪西以令人擔心的速度將酒喝乾，然後戲劇效果十足地說：「尤其是在妳孤單的時候更重要。妳要伏特加嗎？」

「蘿倫呢？她不是應該在這裡的嗎？」

「她變卦了。她把那個5度高潮男找去她家，省得想起她的結婚紀念日，也就是今天。她也很沮喪。」

「抱歉……」我說。**紐約最任性的女郎依舊是蘿倫，沒有換人**。

「我有點氣她，但我沒法子眞的很氣她。蘿倫在我媽過世的時候很照顧我。她清空整間房子，還幫我付清搬運工的費用，只因爲那時候我很低沉。也許5度高潮男是她夢寐以求的男人。她應該擁有一個好男人。」

瑪西突然起身，走向客廳另一頭的桃花心木桌子。「我討厭我家，在這裡感覺好像麗池酒店。」她咕噥說，坐在桌前，拿起話筒。「不然我們去貝福街的毛線咖啡館[65]吧？」

「瑪西，親愛的，我們應該留在家裡，天氣眞的很冷。我來泡玫瑰果茶，好不好？」

「我今天做了很可怕的事。我把克里斯多福的Anderson & Sheppard手工西裝通通綑成一堆，丟進伊斯特河裡。」瑪西說。

我忍俊不禁，瑪西果然夠狠！但也許克里斯多福是自作自受。

「妳以前懷疑過克里斯多福嗎？」我說。

65 指The Point Knitting Café，販賣編織用品及餐飲。

「當然沒有！他從不跟我出門，他說因為工作的關係，沒法子陪我跟人交際應酬，所以我就信了。」

這話不假。瑪西出門的時候，總是沒有老公陪伴，我甚至沒有見過他，只聽說克里斯多福有一頭火紅的頭髮，此外一無所知。

「**永遠不要相信總是出差的男人！**男人沒那麼拚命工作。」瑪西說。「我敢說杭特沒有老是出差，沒有每週末、每天晚上出差、加班吧。」

「是沒有。」我回答，替她感到同情地打了個寒顫。「可是妳聽我說，瑪西，妳仍然是他老婆，再怎麼樣，妳都得考慮修補夫妻關係，這才是結婚的意義所在。無論是好是壞，都要承擔。」

「我只分到婚禮誓約裡『**壞**』的部分！**克里斯多福甚至連注意到這個婚姻誓約都沒有！**」瑪西停了口，臉色稍稍發亮，說：「眞的很好玩哦，莎樂美約我明年去東漢普敦跟她住一整個夏天。她說她家隨時都像迪斯可舞廳，有——嗚啊啊啊……」瑪西突然抽抽噎噎地掉淚，幾乎喘不過氣。

「要不要我們叫外送的東西來吃？」我說。「今天晚上只要聊天就好。」

「好好……不要！不然我們去八號木屋怎麼樣？」

「瑪西，現在才晚上七點，八號木屋要到半夜兩點才開始熱鬧；何況，以妳現在的狀況，今天晚上根本不應該去那裡，妳應該花點時間檢視一下妳的婚姻。」

「算了，反正我**討厭**八號木屋，他們不肯放我跟克里斯多福進去，嫌他太胖。」瑪西說，用蕾絲袖口擦眼淚，然後絕望的看著我說：「『**檢視**』——這種事情到底要多久？三個禮拜夠嗎？我可以在感恩節之前『**檢視**』完嗎？」

13 結婚紀念日的愛愛

發信人：Sylvie@hotmail.com

收信人：Lauren@LHB.com

日期：十一月一日

主旨：結婚紀念日的愛愛

好姊妹：

原諒我人間蒸發。上禮拜是我的結婚紀念日，我心裡好亂，本來以為5度高潮男可以安慰我，但一個沒嚐過婚姻滋味的人，怎麼會懂妳需要結婚紀念日愛愛的心情呢？他從某個偽藝術家飯局過來，然後……呃，這麼說吧，我將他改名為「無高潮男」。總之，經過九十分鐘的無高潮活動後，我發出了「我要睡覺」的訊號，他就說：「我帶了牙刷，希望妳不介意。」

我差點吐出來！他跟我甚麼時候突然變成「一對」啦?!簡直就像《歡樂單身派對》[66]裡的情節，女朋友帶了牙刷，逼得男主角不得不當面跟她分手。

66 Seinfeld，美國NBC製播的情境喜劇連續劇。

我告訴他，牙刷的事得從長計議，不能放在我家。否則我的白色大理石浴室那麼美，萬一被某支外來的牙刷破壞了畫面，離婚還有什麼意義？我告訴他，我可以借他，不准他自備。他不太了解兩者的細膩差別，反正，我要他帶回自己的牙刷，給他一支我的美麗牙刷。妳知道，就是Asprey珠寶精品店的玳瑁柄牙刷。我太清楚一旦向牙刷讓步，接著就會是他的衣服，最後連他的人也會留下……而妳猜怎麼著？我超想盡快向三號獵物下手呢！

祝妳巴黎之行愉快，我在莫斯科跟妳碰頭，記得要帶栗鼠皮草大衣。等不及見妳了。

XXX蘿倫

收到蘿倫這封信的時候，我正要前往巴黎。這封電子郵件跟我接下來這一週的幸福形成強烈的對比。世界上沒有任何事——我發誓絕對沒有！——比新婚少婦置身巴黎更美妙了。

我依約去各個店家展示查克萊的作品，杭特去開沒完沒了的會議，我們抽空溜去瑪黑區（Le Marais）享用浪漫的小巧午餐，或是去宜人的左岸館子吃晚餐，例如在洛溫道爾大道的家常餐廳（D'chez Eux），我們用湯匙互餵對方白豆燜肉，整頓晚飯都牽著小手，跟熱戀中的情侶一樣。

那個星期一切順利。雖然美元疲軟，以至查克萊的作品成為天價，但是瑪麗亞．露薏莎百貨和拉法葉百貨仍然下了訂單。

我離開紐約的前兩個星期，我們也交上了好運，阿莉西終於來試裝，並且訂購高級訂製服的全套行頭。她似乎放出風聲，替查克萊的服飾說好話，於是愈來愈多時尚名媛來電說明需要出席的場合，請我們製作適宜的服裝，甚至連年輕性感女星**妮娜．珂羅兒**的公關也打電話來，說妮娜指名要穿查克萊的作品出席一月上旬的新片《**致命金髮女郎**》首映會。

芳齡二十三的妮娜演技瞬間收伏好萊塢，她典雅、青春洋溢的風格更是立刻引來時尚媒體的一窩蜂報導。媒體四處埋伏追蹤她，簡直像把她當成稀有品種的花豹似的。查克萊超想替她打點新裝，但她還沒有敲定試裝的時間。我們只能懷抱希望，祈禱那些衣服足以吸引她上門——但只有天曉得會不會有那一天。

在巴黎，沒有比拉杜雷（Ladurée）更心曠神怡的喝茶地點。位在雅各街與邦那巴街的交叉路口，有天鵝絨與滾金邊的裝潢，是全天下最浪漫的糕餅店，人人都應該和新婚丈夫去一次。侍者身穿白外套，送上用銀壺盛裝的馬鞭草茶，以及放在柔和粉紅色瓷器上的蓬鬆覆盆子甜餅，令人覺得自己像可可．香奈兒女士般優雅享受。

杭特和我在左岸的古董店閒逛了大半個午後。

我們最喜歡Comoligo，那裡的裝潢非常精緻，賣的是我們買不起的法國織品，包括一碼三百歐元的嫩綠絲絨（**只有法國才有，各位，只有法國——**）逛到四點，腿也軟了，因此當我們總算在拉杜雷的藏青色花緞扶手椅落座，眞是鬆了一口氣。

「老公，不敢相信我們只剩一天就要離開了！」點完餐後我說。

我根本不想離開巴黎，我們過得甜蜜快活。布雷克斯飯店收據的爭執已經淪爲模糊的記憶。很難相信我會爲這種事情大發雷霆，甚至考慮取消巴黎之旅。

「親愛的，妳想來以後有的是機會。也許我們該在這裡買房子，因爲我得經常待在這裡。」

「太棒了！」我嚷道，興奮起來。

這時，侍者端來放著茶、美味糕點的銀托盤，擺在桌上就閃得不見人影。

「老公，嚐嚐我的。」我拿起一片覆盆子甜餅送到杭特嘴邊。

「嗯——」杭特說，直接咬一口我手上的餅。「下次，我們應該去歌劇院或是馬戲團。妳知道這裡的馬戲團很棒，也許我們應該買一間公寓，例如在伏爾泰堤道——」

「看得到塞納河！」

「想想我們可以散步去多少美術館、可以喝多少歐蕾咖啡……」

「噢，巴黎的夢幻生活！」我開心地嘆息。

我們這樣聊了一段時間，內容周而復始，我們覺得浪漫至極，但旁觀者應該會聽到瘋掉吧？戀愛就是這麼回事！

對戀人來說，每字每句都幸福破表，但如果你在餐館裡聽見隔壁桌的人那樣說，應該會吐。幸虧當時的匯率奇差無比，巴黎沒有幾個美國人，所以沒有哪位英語人士那麼倒楣，被迫收聽我們的廢話連篇。這令我們非常放鬆，做起那種在自己國家作夢也不敢嘗試的事情，諸如雙雙越過桌面舌吻，效法青少年的作風，我們打死也沒料到——

「眞不願意打斷這麼可愛的場面。」

杭特和我抬起頭，感覺好窘——蘇菲亞正站在我們面前，臉上掛著燦爛的笑靨，披散著波浪狀的紅褐色秀髮，一身的裝束頗有左岸週末的調調：深藍色毛料長褲、尖頭平底鞋、皮夾克，一條細圍巾幾乎垂到膝蓋。她看來像休假中的露·杜瓦雍[67]。

「對不起，我忍不住過來打招呼。我跟**皮耶**一起來的。」她說，指向遠方坐位的一個黑髮男士。「席薇，眞高興妳在這裡，我一直很想找妳。」

「是嗎？」我說，感到詫異。

「是啊，阿莉西覺得我應該穿查克萊的衣服去《**致命金髮女郎**》首映，我要跟妮娜一起去。我們以前一起上幼稚園，像親姊妹一樣。」

「查克萊會很樂意效勞。妳一定要打電話給我，下星期三左右我就會回到紐約。」我以談生意的口吻說。

我將名片遞給蘇菲亞。讓她穿查克萊的作品亮相是不錯的主意——或許我對她是沒什麼好感，但她不斷上鏡頭，也是時尚雜誌公認的流行教主。

「妮娜要在這裡兩天。」蘇菲亞說：「我可不可以給她妳的電話？她說她也考慮穿查克萊的衣服。」

那就太讚了。但這是否意謂我多少得跟蘇菲亞維持客套？雖然我沒有不喜歡蘇菲亞的明確理由，但我就是信不過她。可是如果她打算鼓吹妮娜在首映會穿查克萊的服飾，我就需要她。她跟妮娜顯然是熟人。

女星對服裝設計師的喜好變幻無常，想讓明星穿你的作品，支持你的人當然是多多益善。我得拋下個人的好惡——這對我們的生意茲事體大。

---

67 Lou Doillon，一九八二年生，英法混血的模特兒、演員，曾設計過Lee Cooper牛仔褲。

我擠出笑容，暗自希望笑容看起來還算真心，說：「當然。」妮娜打電話來的機會渺茫，她是一顆流星，從Dior到Dolce的設計師八成都向她大獻殷勤。

「我一定會聯絡。妳人真的超好，我簡直不敢相信。」蘇菲亞說。

蘇菲亞親了杭特臉頰。「掰啦，親愛的。」她的口吻很親膩。我喝了口茶，決定不去介意——生意第一。

那天晚上，杭特跟我在布里斯托飯店酒吧喝熱巧克力，我的手機響了，我很訝異那竟是妮娜！她一再道歉這麼晚打電話。她說想在一月的首映會穿著查克萊的服飾。更令人興奮的是，她剛聽說她獲得金球獎的正式提名。雖然她曉得這樣很虛榮、膚淺，但她當然是滿腦子想著禮服。正如蘇菲亞所說，妮娜人在巴黎，而且想在第二天早晨見面討論禮服的事。我簡直不敢相信我的耳朵，向杭特豎起了拇指。

「我十一點去妳旅館。」我說，興奮起來。

雖然我絕對不想洩露喜悅，卻管不住自己。可是一想到她會找上門，八成是蘇菲亞幫忙的關係，就有點氣惱，我看也只能暫時忍著點了。

「不用了，我過去找妳，我不想給妳添麻煩。」妮娜堅持著。

「如果妳真的可以的話，我恭敬不如從命。」

「從麗池飯店走路去，應該還難不倒我吧。」妮娜打趣的說，掛斷電話。

假如我是初初嶄露頭角的世界知名魅力女星，已然擁有了不必離開飯店遷就別人的地位，我才不會自己移駕，但妮娜似乎樸實得令人耳目一新。

「她人好像不錯耶。」我向杭特轉述電話內容的時候說：「優雅迷人，一點也不像電影明星。」

「她八成是在演戲，女演員隨時隨地都在演戲。」杭特說。

「我想她穿查克萊的衣服一定很美。」我說。

「先看她明天有沒有來再說吧。」杭特說。

「你對人性眞沒信心。」

「我只是比較實際。」杭特說，起身拉著我說：「看一下巴黎第一電視台（Paris Première）再睡覺，如何？」

第二天上午，由於我料定妮娜是非遲到兩小時不可的那種人，所以我十點四十五分的時候才晃過飯店大廳，卻瞥見她坐在火爐邊的扶手椅上。

我憑著數不清的狗仔隊照片認出她。她的高領皮草夾克遮住半張臉，穿著牛仔迷你小短裙，金髮垂在肩頭上，雙腿略帶古銅色，即使在這個十一月的冬晨也露出美腿——假如世界上有誰的腿比蘇菲亞更修長，我想那必然是她！這雙美腿踩著濃綠色蛇皮淑女鞋，看來價值不菲。

她正在閱讀《世界報》（Le Monde）。妮娜跟隆過乳、肌膚呈拿鐵咖啡色的洛杉磯女星形成對比——她有格調！等查克萊見過她，一定會愛死她。

「妮娜？」我說，走向她。

「席薇……嗨！哎呀，我來早了，不好意思。如果妳不方便，我可以在這裡等。」她歉然解釋。

「直接去我們房間吧。」我說。

「妳確定我不會打擾到妳跟妳先生嗎？」妮娜問，很擔心的樣子。

「絕對不會。」

杭特完全看錯這個女孩，大錯特錯。妮娜是**打心坎裡**眞誠，不是裝模作樣，因爲沒有哪位女演員可以僞裝守時的。

到達套房後，我帶妮娜到客廳，用客房服務叫了兩杯牛奶咖啡。我們正在大快朵頤一盤巧克力麵包時，杭特從門口探頭進來，向妮娜打了聲招呼才出去。

「妳先生很可愛。」妮娜在門關上時說。

我綻出微笑。「他是很棒。」

「而且事業很成功。報導上常提到他在做的節目，感覺挺不賴的。」她說。

我在桌上攤開一本查克萊的目錄，供妮娜參考。這個系列有十八套服飾，其中六套是晚禮服，希望款式夠多。妮娜拿起目錄仔細研究照片，不時移動目錄，以便將衣服的細部看得清楚。

「哇。」她低呼。「這很有《**致命金髮女郎**》的味道，對吧？」

她指著的照片裡有一襲天藍色雪紡禮服，腰身纖巧，一蓬薄紗裙襬在地面款款擺動。

「那是葛麗絲禮服。查克萊的設計靈感來自葛麗絲・凱莉在《捉賊記》（To Catch a Thief）裡的其中一套禮服。」我告訴妮娜。

「那正是我最喜歡的電影。這眞的可以借我嗎？」妮娜喘息說，興奮之情洋溢著。

「我們會做一套送妳。」我說。

「我不介意用借的。年輕設計師負擔不起經常送人衣服。」

「請務必要收下。」我說。「我們替妳做這套葛麗絲禮服，妳應該再挑一套，說不定妳在首映之夜突然不想穿這一件，總得多挑一套準備著才行。」

妮娜的確挑了第二套，是黑色女公爵緞材質的雞尾酒長禮服，雙肩上各有一個蝴蝶結，前方有一道性感的開叉。問題是，我已經答應讓莎樂美穿這套出席阿莉西的舞會。

我有點心虛地告訴妮娜，這是她專屬的禮服。莎樂美要是曉得妮娜也會穿這一套，鐵定會瘋掉。但是爲了打響服飾的名號，電影明星終歸比較夠力、對我們比較有利。這個世界就是這樣。

第二天上午——我們前一晚在瓦吉諾餐廳享用美味晚餐，半夜沿著河濱漫步——兩輛車已經在布里斯托飯店外面等待杭特和我，我們的行李堆疊在車上。

杭特要去法蘭克福，之後轉往丹麥，再回到紐約。我要去另一個機場搭機到莫斯科，然後回紐約。我們的幸福巴黎週已經結束，雖然將有兩個星期見不到杭特，我並不難過。事實上，我覺得元氣煥然一新。

我上前檢查兩人行李有沒有放錯車，濃情蜜意和擁吻阻絕了近在眼前的離別之苦。

「你的行李應該都在車上了，親愛的。」我說，看著後車廂裡杭特的兩個深藍色Globetrotter舊皮箱。「但……我想這個不是我們的。」

杭特那輛車的後車廂有個棕褐色的小旅行袋。那絕對不屬於他。

「不好意思。」我向服務員嚷道：「麻煩拿走這個袋子好嗎？」

「好的。」他回答，動手去拿那個旅行袋。

他移動袋子時，行李牌翻了面。**上面寫著蘇菲亞**。——我僵在原地。

「杭特——」我張口，轉身看他，卻噤了聲。蘇菲亞就站在那裡，正向我走過來，一邊揮手致意。我還沒來得及多想，蘇菲亞便親了我一下，跟我打招呼：「**不敢相信**妳沒打算跟我們去，杭特**保證**說可以跟妳一起殺時間耶。我**傷心死了**。杭特眞討厭，只因爲我會德文，也不管我都沒準備，就硬要拖我去法蘭克福。那地方小得不得了，小到爆。對了，妮娜有沒有去挑禮服？我跟她說，她非穿查克萊的作品不可。」

「她挑好衣服了，謝謝妳推薦她來。」我說。——**這到底是怎麼回事？**

這時杭特過來，非常隨便地和蘇菲亞打招呼，彷彿帶著一位具備多語才華、擁有薩丁尼亞人修長玉腿的美女出差，並沒有任何不妥。

瑪西是怎麼說的？**永遠別相信老是出差的男人！**就在那一瞬間，我的巴黎幸福消失殆盡，又嘗到疑心病的熟悉滋味。我費了很大的勁，假裝若無其事。

忽然間，杭特抱住我——「天啊，我會想念妳，親愛的。」他這麼說。

「我也是。」我低喃。

「妳去莫斯科做什麼？」蘇菲亞打岔。「那裡是垃圾窩，恐怖的垃圾窩。」

我的雙臂仍然環抱著杭特——**我承認，我一副佔有欲極強的模樣**——我說：「我要去找蘿倫看冰上馬球。她愛上那裡的某位男士了。」

「是嗎？」蘇菲亞說。

「是一位**齋爾斯．蒙特瑞**先生。」

接下來的局面有驚人的變化。蘇菲亞，這位堪稱我所認識的全地球人加上全月球人裡面，最**冷靜沉著**的一個人——蘇菲亞竟然……突然頓住，一句話也說不出來！

「齋爾斯．蒙特瑞？她認識齋爾斯．蒙特瑞……」蘇菲亞好不容易擠出聲音，讚嘆地說。「天啊，我一直想……見見他。」

從她臉蛋上的紅暈看來，她不如說**我一直想嫁給他**算了！

她慌慌亂亂的，看著手錶說：「噢，我們最好上路了。妳回來後，記得一定要告訴我齋爾斯這個人怎麼樣……老天，我超想認識他的……」蘇菲亞說。「快走吧，**杭先生**。」

杭先生?!她用這種白痴的方式叫杭特？她實在也太奇怪了吧？我心裡感覺毛毛的。但沒辦法，我現在也只能跟他們揮手道別，看杭特和蘇菲亞走向他們的車。

就在他們身影沒入車裡的那一刻，我瞥見蘇菲亞用飢渴的眼神看著杭特，她的目光在他身上流連——**彷彿已經一個星期沒進食了似的**！

14 莫斯科先生

莫斯科女生，一頭平直的金髮、線條柔和的骨架、完美的嬌軀、淡漠的雙眸，舉手投足百分百符合美國男人認爲全天下女性應有的樣子。

她們坐在宴會上看來賞心悅目，面帶微笑，從不開口。

這是一樁交易——女人可以說多少話，跟她男友所擁有的美元或歐元、買給女友的Versace、Roberto Cavalli女裝數目恰恰成反比。正因爲如此，俄羅斯億萬富豪身旁美得超凡脫俗的女伴，健談的程度就跟《鋼琴師和她的情人》中的荷莉．杭特[68]差不多。

在冰上馬球賽的前一夜，涅格利納亞街的柏悅飯店大廳裡，滿是這種妙齡女郎與男伴的嘰嘰喳喳。依據新興超級富豪的傳統，這些人只能仰賴彩鑽和白色皮草，彌補他們缺乏的品味。在俄羅斯，脫掉貂皮大衣絕非明智之舉，就算置身在熱得冒泡的飯店大廳也一樣！否則，別人怎麼看得到妳的財力？

蘿倫和我坐在吧枱看人。在紐約和巴黎，被黑店敲詐不過就是那麼回事，但是在莫斯科，敲

68 荷莉．杭特飾演啞女，以紙筆和人溝通。

客人竹槓則是爲了滿足客人過過「**當個億萬富豪的癮**」！他們搶錢搶得毫不客氣：在柏悅飯店吧枱，一杯粉紅香檳要價八十美元！這還算是標準收費耶，連蘿倫也嚇到了。

「菲比應該會愛死這裡。」她說。「對了，她已經生了，孩子叫莉拉·史林斯比。她邀請妳參加孩子的洗禮，日期訂在我們回去後的十天左右。」

忽然間，蘿倫從高腳椅跳下來，叫著：「**葛斯基！**」

一位穿著薄版黑色皮夾克的俄羅斯壯漢大步邁向我們，那股氣勢宛如在侵略某個小國。他走近時，蘿倫親了親他的雙頰，給他一個漫長的擁抱。

「啊！好久不見！令尊好嗎？」他問，眼神很溫柔。然後他向我們兩人眨眨眼，繼續快活地說：「這裡只有妳們兩位看起來正派可親。其他人都有六個保鑣。」

結果葛斯基自己有無數個保鑣，他要擔任我們這個週末的「**護花使者**」。

他是蘿倫父親多年的生意伙伴，五十八歲，西伯利亞籍，曾經爲布朗特先生介紹俄羅斯政府對麵包丁工廠的財政優惠。葛斯基監督布朗特先生的全部麵包收益，他的天才在於用小塑膠袋包裝美式麵包丁。

葛斯基讓布朗特先生富上加富，而布朗特先生則讓葛斯基擁有即使在最瘋狂的夢裡也不妄敢想的財富。

「走，去普希金小館。」葛斯基說，簇擁我們前往出口，輕蔑地看看吧枱的人群。

普希金小館人聲鼎沸，侍者穿著高統靴和馬褲，假如**契訶夫的三姐妹**[69]出得了門，應該都會想光顧這種地方。這裡建造得宛如華麗城堡，結婚蛋糕的模子完全和聖彼得堡冬宮一樣。你絕對看不出整家店只是仿冒版的城堡，大約在五年前興建的。

葛斯基似乎認識餐廳裡的每個人。他要到了最棒的座位——位於樓下鍍金的巨大鏡子前面，看得到進出餐廳的每個人。

我們才坐下幾分鐘，一位妙齡女郎便加入我們，她不可能超過十七歲！**奧莎娜**是葛斯基的女朋友。

「**女朋友**」，在莫斯科是個空泛的名詞，因爲富豪偏好每晚換一個女朋友。奧莎娜年紀輕輕，倒是不簡單。她曾在米蘭做過兩季的模特兒，因此比同輩健談一點。她穿著剪裁大膽的黑緞洋裝，配戴著一對車工完美的方糖尺寸鑽石耳環，宛如從時尚攝影師赫姆．紐頓（Helmut Newton）的經典照片中走出來的人物。

她整晚都將左手擱在葛斯基的右臂上，即使在進餐時也一樣。

「不會吧！」蘿倫說，研究菜單。「葛斯基，你想毒死我們嗎？」這個**要命的菜單**看起來蠻可怕的。菜色包括雞冠、塡入雞雜與肝的烤肉派。

「每道菜都很健康，妳們一定要試試。」奧莎娜說：「雞雜讓派皮很柔潤。」

「嗯，妳的朋友蒙特瑞先生，明天下午一定會參加冰上馬球賽。」葛斯基說。

---

69 指俄國劇作家契訶夫（Chekhov）的名作《三姐妹》（Three Sisters）中的三姐妹。她們始終夢想著到莫斯科尋覓真愛和幸福，卻不斷對現實生活妥協，沒去莫斯科圓夢。

「他不是『**我的朋友**』，葛斯基，我純粹是來蒐購法貝熱袖釦的。」蘿倫說得毫無說服力。

蘿倫當然有任務在身。她的目標鎖定在齋爾斯．蒙特瑞身上。雖然她這個**休夫新貴**對婚姻和愛情的態度古怪，但她對「工作」非常認眞。蘿倫將盤中的雞冠無聊地推來推去。

「這個我吃不下去，感覺好像在上生物課！唔……嗯，好吧……也許我可以弄到珠寶，同時把三號獵物弄到手，那樣最省事。」

「葛斯基，你怎麼曉得齋爾斯一定會去？」我問。

「因爲他要下場打球。他最好現身，否則球賽不能開打。」葛斯基回答。

「天啊！他還是馬球球員？太性感了！我**受不了了**。」蘿倫驚呼，興奮到不行。她注意到葛斯基不贊許地打量她，連忙說：「你了解我這個人，葛斯基，我從來不認眞看待任何事，對吧？」

「我不要妳跟蒙特瑞那種人有瓜葛。」葛斯基尖銳地說。

「爲什麼不行？」蘿倫問，唇角漾出笑意。

葛斯基只是看看她，嘆了口氣。然後奧莎娜說：「他是最厲害、頂尖、一流的……怎麼說？專門**謀殺心的人**——」

「是**芳心殺手**。」蘿倫低聲說。「聽起來，他**正是**我喜歡的型。」

雖然雪花飄飄，那個週六午後，蘿倫、我、葛斯基與奧莎娜開車穿過市街時，依然看得出採用史達林式建築的體育場外觀多麼沉悶。

煤渣磚就是煤渣磚，不論有沒有覆蓋雪花都一樣醜。不過我們照樣很興奮的跋著雪靴艱難地穿過賽馬場，閃避馬匹和活板門，踏著雪繞過去。

等我們好不容易到達馬球場，根本不是我想像中**安娜．卡列妮娜**[70]式的浪漫場景。莫斯科的摩天大樓矗立在遠方，球場裡的積雪泥濘凌亂。但場地旁邊帳篷裡的俄羅斯女郎仍然明豔照人，賞心悅目。那天午後冰上馬球賽的服裝款式，最傳神的描述就是二十一世紀達拉斯。她們千篇一律的扮相包括高跟雪靴（**這是真的！而且還是YSL的**）、配戴大量黃鑽，披在身上的狐狸皮草之多，已經逼近讓自己難以走動的極限了。

帳篷裡人很多，一支俄羅斯民謠樂團在另一端大聲演奏。喝起來像滾燙楓糖漿的斯必騰青草茶四處分送。在那些珠光寶氣、皮草、吵嘈聲中，情況一目瞭然：謝天謝地，這不是布里治漢普頓馬球場。

葛斯基找到幾個朋友，我們跟他們一起坐。球賽半小時後才開始，只得靠大量八卦消磨時間。忽然，我聽到一個美國口音嚷著：「席薇！嗨！蘿倫！能在**這裡**遇到妳們，實在太棒了！」

我轉頭，看到薇樂瑞走向我們。跟她同行的人是瑪潔．克拉德克，杭特以前在紐約就認識她，只是不熟，杭特也認識她們倆的先生。她們配戴珍珠、皮草色澤淺淡，跟俄羅斯女郎一比，顯得極度低調。薇樂瑞她們一屁股坐到我們旁邊的桌子。

「Ralph Lauren眞是設計冰天雪地服飾的天才，是不是呀？」瑪潔說。

「這比較適合阿斯本。」薇樂瑞說：「爲什麼我們不去阿斯本？」

70 Anna Kare妮娜，托爾斯泰同名作品《安娜．卡列妮娜》的女主人翁。

「我喜歡這裡。不然，還有哪裡可以理直氣壯穿著Ralph Lauren的白色貂皮大衣亮相？」瑪潔回答，撫摸著大衣。

大家的說法確實有道理。**你可以將女孩帶離布里治漢普頓馬球場，但你去除不了布里治漢普頓馬球場女郎的習性**。

「妳先生有來嗎？」薇樂瑞問，望著我。「我超想認識他，我常常聽說他的事。」

「他在德國工作。」我回答，聳了聳肩。

「他**永遠不在**妳身邊，是吧？可憐，他一定寂寞得要命。」

「他跟同事去的——」我說，忽然間思忖起蘇菲亞的語言能力。

「那位『**同事**』是不是某個叫『**蘇菲亞**』的人？」瑪潔說，同情地看著我。「我很高興她不是我先生的『**同事**』！哈哈哈！」

大家都笑了，但這種話聽在耳裡實在不太舒服。蘿倫察覺我的不自在，便打斷話題：「球賽開始了！快！」她匆匆前往觀賽台，那裡已經開始擁擠。

我們目光全望著八匹耀眼的馬兒——一隊四匹——奔馳到覆雪的場地上。莫斯科賓士隊，跟卡地亞國際隊對打。

「那個就是他！3號那個。」蘿倫說，指著疾馳到場地另一頭的男子。「他果然**帥到不行**。」**太強了！**我認識的女生裡面，唯有蘿倫一眼就能判定男人是否帥到不行？**即使那男人的臉被頭盔和安全面罩遮住也沒妨礙！**

半小時後，蘿倫改變了看法，覺得3號男士也許不太可愛，誰教他那一隊兵敗如山倒。反倒是二十歲出頭的英國籍球員**傑克．紀德**（Jack Kidd）速度驚人，在覆雪的場地上滿場飛馳，射門百發百中，不斷爲卡地亞隊奪分。

幾分鐘後，這位球場上的3號英雄踩著沉重的腳步進入帳篷，帶著一身的泥巴和汗水，受到大家的歡呼。

馬球服裝的設計目的只有一個：**讓人顯得身材火辣性感到不行**！即使是查爾斯王子打馬球的時候看起來也像性感天王。濺到泥污的緊身馬褲、手工打造的皮製馬靴，就可以將女人迷倒在地。若是再添上一張俊臉、燦爛的笑容，就會是奧莎娜說的芳心殺手！

「好吧，原來他眞的是很帥。」蘿倫說，注視著走入帳篷的齋爾斯．蒙特瑞。忽然間，她泛出激動的紅潮。「哎呀，老天！我緊張得反胃，我脖子上是不是也起疹子了？」

齋爾斯．蒙特瑞痛飲一杯熱酒，朝著帳篷另一頭去了，那邊的俄羅斯俊男美女親熱地招呼他。以一個這麼難以連絡的人來說，他人面倒是很廣。

他高得引人注目，必然有將近一九〇公分！深金色的髮絲因爲汗水而凝貼在頭上，臉上有球賽時潑濺的斑斑泥污，令他的眼眸更湛藍、笑容更燦白。

「怪不得他Google不到。」蘿倫說。「要是可以在網路上找到他，追蹤他的粉絲一定會比貓王多。我好緊張啊，總不能就這樣過去找他吧？」

「由不得妳了。」我說，鼓勵她出擊。

「也許喝個六杯龍舌蘭我就有膽子了。」她說，一口喝乾托盤上的一杯酒。「哇，好烈。」她又拿了一杯，總算舉步，有點焦慮地走向齋爾斯。我回到我們的座位，跟葛斯基和奧莎娜在一起。

從我們坐的位置，我可以瞥見蘿倫的進展。她穿著一九六〇年代款式的Givenchy金蜜色皮草斗篷，戴著從母親那裡繼承的同一款皮草帽，看來頗像時髦的愛斯基摩人。她來到齋爾斯面前，顯然齋爾斯遠遠就注意到她，因爲他停止跟同伴交談，望著她走近，看來有些神魂顛倒。

兩人交談時，他先是露出詫異的表情，然後轉爲喜悅。他們似乎相談甚歡，直到幾分鐘後，蘿倫附耳過去，跟他說了些什麼。忽然間，齋爾斯的臉色陰沉，笑容消失無蹤，對著蘿倫搖頭，兩人隨即分開。

「**好奇怪**。」蘿倫說。

我們安坐在葛斯基的賓士車後座，跟其他相同款式的黑車一起排隊，等著離開停車場。這些車，包括我們這輛，都將打褶的黑色窗簾拉攏，遮住車窗，感覺像待在行動殯儀館裡面，唯一的差別是我們的車並沒有在移動。交通混亂不堪，誰也去不了哪裡。

「怎麼回事？」我說。

「嗯，我們才三十秒就變成好朋友，可是當我提議他把法貝熱袖釦賣給山佛時，他就抓狂了，說：『**我永遠不會賣任何東西給那個男人！**』」

「不敢相信妳就這樣放棄了，蘿倫，這不像妳。」

「妳知道嗎？我是第一次，就這麼當場投降。齋爾斯聽到我提起山佛，臉色不太對勁。他不會改變心意的。」

「眞的假的？」

「絕對沒錯！唯一的問題是，妳也曉得我前一陣子說過了，我瘋狂愛上了他？」

「愛上誰？」我問，現在我根本完全搞不清蘿倫的性愛計畫表。

「齋爾斯。」她說，緊抓我的手臂，表情忽然脆弱得不尋常，而且是甜蜜蜜的。「嗯，我是**真的愛上他了**！而且席薇，我**愛得發狂**。我就知道會這樣。」

「已經愛上他了？」我懷疑地說。

「我沒指望了——我永遠不會再見到他。何況，莫斯科最漂亮的小姐都隨他挑，他怎會想要離過婚的女人呢？」她嘆息。「他是Google不到、也沒辦法獵到手的男人！天理何在？」

有史以來第一次，我在蘿倫這個跑趴天后的防護罩上發現了一條小裂縫。其實，她這樣感覺更平易近人，只是她努力掩飾事實，嚷著：「我不在乎！三號獵物一定在紐約某處等我——」

——叩、叩、叩。

突然，有人用力敲著車窗玻璃。我拉開黑窗簾，齋爾斯狂野的藍眸正窺探著我的眼睛。雪花在他周遭打旋。我不是對杭特不忠，但我得說：**他真是帥得毀天滅地！**

他看到蘿倫，用手勢示意我開窗。我照辦後，他說：「蘿倫，我有事跟妳說。」

「這位是我朋友席薇．莫提姆。」蘿倫說。

「席薇？」齋爾斯說。「妳是說席薇．**莫提姆**嗎？妳也住紐約？」

「對。」我回答。

「啊……**妳就是**席薇——這眞有意思。」他說，饒富興味地打量我。忽然，他收回視線，轉向蘿倫說：「好，我知道妳要袖釦，而我說絕不脫手，可是，嗯……如果在某個情況下，我願意出售。」

「願聞其詳。」蘿倫說。雖然我們在車陣裡動彈不得，她故意不請齋爾斯上車。

「我要**蕾蒂西亞公主之鑽**。妳幫我弄到手，我就賣妳袖釦。」

「你**瘋了**？那是全世界最無價的寶石耶。從一九四八年起，這顆藍色心形鑽就屬於**莎莉．羅騰堡**，她回絕了每一次的蒐購提案。」蘿倫說，聽來大吃一驚。

「妳的說服功夫**高人一等**。」齋爾斯掛著迷人的笑容，他放電的本領幾乎跟蘿倫不相上下。

「你也是，蒙特瑞先生。也許我會試試看，這是個挑戰。但請務必告訴我，像你這樣一位男士，要那樣一件古董做什麼？」

「這個嘛……」齋爾斯說，深深望進蘿倫眼底。他沒了聲響，只注視著她。從來不知道害羞為何物的蘿倫也凝望回去，眨動長長的睫毛，一眨再眨，宛如催眠師。我覺得自己像電燈泡，破壞別人萬分親蜜的時刻。

「怎樣？」蘿倫說，打破沉寂。

「姑且說……那是訂婚禮物。」

說完，他便掉頭，步履輕快地走人。蘿倫洩了氣，彷彿冷掉的起士舒芙蕾。

她靠過來，氣餒地說：「他訂婚了。他當然會有未婚妻！他怎麼可能沒有對象？他太完美了，未婚妻八成是下一個**娜塔莉・沃迪諾娃**[71]，不然也是那一類的人。或者她是俄羅斯波修瓦劇院（Bolshoi）的芭蕾舞者。我覺得自己比豬還慘，唉——」

莫斯科的問題在於只有一個離開的方式：搭乘俄羅斯航空。他們唯一可取的地方就是：**他們只有一家航空公司，但是仍然接受賄賂**。偷偷塞一百元給空中小姐，立刻就能升等到頭等艙，座位品質大概相當於美國的經濟艙。

我們走後門的升等並沒有提振蘿倫的心情。由於齊爾斯表明已有婚約，她擺出慘遭拋棄的未婚妻架勢，怨氣沖天，活像她滿心以爲自己會嫁給齊爾斯似的。

情況很誇張，我們離開柏悅飯店幾個小時後，蘿倫幾乎沒動過她戴著的太陽眼鏡和iPod耳機，甚至在機場搶到最後一本《**紐約**》雜誌也沒讓她開心一點。封面上的其中一行內容提要是：「**紐約電視：本市小螢幕的玩家**。」也許報導裡會提到杭特的新節目。

我正在翻動雜誌找那篇報導時，蘿倫取下耳機，哀哀低鳴：「他訂婚了！我沒見過比他更帥、更辣的馬球手！我才決定要……吻他，他卻已經是別人的了！妳想我有辦法挽回他嗎？」

「如果他從來就不屬於妳，哪有什麼可以挽回的呢？」我問。

蘿倫不甘願地笑了。

「或許如此。」她說：「我唯一的希望是那顆心形鑽。想再見到他，只能指望鑽石了。我確

---

71 Natalia Vodianova，俄國超級名模。

信他在馬球場的時候是在跟我打情罵俏，但訂過婚的男人一向最會打情罵俏了！唉……莎莉不太可能會賣掉鑽石的……而且，就算弄到鑽石，我又要怎麼聯絡齋爾斯？我甚至沒有他的電子信箱。」

事實如此。齋爾斯不僅僅是Google不到，按照一般標準，他根本就不存在。我私心暗想，他心有所屬也好，否則必然會把蘿倫給搞瘋掉。

「看，有杭特的照片耶。」我說。《紐約》雜誌報導裡有一段介紹了杭特的節目，角落有張杭特的照片，下標是「**曼哈頓的搶手電視人！**」

「真不賴。」蘿倫說，摘掉墨鏡，細細檢視照片。

「嗯……妳先生的品味好得沒話說。他是站在龐德街S. J. Phillips外面。我對那家店非常熟悉。不蓋妳，那是倫敦最棒的珠寶店，他要送妳什麼？」

「噢，這個嘛，什麼都沒有。」我回答，有點心煩意亂。杭特去倫敦的珠寶店做什麼？但蘿倫沒聽到我的回答，自顧自地將雜誌拿在鼻尖前約一吋的地方檢視照片。

「天啊，這個滑頭！我真不敢相信。」蘿倫嚷著：「**那個**，是蘇菲亞的腳——」

我接下蘿倫手中的雜誌，研究杭特的照片。邊緣的確有一隻女性的腳和腳踝。那隻腳穿著金色高跟鞋，鞋尖有一大片珍珠。

「蘿倫，妳怎麼可能認出那是蘇菲亞的腳？」我裝出滿不在乎的口吻，但其實很焦慮。

「我認得那雙金鞋。那是Bruno Frisoni的高級手工鞋。我本來想訂，可是被蘇菲亞搶先訂走了。這位設計師每個鞋款只做一雙，而他迷死了蘇菲亞，所以她可以優先挑選。這讓我很生氣，因爲那可是世界上最美的鞋。」

我又看一次照片。在金色高跟鞋上方的眞是蘇菲亞的腳踝嗎?那雙腿看來確實很修長，古銅色，跟她一樣。

「我相信那不是她。」我說，試圖結束對話。我累了，想睡覺，我戴上眼罩。

「杭特到底去倫敦做什麼?妳有沒有查出來?」蘿倫問。

「他說臨時要開會，是公事。」我打呵欠說。

「臨時在珠寶店開會討論公事?」

我根本沒法睡。

15 權貴洗禮

菲比女兒洗禮儀式前一夜，我煩躁不安。

我已經將近兩個星期沒見到杭特了，但他總算要在明天晚上回家了。雖然這段時間我們電話綿綿不絕，但一想到可以跟他本人共處，我就心癢難耐，根本不可能睡得著。

凌晨兩點，我仍然哀怨地在被窩裡翻來覆去，沒有絲毫睡意。我終於決定下床消磨一點時間，看看電子郵件，不想繼續待在床上。我披上喀什米爾睡袍，晃到書房。

我坐在杭特的書桌前，打開桌燈。我的筆記型電腦留在工作室，所以我啓動杭特的桌上型電腦。我在家裡偶爾會用他的電腦。我正要打一封郵件時，注意到他桌面有一個以前沒看過的檔案夾，底下的名稱是sjphillipssketch.jpeg。

S. J. Phillips？我沉思起來。我跟蘿倫從莫斯科回來時，她提到的珠寶店不就叫這個名字？

我帶著強烈的罪惡感，點選資料夾。資料夾立刻展開，顯示一頁文件，文件上的老式花體字樣寫著：

S. J. Phillips

御用珠寶商
倫敦新龐德街一三九號
郵遞區號W1

下方是鉛筆畫的繁複草圖，是一個橢圓型的紫水晶鍊墜，碎鑽組成的S雅緻地彎曲其上。草圖旁邊寫著**「項鍊將於十一月二十日前完工，請於是日後領取」**。

我吞了一口口水，原來杭特去倫敦是爲了這個！他爲我訂購了一個別緻的珠寶鍊墜，眞窩心！還假裝是臨時去商議公事呢。怪不得當我嚴厲地質問他時，他答得語焉不詳，原來是想隱瞞這樁美麗又浪漫的小小愛情密謀。

杭特儘管去S. J. Phillips臨時開會吧。忽然間，我愛睏又放鬆。我在回到床上途中想著，希望杭特會利用在歐洲的時間去領取這條項鍊，我簡直等不及見到他了。**（絕對不僅僅是因為珠寶，真的。）**

菲比的友人兼生意夥伴比美國總統還多。難怪她舉行新生女兒莉拉．史林斯比的洗禮，必須包下第五大道和二十街路口的那一整間教堂。

她絕不可能和普通人一樣，跟別人舉行**聯合洗禮**，否則她不但永遠無法將想邀請的人全塞進教堂，其他父母也可能會反對帶有廣告色彩、以菲比寶寶名店爲主題的洗禮——整間教堂不論往哪裡看，都是特地栽種的黃色月見草花以及白緞帶的蝴蝶結，就連聖壇下的十字架周圍也不例外。

儘管那天午後我人很疲憊，可是很興奮杭特即將返家，因此我出奇興高采烈。我沉浸在愛河裡，很容易事事都順眼，自然也欣賞起菲比展示母性的盛大排場。

莉拉仍在子宮裡、還沒誕生的時候，就參加過許多紐約派對，以致洗禮上大家打趣她是紐約首位知名社交胎兒。確實，在社交方面，這位小胚胎的確是在最隆重的引介下降臨人世。

莉拉在紐約長老會醫院誕生，為她接生的人是薩森醫生。**（人人都青睞那家醫院，因為你可以讓自己的護士、廚師、美甲師入駐；人人都指定薩森醫師，據說卡洛琳・甘迺迪[72]的兒女就是由他接生，而每位紐約母親都希望有人引介她們認識那幾位甘迺迪後人。）**

「這是權貴的洗禮。」蘿倫低語，從我們這一排座位仔細觀察其他賓客。

她穿著雅緻的奶油色Oscar de la Renta荷葉邊派對小洋裝，巨大黑珍珠的粗款項鍊貼在她纖細的粉頸上。「每位客人都有來頭。我喜歡菲比，但她有病。我是說，難道她的小孩沒有爺爺奶奶嗎？難道老人家太少穿Balenciaga了，今天就不能在這裡亮相嗎？」

蘿倫說的有理。當她和其他十三位教父、教母被召到聖壇，根本不可能不注意到教父們都是業界的龍頭老大、超搶手的避險基金經理、或是媒體老闆兼經營者。

教母們則是闊綽美女，時尚型的，不然就是頂級社交名媛。無論小莉拉將來有何需求，諸如在MTV的實習機會、Lacroix高級訂製服時裝展的前排座位、在帕斯提餐廳的永久桌位，找她教父或教母就對了，因為他們八成就是老闆。

---

72 Caroline Kennedy，已故的約翰・甘迺迪總統之女。

菲比這樣面面俱到地爲小女兒的人生預作打算，真是感人哪。

洗禮儀式結束後，蘿倫和我前往菲比的雙併別墅，那地方在西十三街，介於第七及第八大道之間。我們到的時候，屋裡高朋滿座。

莉拉在母親懷裡沉睡，更易於炫耀她一身的行頭。只要有人恭喜菲比，她就望著莉拉聲稱：「莉拉是一個奇蹟……黃色在她身上超搶眼吧？」

幾分鐘後，我看到瑪西在人潮洶洶的客廳另一頭。上次看到她，還是在她公寓的淒涼夜晚，所以我過去跟她說話。

「嗨，席薇。」她在我來到她面前時說。「我覺得棒呆了。」

瑪西看來的確棒呆了。她穿著美麗非凡的橙色絲質連身裙，上面印著一束束粉紅玫瑰。

「我喜歡妳的衣服，瑪西。」我說。

「這是克里斯多福離開我後蘇菲亞送來安慰我的。現在我很期待離婚女郎的生活，蘇菲亞老說我們會過得很開心。最近十二天，她跟我親密得不得了。她不時從歐洲打電話來，她甚至告訴我，既然克里斯多福不肯跟我說話，那她可以替我傳話。她真的很幫忙——」

「噢。」我答得很沒勁。雖然聽到蘇菲亞的名字，卻毀不了我那天的心情。

「嘿，我有事跟妳談。」蘿倫忽然冒出來說，將我拉到一邊。

「什麼事？」我說。

「是齋爾斯啦，他沒消沒息，足足兩個禮拜了還沒有任何音訊！我快瘋了。我大概只能繼續等，對嗎？」

「我看不出妳有什麼選擇？他——訂婚了。」我提醒她。

「我想也是。」蘿倫意氣消沉。「總之，妳看起來很活力四射，怎麼回事？妳懷孕了？」

「才沒有！」我說。「杭特今天晚上會回來，我等不及見到他了。」珠寶的事也很令我興奮，因此我忍不住告訴蘿倫。「昨天晚上，我在杭特的電腦上找到一張S. J. Phillips的紫水晶鍊墜的設計圖，墜子上還用鑽石鑲成一個S字樣，美呆了！杭特很窩心吧？」

蘿倫半晌沒應聲，呈現沉思狀態，然後說：「親愛的，但那是送妳的嗎？會不會是……**送她的？**」

「什麼？」我說，茫然不解。

「這個嘛，妳想想看，S是席薇的縮寫，但S也是蘇菲亞的縮寫。」

「項鍊當然不可能是給蘇菲亞的！」我叫起來，覺得沮喪。

「妳怎麼知道？」蘿倫低聲說。

「我會問他。」我堅定地說，暗暗擔憂。

「絕對不行！」蘿倫下達命令。「首先，那應該是一個驚喜禮物，如果對象是妳，妳還自己招認偷窺過先生的電腦，豈不是搬石頭砸自己的腳？其次，做妻子的人除非手上有老公偷腥的鐵證，否則死也不能跟他當面對質。不然他會覺得妳神經過敏又恐怖，你們的感情就完蛋了！」

「**不可能**是送蘇菲亞的。」我說，但自己聽起來都很沒信心。「……有那個可能嗎？」

「聽我說，**八成**是我自己疑心病太重，」蘿倫說，「可是妳記不記得，《**紐約**》雜誌那篇報導拍攝到蘇菲亞的鞋子？」

我忽然記起在從莫斯科回來的班機上，曾經翻閱過那本雜誌。我覺得噁心。

「我得跟他談談。」我說：「今天晚上——」

「——不行！」蘿倫打斷我。「單單一隻Bruno Frisoni的鞋子不足以……構成證據。有一次，那是幾年前的事了，我才剛嫁給路易斯，而他總是跟我那時候的好朋友露西雅在一起，我指摘他們兩個必然在搞鬼……結果他們是暗中爲我籌備一場盛大的驚喜生日派對！他們完全是無辜的。有時候我會想，大概是這一類的事情讓他最後背著我偷吃，因爲我太疑神疑鬼了！一定要罪證確鑿，妳才可以採取行動，現在妳不能透漏口風。**答應我，妳什麼都不會說。**」

我不情願地點頭。「好吧。」我說。也許蘿倫是對的。

「很好。如果最後證明他欺騙妳，」蘿倫帶著鼓勵的笑容說，「至少妳可以安慰自己說，妳在時機完全成熟之前，沒有變得神經兮兮、疑神疑鬼的。」

16 引爆醋桶的聖誕卡

在那個十二月，任何人打開薇樂瑞和湯米．葛沃特聖誕卡的時候，絕不會聯想到聖誕節。薇樂瑞卯足勁發揮個人化賀卡的特色，在卡片正面照片笑嘻嘻的人，是她的三歲女兒瑟麗絲特。她穿著粉藍色的Emily Jane花呢外套，唯有倫敦哈洛德百貨買得到。她戴著灰色貝雷帽，腳上穿著繫鞋帶的黑色皮靴，活像從「**草原小屋**」[73]服裝道劇組走出來的模樣。

瑟麗絲特站在巴黎凡頓廣場麗晶飯店的大門台階上，她旁邊是一位戴著平頂筒狀帽的服務生。照片底下寫著：

「瑟麗絲特——巴黎訂製服——夏」

「她小孩看起來像妖怪。」杭特看到時笑著說。他前一夜從歐洲回來，我們正在家裡共進早餐，樂在其中地拆閱當天早上郵差送來的整疊卡片。「薇樂瑞是紐約大喇喇地攀附權貴的最佳典型。」他斷然說。

73 Little House on the Prairie，美國NBC製播的長青電視劇，描述西部拓荒的一家人生活。

「來，你拆這封。」我說，把鮮紅色信封拿給杭特。「我拆這封。」

「哦，天啊。」杭特若有所思，遞來他剛從信封抽出來的卡片，那是莎樂美寄的聖誕卡。封面是她穿著Lacroix的美麗婚紗照，照片裡前夫、證婚牧師的部分用photoshop軟體修掉了。卡片內頁印著塗鴉風格的手寫字體，如下：

佳節愉快！

愛你們哦

我、我、我敬上

接著我拆開自己手上的信封。裡面的卡片也是極盡奢華，愛現的架勢簡直跟薇樂瑞那張有得比，寄件人是蘇菲亞和她的五姐妹。主打的照片是她們（**看來當然全像葛妮絲．派特洛**）在一六九〇年代小貨車後面揮手，地點是科羅拉多。

「眞漂亮，她們都是大美女。」我說。

「沒人比我老婆更好看。」杭特說，情意綿綿地看著我。

杭特昨晚回家後，我克制著自己，沒讓蘿倫在我心田種下的鍊墜之謎陰影冒出頭。（**蘇菲亞寄了一張走華麗boho[74]風的聖誕卡又如何？那不代表什麼。**）我決定對墜子的事、以及我的婚姻——保持樂觀。

---

74 揉合波希米亞（Bohemia）和嬉皮（hippie）並兼顧女性柔美的時尚風格。

杭特會在聖誕節拿出這件首飾，一定是的！——他昨天深夜才到家，面有倦容，但精神還不錯，送我一件他在哥本哈根停留一天時買的上等奶油色皮草披肩。我們熬夜看賴特曼的深夜脫口秀，聊聊我們分開這段期間的事情，還有親熱。

在一個又一個的親吻間，我叨叨訴說著莫斯科之行的點點滴滴，告訴他蘿倫如何決定陷入愛河，而對象不巧是已經訂婚了的男人。

杭特覺得有趣，沒完沒了地問蘿倫為什麼會對齋爾斯情有獨鍾？以及我認為他們將來可不可能成為一對？想也知道，我提醒杭特，他們不可能在一起——男方即將步入婚姻。

之後，在我意識逐漸飄入夢鄉時，我心想蘿倫說的對，沒必要提起杭特和蘇菲亞在倫敦的那張照片。我在杭特的臂彎裡入睡，心滿意足。

可是，一張描繪幸福家庭生活的聖誕卡，足可像一根木樁深深刺穿離婚女郎的心，再怎麼快樂的離婚女郎也不能倖免。

感恩節後大約一星期，蘿倫來電，整個人心慌意亂。她前夫路易斯的賀卡照片裡有他本人和一個名叫阿拉貝拉的陌生女子、以及他們新生兒子克力斯坦。

蘿倫曾在阿莉西的壁爐架上看過那張照片，連忙閃到一邊。

「我們才離婚四個月耶！」她哭叫。「時間根本不夠讓他遇到新對象，更別說還生出一個小孩！他們一定是在我們分居前就在一起了！真不敢相信。」

最讓蘿倫惱火的是，照片顯然攝於威尼斯格裡提皇宮酒店的皇家套房。路易斯新家庭的架勢，儼然是為《哈囉》雜誌擺姿勢供拍照的皇親國戚。

「他生那個小孩根本就是為了氣我。」蘿倫說，自我沉迷的程度飆到了最高點。她覺得他們炫耀一家和樂的舉動是毫不可取，「太……**暴發戶了！**破壞了聖誕。」

這時，蘿倫進入了離婚女郎的危機模式。路易斯的聖誕卡令她方寸大亂，據說某天凌晨三點，有人在格蘭瑟沃爾街看到她，她穿著睡衣和襪子遊蕩，尋找路易斯的身影。

她收到的聖誕邀約包括去古巴、拉加斯坦、棕櫚灘過節……她通通都答應赴約。最後，她深深沮喪，因為儘管她拚命努力，就是做不到自己設下的挑戰：她好像無法搞定三號獵物，也組裝不好環繞音響，但她明明在週六努力嘗試九小時了！

「就連莎莉．羅騰堡終於答應賣我蕾蒂西亞公主之心，我還是開心不起來。」有一天晚上，她參加上城一場聖誕雞尾酒會，滿室都是穿著珠珠禮服的賓客，她向我哀怨地埋怨：「路易斯毀了我今年的聖誕節！我永遠不會再恢復健康了。我眞的認為壓力導致我罹患不治之症，像小兒痲痺之類的——妳能幫我再拿一杯香檳嗎？」

以一位「罹患小兒痲痺」的人來說，蘿倫的復原簡直是奇蹟。雞尾酒會後第二天，蘿倫收到齋爾斯差人送來的短箋，內容是：

我在紐約，週四午後一點於中央車站生蠔吧交易。齋．蒙謹上。

與齋爾斯碰面正是可以讓蘿倫芳心大悅的事，但我希望她只是一時的迷戀。他已經有對象了，就算他沒有意中人，他的行蹤也未免太神祕了，讓我不喜歡。

蘿倫把跟齋爾斯的約會稱爲商務會議，而她爲這場會議所做的美學準備，據她說，比她自己的婚禮更耗費人工！她著魔似地誇讚美妝師化出了完美的「**阻街女郎電眼**」，祕訣就在於埃及進口的黑色眼彩。

經過審愼考量後，雀屏中選的服飾是蘿倫心愛的奶油色窄管褲、超輕的黑色針織貂毛外套，裡面是極細柔的薄紗衫。

她決定讓髮浪自然飄動，這麼做沒有任何事實根據，純粹是因爲她覺得吹整出來的髮型不會吸引齋爾斯。

那天早上，她每三十分鐘來電報告一次她的進展、化妝、服飾或心情。關於心情的部分，我可以報告是歡樂得發狂。

她在十二點十五分離開家門，由事先聘請的安全警衛低調隨行，保護珠寶。蘿倫相信自己正邁向事業及情史的雙重成功——她決心得到法貝熱袖釦，同時擄獲三號獵物！

結果，蘿倫在那天午後五點出現在查克萊的工作室，臉色蒼白，還有糊掉的睫毛膏時，各位可以想像我有多驚訝了！**她哭了**。

「枉費我的阻街女郎電眼，我看起來就像上了年紀的普通應召女郎。」她在進門時說。

「哇，妳的樣子震撼力十足，我愛死了。」查克萊看到她的時候說。「妳讓我靈感泉湧。光是憑妳哭著進來的樣子，我就可以幫妳做一套禮服。艾咪——」他叫喚助理，「記下來，下一場秀要用阻街女郎電眼。」

「謝謝你，查克萊，你眞好心。」蘿倫嘆息，用剪裁桌上一小塊紫紅色絲綢擦眼淚。

「啊，這可以做成可愛的手帕。嘿，大家好——」蘿倫補上招呼，朝著在角落刺繡的實習生們揮揮手。他們怯怯地點頭回禮，盯著蘿倫，無疑跟查克萊一樣，因爲她那華麗的扮相而靈思泉湧。

「怎麼了？」我問，從我的座位起身。桌面堆了一疊文件，我正需要休息一下。「我替大家訂茶點。」我說，撥打樓下熟食店的電話。

「他沒有來。」蘿倫說得很沒力，頹然坐到工作坊僅有的沙發上，上面堆放的布樣、不成對的袖子、褶邊都從沙發椅面滿出來了。

「可以送茶點上來嗎？我們所有人都要吃。我是席薇……好，謝謝。」我掛斷電話，然後轉頭問蘿倫：「妳打算拿那顆鑽石怎麼辦？」

蘿倫嘆了口氣，痛苦失望的神情寫滿臉上。

「噢，鑽石會送到他手上，完全沒問題。我想不久後應該就會交給他幸運的未婚妻吧。」一顆孤獨的淚珠硬生生地從她的臉頰滑落至唇邊，停留在那裡，頗有悲劇的味道。「對不起，我眞的很糟糕。」她半哭半笑，揩掉眼淚。「我連他都不認識，卻把自己搞成這樣！」

原來，齋爾斯只有派人去拿珠寶，自己卻沒出現。

我們喝茶的時候，蘿倫說有一位儀表無懈可擊的俄羅斯男子來到約定地點，她覺得那人大概是坐二望三的年紀。俄羅斯男子自稱代表齋爾斯來拿鑽石，並從外套內袋掏出一個天鵝絨袋，取出尼可拉斯二世的法貝熱袖釦，外加一封說明交換計畫的信件。蘿倫的安全警衛交出心形鑽飾，整場交易不到五分鐘便完成，蘿倫連一顆生蠔都沒吃到，更別說是搞定獵物了。

「希望山佛喜歡這副袖釦，才不枉妳這一番情海波折。」啣著滿嘴大頭針的查克萊說，小心翼翼地將一塊硬挺的淡紫色塔夫綢釘到人體模型上。

「你說到最嘔人的重點了！我費了那麼多苦心，之後我去山佛在馬克酒店的套房，一切都……糟糕、惡劣到了極點！」

蘿倫以有點炫耀的口吻，告訴山佛關於取得這副袖釦的莫斯科歷險記，不料山佛打斷蘿倫，沒讓她說完在馬球賽與齋爾斯交鋒的精彩細節。

「眞的很怪……他好像在吃醋還是怎樣？」蘿倫說。「我可以抽菸嗎？」

「今天爲妳破例一次。可是妳得分我一根菸。」查克萊說。

蘿倫抽出她小巧的綠色鱷魚皮菸盒，給查克萊一根白金香菸。

「好炫──」他說，端詳起香菸，先爲蘿倫點燃，再替自己點菸。他深深吸了一口，吐煙，繼續說：「他當然是嫉妒。山佛迷戀妳，而妳迷戀的人不是山佛。大人物不像普通人，受不了被人回絕。」

「然後他吻我。」蘿倫繼續說，想到這裡時皺起鼻子。「完全違反了我的意願。他還發抖呢，好像在**害怕**。我想，如果你已經結婚了二十多年，八成超久沒有跟人親熱過了，會恐懼也是正常的……講起來實在丟臉，他舌頭就從左移到右，從右移到左，只會水平移動，那奇怪的吻法就像一台機器！我滿腦子只想著：他晚餐是不是吃了大蒜馬鈴薯泥？……我想每個女人一生都該跟大人物親熱一次，才會曉得那有多麼**沒搞頭**！」

這時，工作室每個人都捧腹大笑。可是，忽然間，蘿倫搞笑的舉止消失無蹤。

「妳怎麼了？」我說，察覺她陰鬱的心情。

「他說，要是我不答應跟他交往，友情就結束了。」

「好詭異！」我說。

「眞讓人難過。」蘿倫說。「我以爲他是非常……妳知道的，那種友情堅定的朋友。」

聽到這裡，查克萊咂咂嘴，搖了搖頭。

蘿倫吸了一大口菸，幽幽望著我說：「他說要跟老婆離婚娶我！我哪受得了?!我想，我永遠都不能再見到山佛了……我太天眞了，讓山佛跟我一起廝混，還以爲他可以接受這樣單純的關係。他是非常優秀，但他不是……齋爾斯．蒙特瑞，對吧？沒有比情場失利更難過的事了！我本來還指望跟他在中央車站親熱一次，卻淪落到只拿到一對法貝熱的甇腳袖釦，還有跟一張『**水床**』接吻！我從沒有這麼淒慘的聖誕節。」

至於我呢，倒覺得今年的聖誕很迷人。這種事可不是年年有。單身女郎的聖誕節愈變愈陰鬱，現在卻成了愉悅、可愛的季節。

今年，我覺得洛克斐勒中心聖誕樹點燈儀式引爆的市區大塞車很可愛，電視上無止無境的「叮叮噹叮叮噹Target百貨（**第二大平價連鎖百貨**）！」廣告歌帶給我節慶的好心情，而即將播出的芭芭拉．華特斯[75]之十大魅力人士特輯更是讓我心裡暖洋洋、樂陶陶。

75 Barbara Walters，美國ABC電視台知名主播。

已婚的身分讓過節不再難捱，出席聖誕派對不再形隻影單、包裹禮物時不是獨自一人、也揮別了「**新年要吻誰**」的焦慮。唯一一件偶爾會讓心情蒙上陰影的事情，就是S. J. Phillips的珠寶設計圖！杭特始終沒對我提過，連個暗示也沒有！當紐約城的華燈初上，公園大道閃爍著白光，博道夫百貨的窗戶泛出別緻的粉紅光時，我告訴自己——一遍又一遍——那一定是我的聖誕禮物。

雖然要買聖誕樹仍嫌太早，但感恩節後幾天，我就在第五大道的路尾向一個賣樹的佛蒙特家庭買樹。

十二月第一個週日，杭特和我愉快地佈置松樹，掛上淡粉紅色緞帶、傳統的透明玻璃球、古董白色雀鳥。（**你能相信嗎？現在ABC家飾店有古董聖誕樹裝飾品專區，那些飾品當然是魅力無法擋，價格當然也形同敲詐**。）佈置聖誕樹的時候，我聊起蘿倫最新的愛情悲劇。

「現在我有點替蘿倫難過，我覺得她真心欣賞那個齋爾斯。請給我那條銀箔彩帶好嗎？」

杭特遞來閃亮的裝飾彩帶，說：「這倒**有意思**，妳覺得她想嫁給他嗎？」

「她說對婚姻興趣缺缺，一切都是爲了生意和她的獵男大挑戰，但齋爾斯沒在生蠔吧亮相那天，蘿倫傷心得要命，但願你能看到她那個樣子。老實說，我覺得她會嫁給他；要是齋爾斯沒訂婚的話。」

我窩到座位上，打量聖誕樹。「這樹很漂亮吧？」

「的確很美。親愛的，我記得妳提過，蘿倫絕對不會再婚。」杭特說。

「可是，我也不知道啦，這傢伙不一樣。不過我跟你說，要是齋爾斯對蘿倫太感興趣，突然解除婚約的話，蘿倫八成會嚇跑，說她沒有那個意思。」

「這樣啊……」杭特若有所思，注視他剛掛到樹枝上的水晶球。他心不在焉，彷彿在思考別的事。「所以說，男人對自己的婚約越死忠，蘿倫就可能越想要他？」

「完全正確。」我附和。

「我覺得蘿倫不應該放棄，訂婚又不是已婚──」杭特說。「哎呀，糟糕──我剛剛想起來，我得打一通電話。」

他離開客廳，模糊的聲音從門口傳到我耳裡，像在討論某種陰謀似的──顯然是公事。七點的時候，他總算回到客廳，而我正在爲聖誕樹打上最後一個蝴蝶結。他手上拿著外套，說：「席薇，我有點事情，晚上不能待在家裡──」

「可是我們講好要看芭芭拉·華特斯的節目。」我回答，感到失望。我們原本計畫舒舒服服窩在家裡，看電視，吃外帶的日本料理。「你不能改天再處理嗎？什麼事那麼急，得趕在禮拜天晚上做？」

「大學的老朋友來紐約，我早就安排跟他吃晚餐了，我一定是忘了告訴妳。」

「該不會就是你想介紹給蘿倫認識的那個人吧？」我問。

「還眞的就是他。」杭特回答，開始穿外套。

「嗯，要不我打電話給蘿倫，大家一起去？這樣她心情一定會比較好，讓她不再想著齋爾斯──」

「我覺得那樣不好。」杭特匆匆說。

杭特怎麼陰陽怪氣的?爲什麼不讓我跟他去?

「你明明就說過要介紹蘿倫給你朋友，聖誕節是約會的最佳時機，而——」

「沒那個必要吧!盲目約會行不通的。注定相愛的人自己會跳進愛河，不用別人推。」

「可是他聽起來很帥。他是誰?」我問。

「他幾個小時後就要離開，我得趕快去。晚點見，親愛的，抱歉今晚不能陪妳。」說罷，杭特便匆忙走人。

他還眞是十萬火急，我如此想著，孤伶伶坐在電視前吃日本料理。

我通常覺得芭芭拉．華特斯的節目引人入勝。她挑選魅力人士的品味往往很怪（記不記得有一年卡爾．羅夫[76]獲選魅力人士?），她的問題總是彬彬有禮，因此如果你假裝那是在惡搞「週末夜現場」[77]，就會沉醉其中。

還有，芭芭拉的髮型萬年不變，更是讓人感到無比安心。但今晚我就是渾身不自在，即使華特斯女士硬邦邦的髮型也安撫不了我。

我胃口盡失，連最心愛的鮪魚生魚片也消化不了。——杭特怎麼會忽然拒絕介紹蘿倫給他完美的大學朋友?幾個星期前，他還興奮得不得了，想讓這位神祕哥兒們認識蘿倫呢。再說，他爲什麼不肯說出朋友的名字?

---

76 Karl Rove，曾是小布希的首席政治顧問。

77 Saturday Night Live，美國NBC電視台的綜藝短劇節目。

我回想過去幾天的點點滴滴，發現其實杭特的言行舉止始終不太對勁——每次上網都要幾個小時、壓低音量講電話，而且我一走近就突然掛斷。我問他忙什麼，他就打迷糊仗。

更奇怪的是，S. J. Phillips珠寶項鍊始終沒個影子！每回我暗示珠寶的事，他就假裝完全聽不懂。那天晚上，我繞著聖誕樹，搖一搖堆在樹下的每一盒禮物（**我幾乎每年都這麼做**），裡面顯然沒有項鍊。

佳節近在眼前，項鍊想必已經領回去了，但——是在哪裡呢？現在竟然還拋下芭芭拉．華特斯和我這個幾週以來難得見上一面的老婆，去和一個「**無名氏**」大學朋友吃晚飯！今天星期日耶！星期日根本不會有人有重要的事待辦。

芭芭拉正要介紹魅力人士出場時，我勉強自己吃一口鮪魚生魚片。不用餐只會讓心情更惡劣。就在這時，手機響了。

「席薇，不好意思！妳一定覺得我是史上最糟糕、最靠不住的電影明星。」是妮娜！猜也猜得到，她沒有履行我們在巴黎的約定，沒有來試穿她的禮服，讓禮服掛在工作室裡等候她的大駕。

「我在摩洛哥拍戲多花了兩個星期，**找遍整個沙漠**也沒有電話。我明天可以去工作室試穿嗎？蘇菲亞也可以去嗎？**我們超級**想妳的！」

我差點被鮪魚噎到——蘇菲亞也在紐約?!而我老公才剛衝出家門去見一位「**大學朋友**」！

也許，聖誕節不如我想像中的暖洋洋、樂陶陶……

「蘇菲亞不能來，她眞的很過意不去。」妮娜在第二天踏進工作室時說。她準時來試裝。我呢，則一點也不難過。蘇菲亞是我最不想見到的人。

「我快累死了！有**七部**電影找我拍！我快要陣亡了！」妮娜在簾子後面試穿時繼續說：「我23歲，可是感覺像62歲！累到不行。」

不一會兒，妮娜出來，穿著我們用牡蠣色雪紡布爲她打造的葛麗絲禮服。衣服穿在她身上很飄逸，像一陣輕靈的風，她看來柔美而傳統。

她凝視鏡中的自己，然後說：「哇！**看**，首映會的完美禮服。這個現在就可以讓我帶回家嗎？」

當狗仔隊拍到妮娜拎著查克萊的購物袋離開工作室時，發生了兩件事。

第一件事，是一堆八卦雜誌社狂打電話，試圖刺探妮娜要穿哪一套禮服出席首映會？**（其實連我也不知道。妮娜最後帶了四套禮服，其中兩套必須在首映會後立刻歸還，另兩套是我們奉送的禮物。她口風很緊，甚至不向查克萊透露哪一套最可能中獎。）**

第二件事，一夕之間，紐約女郎都想要查克萊負責打點她們參加阿莉西冬季舞會的行頭，而舞會距離聖誕節只有兩個星期。

我們在內曼馬庫斯百貨的禮服銷售一空，博道夫百貨也來電，邀請他舉辦「**提箱秀**」[78]。

78 trunk show，為VIP客戶舉辦的小型走秀。

如果妮娜拎著我們購物袋的一張照片就有如此威力，那當她穿著葛麗絲禮服的實際照片，顯然可以讓查克萊的行情飆漲。

而平常凡事都一臉酷樣的查克萊，在妮娜試穿過他的作品之後便開始患得患失。即使還沒到首映會那天，但查克萊只要一翻到雜誌上妮娜的照片就開始抽搐、聽到電視上提起她的名字就冒汗。要是雜誌上或電視上的妮娜是穿其他設計師的作品，查克萊的體溫更是竄升到發高燒的程度！套句查克萊的說法：**妮娜帶給他的折磨，比禽流感更厲害。**

17 未成年愛愛

我敢發誓，天底下最「時髦」的事，莫過於穿著白色的Eres連身泳裝，待在法國阿爾卑斯山上的滑雪小木屋露台上，下有兩呎深的積雪，上有藍得嚇死人的天空，享受華氏七十度的豔陽。

這必然是史上最豪華的日光浴！我想，這裡的魅力就在於白色配白色，實在是討喜到不行！尤其是整山的人都穿毛巾布浴袍和拖鞋，更加烘托出妳的美。

距離聖誕節只剩幾天的時候，杭特說他的法國合夥人有一間位於梅傑夫的滑雪小木屋，並且願意借我們過節，我一眨眼工夫便打包好行李。

梅傑夫是阿爾卑斯山上最富雅趣的村莊，相形之下，阿斯本像美國購物城[79]。梅傑夫有彎彎曲曲的石子路、頂級的糕餅、迷人的精品店、無懈可擊的教堂廣場。

我們的行程很累人——因爲我們搭乘夜間班機到巴黎，隔天又搭早班飛機到日內瓦，但總算到達的時候，所有的辛苦都值回票價了。

我們的小木屋凝結了許多冰柱，看起來像童話裡的糖果屋。在屋子裡，客廳擺放著褪色的沙發和羊皮毯，我們的臥房浪漫至極，說不定會很捨不得離開。床上鋪著古董床單，上面蓋著一張

79 Mall of America是大型的室內商場。

毛皮床罩，這比置身Ralph Lauren滑雪服廣告更美妙！誰還在意我根本不會滑雪？

「這裡好讚哦，杭特。」我說。我們將行李放到房間。一路辛苦、好不容易抵達這裡已是下午三點左右，太陽最後的銀輝正映照著原始林山坡。

杭特掛著快樂的笑容，將我擁個滿懷，說：「妳很開心我們不在紐約過聖誕節吧？」

「是啊！」我回答，感到很興奮。

杭特這幾天超級窩心的！在來這裡的路上對我呵護備至，讓「**芭芭拉・華特斯事件**」也顯得不那麼重要了。既然我們已經來到這裡，置身在美麗村落之中，最近幾個月的煩憂也一掃而空。

就在這時，臥房門上傳來敲門聲，一位女僕用托盤端著兩杯熱巧克力進來，還奉上寫著我名字的信封，我拆開來看：

親愛的席薇和杭特：

你們一定不敢相信，我就住在你們隔壁，待在多敦伯爵夫人卡蜜拉的小木屋裡。今晚要不要賞光來喝杯雞尾酒？

XX蘿倫

蘿倫果然將三個聖誕邀約全數拋下，臨時決定和卡蜜拉共度這一週。卡蜜拉是美麗的三十七歲法國伯爵夫人，她與多敦伯爵大衛的婚姻是出了名的美滿。大衛是銀行家，卡蜜拉十七歲的時候，在格施塔德的皇宮飯店將處女之身獻給了大衛（**她總是說：「我從不曾考慮在其他地方獻出第一**

次。」）六週後，她嫁給了大衛，如今她的三名子女即將成年。她在巴黎經營瓷器精品名店，熱愛扮演朋友們的紅娘。現在有卡蜜拉助陣，蘿倫決心在滑雪勝地完成她的獵男大挑戰。

「希望卡蜜拉可以幫我跟摩納哥王子牽線。」蘿倫如此告訴朋友。「妳不覺得安德烈王子是完美的四號人選嗎？我說不定會破例考慮下嫁。我捨不得放過『摩納哥蘿倫王子妃』的頭銜。」

那天傍晚，杭特和我驅車去卡蜜拉的小木屋。我們很疲憊，而且老實說，儘管我跟蘿倫情誼深厚，但我並不太想在長途飛行後跟人打交道。

我們決定去打聲招呼，然後就回小木屋，窩在那頂級皮草床罩下的被窩裡。多敦小木屋是大衛家族在一九二〇年興建，半隱在一條陡峭的山徑內。

卡蜜拉在門口迎接我們。她身材嬌小，寬大的花呢褲、淡藍色緞質上衣，裡面的乳白色低胸衣物若隱若現。我暗想，法國女人怎麼就是有辦法將中產階級的性感搭配得如此不落俗套？我一邊打量她巧妙的衣著——她是矛盾的綜合體——一方面如此保守，卻又如此大膽挑釁，就像現代版的羅美・雪妮黛[80]。

「啊，晚安，嗯哇、嗯哇、嗯哇、嗯哇——」她說，抓住我的肩膀，在我雙頰各親兩下，然後跟杭特如法炮製。「歡迎。」

客廳有挑高的拱形天花板，華麗的遊廊通往房間。滿室的賓客和兒童聚在火爐前，享用晚餐前的小酌。我們到的時候，卡蜜拉的丈夫大衛正好出來。衣冠楚楚，白襯衫、斜紋布長褲、懶人鞋，正是溫文爾雅歐洲銀行家度假的模樣——黑莓機不離手。

80 Romy Schneider，1938-1982，生於奧地利，曾主演《我愛西施》（Sisi）等名片。

「熱葡萄酒？」他用法語問。

「嗯！謝謝。」杭特說。

大衛倒了兩杯酒，我們都舒服地坐在爐火前的沙發上。

「蘿倫帶了那個叫瑪西的朋友，這實在很糟。」卡蜜拉微微皺眉說。

「為什麼？」我說，啜著酒，那酒溫熱醇美。

「瑪西不是好朋友，滿腦子都是跑趴，像個青少年。還有蘿倫啊——我也跟她說，她受的委屈夠多了，應該果斷嫁入豪門！沒有哪個朋友樂見她繼續受苦。」

「蘿倫就算不嫁入豪門，生活也根本不會辛苦吧。」杭特說。

「**最折磨**女富豪的事，就是嫁的男人不——」

「席薇！杭特！」聲音從我們上方傳來。

大家抬頭一看，只見瑪西倚著樓上遊廊的欄杆，朝我們猛揮手。她的裝扮絕對令人眼睛一亮，卻也絕對不得體，是橙色天鵝絨材質的Lela Rose雞尾酒禮服，領口有一圈寬大的絲質縐褶花邊。「住在這裡好開心哦，沒半個紐約來的人。他們都在安地卡，眞是可憐又慘兮兮。」

這時蘿倫踱進來，一位挺拔帥氣的少年尾隨在後。他穿著滑雪褲，吊帶隨隨便便地從肩頭滑下，糾結的金髮覆蓋住眼睛，遮掉半張臉，令他迷人的酷勁更添幾分！他不可能超過十五歲。

「妳見過**亨利**了嗎？」蘿倫說，眨一下眼睛。她穿著褪色絨褲和特大的喀什米爾毛衣，跟上次見面時相比，她輕鬆自在得太多了。「哇！有熱紅酒耶！嗯，亨利要介紹我認識這裡所有的未成年男生。」

「不行！我不准！」卡蜜拉反對。

「媽——」亨利氣惱地說。他爲蘿倫斟了一杯熱葡萄酒，自己也倒一杯，然後懶洋洋地歪在扶手椅上，從那裡充滿佔有欲地注視著蘿倫，一邊咬著前額垂下的金髮。

「席薇，妳上來看我的新滑雪衣吧。」瑪西從遊廊說。

「好——杭特，我五分鐘就回來，你沒問題吧？」

「我死不了的，但妳**只能去**五分鐘喔。」他溫柔地說。

我上樓去瑪西那裡。進了房間後，她說：「妳打算怎麼幫杭特過生日？」

杭特的生日！聖誕夜就是他的生日！我竟然忘得一乾二淨，我覺得自己好糟糕！在紐約的時候，我是稍微想過爲他辦一場驚喜派對，可是臨時跑來梅傑夫，就把這檔事拋到九霄雲外了。

「嗯，也許我可以在這裡辦驚喜派對。」我說。「我們的小木屋很適合舉行雞尾酒會。」

「一定很讚。我們會幫忙。」瑪西說。「現在離二十四日還有三天，夠我們準備了。派對保證**精彩**，我在這裡已經認識很多新朋友了哦。」

我擔心瑪西——她的情緒非常高亢，但感覺不太自然，她必然是在思念克里斯多福吧？

「這滑雪衣的低調香草色讓人不得不喜歡，是吧？」瑪西說，炫耀她在聖摩立次（St. Moritz）的Jet Set買的美麗滑雪衣。

瑪西手指揉捏著衣服。「這種低調風是不是很……嗯……很讚？看，領子上有一顆紅色小星星，果然是**正宗的Jet Set**，跟它搭配的滑雪褲屁股上最性感的地方還有一顆紅色星星——」

「瑪西，妳還好嗎？妳是不是見過克里斯多福了？」

「我確定我在Jet Set看到漂亮的瑞典公主維多莉亞。全世界只有這家店有時髦的滑雪用品，沒有其他地方買得到栗鼠皮做的雪靴。」瑪西繼續說，捧起一隻色澤像雲朵的皮靴。「美到讓人**死也甘願**，對吧？」

「瑪西，妳跟克里斯多福怎麼了嗎？」我正色問道。

「席薇，妳人眞好，這麼關心我，可是其實，事情正在……處理中。」

「妳說的『**處理中**』是指？」我問。

「關於變成離婚女郎的事。我改變心意了，因爲我看到電影明星恢復單身後，照片裡的她們都變成調酒棒，我實在不喜歡那樣。現在我努力增胖，妳能想像嗎？克里斯多福說他要回到我身邊，所以我們正在……協商，蘇菲亞一直在幫忙調停。她很貼心，幫我傳話等等。」

「蘇菲亞？」我希望瑪西沒察覺我的語氣很不起勁。

「對。她叫我買這個，妳看──」

說罷，瑪西俐落地將一副賈姬風格的巨大太陽眼鏡戴上鼻梁。如果世界上有比妮可．李奇（Nicole Richie）更大的眼鏡，必然是瑪西鼻子上這一副。

「在教堂廣場的Hemès買的。**全世界**只有他們賣偏光鏡片的賈姬太陽眼鏡，滑雪時可以戴，三哩外的東西也看得清楚。四百五十歐元！滑雪時戴著感覺很讚，我不後悔買這個，絕不後悔。」

「四百五十歐元一副的太陽眼鏡──眞的很貴。」

「因爲我値得。」瑪西忽然摘下Hemès太陽眼鏡，露出促狹的微笑望著我。「我跟妳說，妳可別說出去哦！蘇菲亞告訴我一件事──」

我看著瑪西。我的眉毛揚起。

「她有情人——」她說。

「蘇菲亞向來都有情人。」我說，懶得管。

「對方有老婆哦。」瑪西戴回眼鏡，轉身照鏡子，「她的品味果真一流，對吧？」

第二天早晨，我站在小木屋露台上看著阿爾卑斯山，又跟自己說一遍：誰在乎我不會滑雪啊！那山看來的確像愛維養礦泉水瓶身上印的清新宜人，我等不及上去呼吸新鮮空氣了。

「妳一定會喜歡的。」杭特請來教我的滑雪教練伊蓮說。她二十三歲，深色頭髮，皮膚的斑多到爆。早上九點來接我，穿著亮黃色的教練外套，戴著草莓印花頭巾。

「我好興奮。」我說。

杭特大清早就去滑黑道[81]，我們約好中午在山坡上的小澗餐廳（La P'tite Ravine）碰頭，共進午餐。

三個小時後，熱辣的疼痛從足部傳來，右足向外扭，與小腿呈現銳角，我慌亂地想離開滑雪道。我再也不能理解怎麼會有人說滑雪是度假?!這哪是度假?!我根本就是《攀越冰峰》[82]裡差點送

81 black run，北美的滑雪道以顏色區分難易度。黑道是困難級。

82 Touching the Void，兩名英國登山者於一九八五年攀登安第斯山。回程Joe摔斷右腿，朋友Simon協助他下山途中，Joe掉進冰隙。由於Joe靜止不動，Simon也快被Joe的重量拖下去，情急下割斷繫住兩人的繩索，爬出冰隙下山。後來Joe奇蹟脫困，Simon則飽受各界抨擊，Joe於是寫書說明事情始末。

命的那個人！我哀怨地如此想著，一邊試圖移動。

兩個還在學走路的小朋友踩著迷你滑雪板嗖地掠過我身邊。他們爲什麼那樣做？爲什麼笑？他們不知道自己即將一命嗚呼嗎？天啊，婚姻是一場惡夢！我如此想著，痛楚竄升到腳踝。就只是因爲嫁爲人婦，不管妳愛不愛，突然間女人就得開始參與丈夫不要命的娛樂，例如滑雪！而丈夫卻不必捨命陪妳，例如去上皮拉提斯課程。

「我們得上去。」伊蓮說。「妳先生說要在上面等我們，這是找他的唯一方法。」

「我不行。」我悲淒地哀叫。搞不好我足踝骨折了呢。

「不然就得坐車下山。」伊蓮說。

「我只是……能不能待在這裡就好？」我哭出來。

忽然間，有人拍拍我的肩膀。我扭動僵硬的脖子，抬頭看到一個男人的鏡面太陽眼鏡。那是**皮耶**，也就是我在巴黎看到跟蘇菲亞的在一起的那個男友。可惜已分手了。

「皮耶——」我咕噥說。

「哎呀，妳還好嗎？」他問，很是關切。

「她不肯起來。」伊蓮說，挫敗地嘆息。

「妳會痛嗎？」

「會，我答應杭特在小澗餐廳碰頭，但我根本動都不能動。」

「來。」他說，輕柔地拉我起身，伊蓮也從旁協助。我勉強站起來，搖搖晃晃的。

「妳應該回去，我去幫妳找杭特。」

「眞的嗎？」我感激地說。

皮耶點點頭。我不懂蘇菲亞爲何放棄這個男人，而選擇已婚男士？

「你一定要來我們小屋參加杭特的生日派對。」我說，稍微鎮定了一點。「是二十四號。」

「樂於從命。」皮耶說。「好，妳應該回去休息了。」

川普的太太梅拉莉雅在梅傑夫必定會適應不良——我是指在服飾方面。這裡一年只有兩個晚上可以盛裝打扮——聖誕節和新年。其他時候的服裝一概是休閒風，頂多只能比休閒服端莊一點。

我不久就發現，出席梅傑夫的派對，最重要的配備是照像手機。杭特生日的夜晚，客廳裡的賓客漸漸增加，而他們除了啜飲香檳、享用火烤起士，就是比較彼此滑雪時躍到半空中的照片。

十點時，木屋裡便人潮洶湧，杭特看起來玩得很愉快。只有一個人不見蹤影：瑪西。她還沒露臉，而她邀請來的川流不息客人則不斷冒出來找她——她呢？

我看到卡蜜拉、她十七歲的女兒尤琴妮、她兒子亨利、蘿倫悠閒躺在爐火前的羊皮毯上，拿著整碗的梅傑夫玉米片在吃。也許他們會知道瑪西在哪裡，杭特和我過去找她們。

「八〇年代的雪靴又恢復流行了。」碩大的毛茸茸白靴在卡蜜拉腳上，看來像巨大的綿花糖。

「媽，那有點退流行了。」尤琴妮說。她看母親的眼神，活像在看一個窩囊廢親戚。「去年摩納哥每個小孩滑雪後，都是穿粉紅色和紫羅蘭色的毛靴。現在七〇年代的雪靴才夯。」

尤琴妮起身去找朋友，她們通通穿著緊身牛仔褲、皮草背心、小馬皮的古董靴或棕褐色麂皮靴。她們的造型宛如艾莉・麥格羅[83]在科羅拉多的翻版。

「她可愛得不可思議。」我說。她漸漸走遠。我坐到卡蜜拉旁邊。

「可不是嗎？」卡蜜拉說，慈愛地看著女兒。「席薇，請妳鼓勵妳的朋友再婚。」

「以我目前的狀況，我不確定是否該做這種事？丈夫會強迫老婆滑雪什麼的。」我打趣說。

「親愛的，老公都糟糕透頂了，對吧？」杭特說，深情款款地吻我的手。

大家哈哈笑。我的足踝摔到嚴重發炎，因此我對滑雪敬而遠之，這幾天的午後時光都在瑪莉農莊酒店的水療館做物理治療。

今天我彎去Hermès精品店，因爲我跟瑪西一樣受到賈姬太陽眼鏡的誘惑。我去結帳時，才發現瑪西大幅低估了標價：其實是六百五十歐元！這個價錢是依據Hermès的規矩，任何Hermès的產品至少要比所有其他品牌貴七倍。可是這副太陽眼鏡太美，我相信必然能加速我的復元，相信買了不會後悔。

「蘿倫，」卡蜜拉繼續說，「妳被寵壞了。妳家財萬貫、妳喜歡豪華的住家、到處旅行，妳應該嫁上了年紀的人，不然妳會覺得很無趣——」

「卡蜜拉，我對婚姻沒興趣。況且，上了年紀的富翁還眞索然無味！我唯一能接受的對象是貝瑞・迪勒[84]。」蘿倫開玩笑道。她伸手環抱亨利的肩膀，嘆了口氣，誇大她的哀怨。「這個小亨

---

83 Ali MacGraw，美國影星，主演過《愛的故事》。

84 Barry Diller，一九四二年生，美國媒體業大亨。

利，**好可愛哦！**」

她拉起亨利的手，拖他走入人群中。卡蜜拉翻白眼，咕噥一聲。

「卡蜜拉，妳看到瑪西沒？」我問。

「她跟皮耶吃晚飯。」她說。「然後他們要去接蘇菲亞，晚點才會來——」

「可是今天晚上我沒有邀請蘇菲亞來——」我插嘴，有點惱怒。

「有皮耶在，蘇菲亞就會在。」卡蜜拉說。

「可是，蘇菲亞跟皮耶分手了……」我說。

這時，我看到瑪西擠進客廳另一端的人群。她的臉龐被涼冷的夜風吹得紅撲撲的，洋溢著興奮。跟著她的人是皮耶，而他後面的人是蘇菲亞。

爲什麼她老是陰魂不散？杭特所在之處，似乎都會碰到她。也許我對她有欠公允，也許她只是跟皮耶來這裡，一切純屬偶然，畢竟皮耶是我請來的客人。結果，蘇菲亞立刻和皮耶進入客房，整晚都沒人看到他們出來。這一夜，我連跟她打招呼的機會都沒有，眞是如釋重負。

梅傑夫的聖誕節就像童話故事冰雪女王的場景。

一夜大雪讓這個村莊宛如沾了鮮奶油，教堂像蛋白糖霜尖塔。上教堂做完很有氣氛的聖誕彌撒後，杭特和我在大廣場買了熱巧克力，回到小木屋，幾乎整個午後都在露台上悠然泡著熱水澡。

「謝謝妳爲我辦的派對，席薇。」杭特說。我們坐在熱氣氤氳的泡泡浴中。「派對眞的很精彩，跟紐約截然不同。」

「我也很喜歡這場派對。」我說，伸出滴水的手臂環抱他，親吻他。這裡一切都好性感、好浪漫。「你是最棒的老公！——」

就在這時，我的黑莓機嗶嗶響起。我事先將它放在浴缸旁邊，因爲我知道家人今天會寄幾封電子郵件給我。我小心翼翼地不讓水滴到黑莓機，念出收到的信件：

收信人：Sylvie@hotmail.com

發信人：Lauren@LHB.com

主旨：未成年愛愛

親愛的席薇：

亨利發育得爆快，手腳又笨拙，那呆呆傻傻的青少年風格好可愛！他覺得自己在昨晚愛上我了，他老爸老媽那邊我可能有點難交代。我沒有陷入愛河，但我強力推薦一生中至少應該跟年紀不到自己一半的人做愛一次。

總結一下，妳知道我最愛總結了——十五歲的少年只想炒飯，他們的青春活力太旺盛，不曉得除了上床還能幹什麼？

一切始於我們共舞的時候。亨利個子很高，他不斷將我的手拉高，讓我的手高舉過頭，後來我才明白他在做什麼，然後我就說：「不要盯著我的胸部看！不可以！」之後我也不知道，我覺得他對我的胸部那麼

著迷，好像也滿可愛的嘛——畢竟，他還沒真正見識過女人的胸部。片刻後，我們就在露台上，他壓在我身上，五分鐘後，他辦完事就昏了。我認為那是一種誇獎。我在他的年紀時，在五四俱樂部盡情狂歡後總是會昏倒。謝謝妳辦的精彩派對，我搞定第四個獵物了！

「哎唷，老天。」杭特笑說。「她跟齋爾斯的偉大愛情呢？她忘掉他了嗎？」

「聽聽這一段——」我念出郵件的結尾。

妳一定很高興知道，『莫斯科先生』縈繞在我腦海的醉人藍眸，已逐漸被亨利的年輕電臀所取代。如果齋爾斯不在近期內聯絡我，我極可能會完全淡忘他。現在，我該尋覓第五號獵物了！

「我看齋爾斯最好趕快採取行動。」杭特說。

「他訂婚了，親愛的。你好像老是記不住。」

「好吧，他訂婚了。」杭特說，「現在，我想我們應該出浴缸了，讓我們浪漫的房間**物盡其用**——」

那天稍晚，我們懶洋洋地窩在壁爐前，閒聊其餘的行程。此情此景完美至極——**愜意、迷人、一切都很棒**。卡蜜拉說的對。我應該鼓勵蘿倫結婚，這種美妙的感覺只有婚姻生活能提供。

「要不要來拆禮物？」我在晚餐前一刻說。「想到有禮物就很興奮。」

「哎呀，親愛的，恐怕我爲妳準備的禮物太卑微，不要興奮過頭了。」

杭特假裝他絲毫沒有爲禮物費神，眞是太窩心了！我等不及要看到項鍊了。杭特去客房拿他收在那裡的禮物時，我回我們房間拿我的。包裝紙裡面包了兩本書，以及一張杭特和我在巴黎的合照，相片裝在相框裡，上面刻了字。拿了禮物後，我便回到客廳。

我將禮物放在杭特面前，他交叉雙腿坐在爐火前的小毯子上。他前面有一個小小的方型盒，鮮紅色的包裝紙、銀色蝴蝶結──噢。那絕對是珠寶尺寸的盒子！

「你先拆我的。」我說，努力神態自若。

「眞可愛，親愛的。」杭特看到照片時說，吻我的唇。「我好感動。換妳拆我的。」

他將那個小包裹交給我。我覺得他緊張兮兮的。這是好現象，他一定在擔心我會不喜歡他挑的珠寶。我拿起紅色小盒，開始拆包裝紙。在層層的紅紙下面，是一個黑色的皮盒。

「噢！」我說，抬頭看杭特。

他嚥了口水，露出焦慮的神色。眞惹人憐愛！我掀開天鵝絨盒蓋，看到好幾層的白色紙巾。

「我太開心了，親愛的……」我揭開那些紙巾，底下有個閃亮的東西。我將它拿出來，盯著它看。「一個……銀製的餐巾環？」我驚呼，試圖假裝出狂喜的音調。

「我以爲妳會喜歡上面刻的玫瑰花紋。」杭特說，一臉沮喪，也許他看得出我的失望。我不想讓他難過，就裝出快樂的口吻說：「我最愛玫瑰了。」我吻他的鼻子，「玫瑰在……餐巾環上……很浪漫。」

我的項鍊呢？

「不要跟他對質，這不是他出軌的證據。」蘿倫說。

「出軌?!——」我驚恐地複述。這個詞嚇得我六神無主。

「唯一算得上婚外情的實質證據，就是找到不屬於妳的丁字褲。……沒有收到妳以爲會有的珠寶，實在……嗯，在法庭上站不住腳，也許他只是忘了。」

第二天我跟蘿倫在理想餐廳（L'Idéal）的露台共進午餐。陽光燦爛，滑雪客都褪下T恤，吃著海鮮飯。但那不是進行這種對話的好地點——在梅傑夫的人只要搶得到桌位，都在這裡午餐。

「蘿倫，噓！」我低聲說，心焦地看看周圍的人，還好沒人注意我們。「我打算這麼做——」

就在這一刻，說是巧合也罷——蘇菲亞本尊出現在露台的另一頭角落。她穿著一襲奶油色滑雪衣，當她彎腰鬆開雪靴時，我注意到她褲子臀部有一顆紅星。她的滑雪裝備和瑪西一樣。她脫下外套，繫在腰部，裡面穿著薄薄的粉紅色T恤，完美地顯露出她古銅色的肌膚。這時，離我們兩桌的六個法國人叫起來。他們都有喬治・漢彌頓的膚色[85]，這款膚色在梅傑夫仍然很流行。

「蘇菲亞！來我們這邊！」他們看到她時嚷著。蘇菲亞揮揮手，走向他們。

「天啊，她往這裡來了。」我說。

「冷靜點，打個招呼。其實，我們乾脆友善得更假一點吧。」蘿倫發號施令。「哈囉，蘇菲亞！」她向正穿過露台而來的蘇菲亞大叫。

蘇菲亞轉頭，看到我們，笑著朝我們過來，到我們桌位後，她說：

---

85 George Hamilton，美國老牌影星，曾演出《好萊塢醫生》、《教父3》等片。

「蘿倫！嗨！席薇！昨晚眞的很謝謝妳的派對。皮耶玩得很盡興……小木屋很可愛……聽說尤琴妮寬衣解帶，在妳的浴缸……」

某件東西吸引住我的目光！要是沒弄錯，垂在蘇菲亞T恤領口下緣的東西正是一個墜子！每回她稍微一動，我便瞥見它貼著她的皮膚擺盪。那是一條白金鍊子與半透明淡紫色巨大寶石的墜子——當然囉！**用鑽石鑲成的S盤繞其上，非常精緻**。

我心想，**不會吧**？我再細看，希望自己的動作不是太明顯。

蘇菲亞看到我凝視的目光，對我綻出笑容：「席薇，妳看過我的聖誕禮物嗎？」蘇菲亞一邊把玩那件美麗的珠寶，然後將它放到嘴裡輕咬——她是在當著我的面炫耀嗎？

爲了掩飾悲愁的眼神，我拿起放在桌上的新Hermès太陽眼鏡戴上。忽然間，偏光鏡片讓項鍊在我眼裡更爲清晰了些。正如我所恐懼的，**它確實與S. J. Phillips設計草圖一模一樣！**有生以來，我不曾如此後悔買了一副六百五十歐元的滑雪鏡。

18 娃娃谷續集

「天啊！席薇，妳多久沒吃東西了？」汀斯莉嚷著：「妳看起來好像戰俘！」汀斯莉才不在乎她是在蘇活屋俱樂部的電影私人放映會上尖叫。

話說回來，這是紐約人的標準作風。在私映會看電影，大家只想注意別人的打扮，雖說這裡的燈光暗到根本看不清楚。

「我只是累了，噓——」我低語，指著螢幕。

眞相是從梅傑夫回來後，我幾乎零睡眠！我們在那裡的最後幾天宛如惡夢，杭特一天比一天快活，而我則戴著那副該死的太陽眼鏡讓眼睛噴火。餐廳裡的事實在是太令我震驚了！我決定返家後才打算下一步。回程的班機十分累人，好不容易抵達紐約，我已經神經緊繃、精疲力盡，氣色比提姆．波頓的《地獄新娘》更慘。

在那個一月初的夜晚，查克萊主持《女人至上》的私人放映會。那是一齣離婚女郎的喜劇，我根本不想看，卻無法回絕，這對查克萊來說是很重要的夜晚，因此我的如意算盤是在最後一分鐘才到場，希望在昏暗的燈光下不會有人注意到我看來多麼憔悴。無奈人算不如天算，最後一個空位是會場後方的皮製扶手椅，一邊是汀斯莉，另一邊是瑪西，菲比則在幾個座位外。

「焦慮症嗎?」汀斯莉說，音量足以讓全部觀眾聽見。

我點點頭。這時，菲比從瑪西身上傾身過來說：「我都用贊安諾（Xanax）解決這個問題，妳應該試試。」

「其實，安定文（Atavan）的抗焦慮效果更強。」瑪西說。「看我就知道了。我生活明明**烏煙瘴氣**，但心情卻**棒呆了**。」

「我都是一天史蒂諾斯（Ambien），一天煩寧（Valium）。」汀斯莉說。「這樣兩種藥都不會上癮。」她一臉滿足，彷彿自己解開了人生的謎團。

這時，我們前排的紅髮女郎加入談話，口吻非常就事論事：「如果妳失眠，別吃史蒂諾斯，不然它跟鬧鐘一樣，四小時後就會叫醒妳。我睡前都含一顆樂活憂口溶錠（Remeron），那是市面上最強效的抗鬱劑，一顆可以讓人昏睡十二小時。」

「安定文會讓妳覺得被滿滿的愛包圍。」瑪西說時笑個不停，眼睛發亮。

紐約每個人都服藥嗎？我驚恐地納悶著。這就是菲比永遠朝氣蓬勃的祕訣？否則她如何應付三個小孩又同時維持生活的格調？我心想，天啊！說不定凱特．斯佩德[86]也是。她的頭髮總是違抗地心引力，飛揚不已，看來神采奕奕。事實上，**紐約人妻應該通通是地獄新娘的翻版**！

我累到連頭髮也痠痛，其他人也一樣嗎？或者藥物解決了這個問題？我覺得自己好像活在《**娃娃谷**》[87]的世界裡。

86 Kate Spade，美國知名品牌Kate Spade創辦人，以手提袋、鞋飾竄紅，如今也有家飾用品。

87 Valley of the Dolls，作者Jacqueline Susann在書中描述三位女孩的星海浮沉錄，她們靠藥物麻痺內心痛苦，以維持光鮮的外表。

電影結束後，我一溜煙閃進衣帽間，匆匆套上我的皮草大衣。外面很冷。希望我能順利逃走，不引起注意。

「席薇？是妳嗎？還是傳說中的喜馬拉雅山雪人？」是瑪西。我的心往下沉。

「是我。」我悶悶不樂，將瑪西拋在背後，逕自走向電梯。「我得走了。」

「等等——」她說，露出悲傷的表情望著我。這倒很奇怪。「有件事**一定要**讓妳知道。」

「什麼事？」我問。

瑪西鬼鬼祟祟地瞄瞄背後。其他人還沒從會場出來。

「我實在很不想大嘴巴……可是……事關杭特，他就是那個人！」

「妳到底在說什麼？」我說。

「就是蘇菲亞的『**已婚男**』啊！那個人就是妳老公。蘇菲亞說杭特瘋狂愛上她，大概從他們在達爾頓中學念書的時候就開始了。」

我不敢置信地看著她——**她在說什麼？**

「妳怎麼知道的……」我嘶啞地說，只擠得出結結巴巴的低語。

瑪西目光往下移，彷彿在研究蘇活屋時髦地毯的巨型雛菊花紋，然後視線回到我身上。

「我覺得**好糟糕**。她到我家，我無意間聽到她講電話。」

「她是怎麼說的？**實際措辭**是怎樣？」我恐懼地等待瑪西的答案。

「她提到對方給她珠寶，還有他們要一起出城。」

「出城？去哪裡？」我倒抽一口氣。

「不知道，但我氣死了，她……竟然做得出這種事！枉費我這麼慷慨借她穿我那套有紅色星星的Jet Set滑雪服。全世界除了我，只有雅典娜．魯塞[88]有同款的衣服。穿上去，可以讓妳的上身媲美巴西名模吉賽兒。我犧牲那麼大，把衣服借給蘇菲亞，結果她卻背叛我，跟我的姊妹淘搶老公，虧我這麼信任她！妳能想像世間有這種人嗎？」

我驚駭地看著瑪西。

「我了解，那時我也嚇得說不出話。我把舉世第一的滑雪服借給她，卻落得如此下場。」

「好，嗯，我要回家……思考，我也不知道。」我可憐兮兮地嘆息，舉步要走。

「等一下，我有東西給妳。」瑪西拉住我的手臂。「別把我當成藥頭之類的，這個妳拿去。」瑪西塞來一條摺疊起的白手帕。我打開一看，裡面是一顆藥丸，我連忙合起手心。

「瑪西！」

「這是氯硝西泮[89]，又叫同性戀男的煩寧。這是應急用的。」

「瑪西，我不吃這種東西。」

「親愛的，別不好意思，紐約每個人一年到頭都服藥。」瑪西壓低音量，將我拉到陰暗的角落。「紐約人不再眉頭深鎖可不是肉毒桿菌的功勞，而是抗焦慮藥物的關係。」

「妳們要不要上來？」菲比愉快的嗓音從我們背後傳來。「我們佔了靠窗的桌子——」

---

88 Athina Roussell，已故希臘船王歐納西斯的外孫女。

89 Klonopin，利福全（Rivotril）、克癇平等都含有這個成分。

我沒理會菲比，飛快逃進安全門，從後面樓梯下樓，竊自慶幸我收下了瑪西的氯硝西泮——現在是非常時期，用化學藥物製造被愛的感覺並沒有錯。

「妳能相信嗎？亨利給我的聖誕禮物是一隻駱馬耶。我要怎麼養駱馬?!牠在這裡會得思鄉病死掉的。然後胡安還一直傳眞這匹馬的照片給我，牠在西班牙的一個牧場等我。我受不了了。」蘿倫嘆息，彷彿覺得洩氣。「我猜離婚女郎收到的禮物確實比較優。5度高潮男送我一件有貂皮內襯的YSL風衣。」蘿倫摩搓著平貼在脖子上的超大珍珠、黃金、綠松石頸鍊，彷彿在查看它是否仍在原位？寶石尺寸極大，造型非常特殊，令我想起畢卡索的素描。「這是杜奎特[90]的作品，我買來送自己的，慶祝我把未成年小男生和大人物弄到手。經歷山佛事件後，我眞的得好好逗自己開心。妳覺得好看嗎？」

「美呆了。」我回答，努力擠出熱忱的口吻。

「妳不覺得它搭配這件蕾絲洋裝，讓我看起來像伊麗莎白．泰勒嗎？妳想借戴嗎？要的話，隨時開口。」

蘿倫和我坐在Rescue美容沙龍的雙人包廂做美足保養。蘇活屋俱樂部的放映會是前一夜的事。我已經向蘿倫交代完瑪西告訴我的事，蘿倫大概是想提振我的心情吧？

昨晚我回家看到杭特，拚命假裝若無其事。我需要時間決定下一步棋。當杭特問我怎麼無精

---

90 Tony Duquette，一九一四～一九九九年，美國設計師，作品包括珠寶、室內設計等等，風格華麗搶眼。

打采時，我謊稱因爲再幾天就是阿莉西的冬季舞會，籌措禮服的工作壓力太大。

我整夜苦思折磨自己，質問杭特是遲早的事，而我非常恐懼那一刻的到來。說來奇怪，他對我依然和平日一樣深情款款，更是令我痛苦萬分。事實上，我是眞心愛他的！

「我不懂他爲什麼那麼慇勤？昨天晚上我回家後，他看我很冷，就幫我泡熱薑茶。如果他跟蘇菲亞有一腿，何必還要那樣做？我愛他——我眞的很愛他！」我絕望地說。

「別上當了。」蘿倫很嚴肅。「男人在外面胡搞的時候，回家對老婆都會更慇勤貼心。」

「也許妳可以帶我去找妳的離婚律師。」我說。

「現在還不是時候。妳還不必找律師，應該先跟丈夫談談這個問題。」蘿倫指導我該怎麼做。

「可是——」

「離婚可不是像大家說得那麼快樂。」蘿倫打斷我。「大家都言過其實了。再說，誰曉得呢？搞不好是瑪西弄錯了呢？」

「可是，蘿倫妳看起來很……嗯，生活愜意，我卻慘兮兮的。我只是想要再開心起來。」

「難道妳不該先聽聽杭特的說法嗎？我想妳應該跟他當面問清楚，今晚就問吧。」蘿倫回答。「男人**偶爾也願意**承認事實。」

做完美足保養回家後，我歉疚地想著我會毀掉美好的夜晚。杭特幾星期前就預訂卡萊爾餐廳[91]

---

91 Café Carlyle，紐約市上東區卡來爾飯店附設的餐廳，現場的爵士樂表演極為有名。

的桌位，準備欣賞厄莎．姬特[92]的表演。當他約我去聽歌的時候，我還想這應該會是非常浪漫的一夜。我和他敲定八點鐘在餐廳碰頭。我換上顏色沉重的黑色天鵝絨小禮服來搭配現在的心情。

梳妝打扮的時候，我思忖著能不能以後再提起瑪西告訴我的話？這種事哪天不能開口，眞的非在今夜說不可嗎？或者——還是快刀斬亂麻比較好？我總不能因爲我們安排了這個節目、那個節目的，就一直假裝沒事吧？

我搭計程車前往上城，途中拚命讓自己堅強，準備面對眼前的難關。今晚必然很難捱，但如果我拖拖拉拉的，就只是延長痛苦的時間，讓局勢更加惡化而已。

我到的時候，杭特已經入座了，有一杯香檳正等著我，我三秒鐘就讓它杯底朝天。

儘管我心情陰鬱，卻忍不住注意到餐廳的氣氛極佳，耀眼之餘不失溫馨，從外面的冷冰冰一月天進來這裡，眞的很舒服。

「親愛的，妳還好嗎？」杭特說，立刻察覺我心情欠佳。

「其實我心裡……有點悶。」我垂下眼簾，遲疑著要不要現在就說？還是應該先點餐？哎唷，怎麼那麼煩啦——

「我應該可以讓妳心情變好……」

「你幫不了我的。」我悲傷地說，深吸一口氣，開始說：「杭特我——」

這時，杭特將一個紫色麂皮小盒子放在我的盤子上。盒蓋上印著S. J. Phillips的燙金字樣。

我愣愣地瞪著它，一頭霧水——**這是什麼狀況？**

---

92 Eartha Kitt，一九二七～二〇〇八年，美國演員、歌手。名曲包括一九五三年的Santa Baby。

「親愛的，妳不打開嗎？」杭特說，笑容燦爛。

我戒愼地打開盒蓋。電腦草圖中的墜子正安放在淡藍色緞質的襯枕上面，美麗動人，紫水晶璀璨奪目，彷彿墜子本身會發光，盤繞其上的鑽石像一閃一閃的銀河，眞是充滿浪漫情懷的禮物。

但……這是不是我看到蘇菲亞戴在身上的那一條？不可能的！話說回來，杭特爲什麼沒在聖誕節給我呢？現在我到底該不該對杭特說出來？也許瑪西曲解了事實，也或者是……唉，老天啊！我不知道該怎麼辦才好。

「妳不喜歡嗎？」杭特說，露出擔憂的神色。

「噢，喜歡啊，它很……漂亮！精緻極了。」

「本來想在聖誕節送妳，可是鑲爪有點問題，他們必須重做。」

這是實情嗎？蘇菲亞是不是先戴過了？我都搞糊塗了。

「不試戴嗎？」

我拿起盒中的項鍊，將它戴到脖子上。我轉身照背後的鏡子。紫水晶的位置恰到好處，正好在我的鎖骨下方，燦燦然閃爍著撩人的光輝，戴著它去參加阿莉西的舞會一定很棒。

「杭特，鍊子很好看，可是——」

「——哦！」厄莎．姬特低吟，開始演唱。

杭特忽然起身，過來坐到我身邊，摟著我深情吻著。這種時候不適合指控他各種瘋狂的舉動，也許改天再說，今晚先放下那些事吧……

我告訴蘿倫和瑪西事情經過，她們和我一樣不解。第二天早晨，我們在西十街的傑克咖啡館安靜的角落座位吃著早餐。

「我昨天晚上在阿莉西那裡看到蘇菲亞，她還是戴著那條項鍊。」瑪西說。

「不會吧？」我打了個寒顫，無法掩飾我的擔憂。「那不可能，看——」我給她看鍊子，它仍然掛在我的脖子上。

「這跟她戴的鍊子一模一樣！太詭異了，好奇怪喔——」瑪西說。

「瑪西，妳得去問清楚。打電話給蘇菲亞，**立刻去！**」蘿倫下達指令。

瑪西離開座位，到隱密的角落。蘿倫和我心焦地看她打電話給蘇菲亞。幾秒後，瑪西用嘴型示意：「找到她了。」然後低聲講了五分鐘。我緊張過度，結果左眼上方感到頭痛欲裂。好不容易，她掛斷電話，回到座位，面有異色。

「怎樣？快講——」蘿倫專橫地說。

「呃……我想她說……」瑪西似乎很困惑，使勁按著額頭，彷彿在苦思複雜的代數方程式。最後，她說：「好，我想我們的對談經過是這樣的：我跟蘇菲亞說我很喜歡她昨晚戴的項鍊，問她在哪買的？她只說：『**他給我的**』——我應該沒聽錯，她是那樣說的，不然……」

「再接下去講啊。」蘿倫兇她。

「別給我壓力嘛！我是想盡量交代清楚一點——」瑪西煩躁地說。

我吸了一大口氣，屛住，嚇壞了。

「然後我跟蘇菲亞說：『他送他老婆同一款項鍊耶……』，蘇菲亞說他是不得已的，因爲他老婆在梅傑夫看到她戴著那條項鍊。席薇，她覺得妳在狀況外，她還說替妳難過。總之，她要我保證守口如瓶，但她說項鍊是只打算送她一個人的禮物——從一開始就是。」

「我不相信——」我低語。「妳怎麼確定她說的是眞的？」

瑪西臉色陰暗。「因爲，親愛的，蘇菲亞跟他一起去買那條項鍊。他們一起去了某家珠寶店，我記得是……義大利？不對……是在倫敦！沒錯！是女王喜愛的某間倫敦珠寶店——」

「別扯什麼女王不女王的！她還說了什麼？」蘿倫質問。

「她說他要爲了她離開妳，她認爲風聲已經傳出去了。她告訴我，杭特從中學就愛上她了，而妳很難跟她較量，因爲妳才認識他兩個月……還是六個月啊？我不太記得了。」

瑪西停下嘴，彷彿思緒斷了線，然後又說：「反正大致是那個意思，我想不起她的**每句話、每個字**。我眞的很抱歉，席薇，這下子我也不知道該怎麼去要回我的Jet Set滑雪服了？因爲我這輩子都不會再跟蘇菲亞講話了！」

我感到非常、非常不舒服。然後蘿倫說：「她還有沒有說別的事？」

「她說第六版有一篇關於她和杭特的含蓄報導，她問我看過沒有？」

蘿倫默然不語，我則處於震驚狀態。隔壁桌上閒置著一份今天早上的《紐約郵報》。忽然，瑪西一把拿來報紙，翻到第六版，我們全湊過去看，在「**哪一位老公……？**」的小標題下面，印著：

「**……喜歡送妻子和女友們相同款式的極度昂貴珠寶？**」

「**女友——們！**」我氣憤，「還不止一個?!我的天。」

「席薇，妳必須主動離開他。」蘿倫說。「別讓他離開妳。拋棄別人，總強過被人拋棄，這是自尊的問題。」

「我有同感。」瑪西說。「把克里斯多福踢出去的感覺棒呆了，**真的超爽的！**看看我現在多快樂。」

「瑪西，別鬧了。」蘿倫說。「我們得讓席薇住進旅館，至少一星期不要跟杭特聯絡或見面，規劃妳要怎麼脫身?只有在妳不那麼激動的時候才見他，然後就可以開始思考離婚的事。」

我只能囁嚅地答應，淚水盈眶。

「哇，老天——」蘿倫面色凝重，「妳的臉色好糟，跟現在流行的倫敦石灰牆顏色一樣耶！這裡牆壁的顏色跟妳完全不搭。妳離開老公後，務必要去做一件事：去找**波．摩根**醫生打違法的維他命點滴。妳知道買皮草大衣的那種爽勁嗎?保證比那個更痛快！而且皮膚看起來會像蘇菲．達爾[93]一樣。我現在就打給他。」她補了一句，翻出手機開始撥號。

東五十五街瑞吉酒店Pucci套房的配色，並不適合滿心淒苦的女人。他們的目標客群是二十五歲以下、擁有可可亞膚色、幸福富裕的義大利人，例如到哪裡都會看到的美麗布朗朵里尼姊妹[94]。

93 Sophie Dahl，英國美食作家，曾任模特兒，二〇〇〇年曾全裸拍攝「鴉片」香水的廣告。
94 指名模Bianca Brandolini和社交名媛Coco Brandolini。

俯瞰第五大道的客廳牆壁垂掛著著名的鮮桃紅色威尼斯絲綢。

即使昨夜服用了瑪西給我的第二顆氯硝西泮，我依然無法成眠——《地獄新娘》根本比不上我今天早上的慘況，《不死咒怨》才夠看。

前一夜，我在杭特返家前拎著大包包離開公寓。收拾行李、離家出走並不是一件難事，可是從情感面來說，我卻處於崩潰狀態。當我從門房面前溜出去，希望他不會注意到我塞得滿滿的大包包與帶著淚痕的臉龐時，我覺得自己已經罹患了一生都不會痊癒的疾病！

夜愈深，我手機裡愈多杭特發的簡訊，他一直詢問我的下落，但是我沒有回電。我雖然有罪惡感，但蘿倫是對的。在我釐清思緒、恢復冷靜前，我不能聯絡他。

我在旅館套房裡打開小皮箱，一邊納悶這種事是要怎樣沉著以對？誰碰到這種事情後還**有辦法冷靜下來**？我要怎麼抹除腦海中蘇菲亞戴著項鍊的影像？我對杭特的認識怎麼會錯得那麼離譜？菲比不是曾說過他很花心嗎？

我全靠娛樂台的《好萊塢真相：芭比雙胞胎》[95]來捱過漫漫長夜。深夜的電視節目總是帶給人深刻的省思——或許我是瀕臨離婚，但還好我不是罹患暴食症的色情片姊妹，我提醒自己要多多感恩。

「我發燒了。」我向蘿倫說，躺在客廳沙發上。沙發套是萊姆綠的亞麻布料，令我有點神志不清。我的身體似乎因爲情緒激動而顫抖，我既傷心、憤怒又身心交瘁。「我該怎麼辦？」

---

95 E! True Hollywood Story: The Barbi Twins，介紹好萊塢名人故事的電視紀錄片節目。芭比雙胞胎曾擔任模特兒、海報女郎、色情女星等，如今致力於保護動物運動。

「妳要吃早餐，然後波醫生會來給妳一針，妳就跟平常一樣去上班。」蘿倫回答，撥電話叫客房服務。「請送兩客炒蛋和水果沙拉過來……不用，**不必去蛋黃**。吐司要放在**吐司架**上送來，謝謝。」她過來站在我面前。「在旅館找到銀製吐司架，比在德州找到一個民主黨員更難。」

「我想，還是打電話給杭特好了，不然他會擔心到瘋掉——」我說。

「萬萬不可！我要找個律師爲妳隨時待命。」蘿倫堅持自己的主張。

「我不是應該先查明事實眞相嗎？」

蘿倫沒理會我的問題，只說：「妳得起來，準備上班。」

「我不能去工作——」我反駁著。我累死了，無法去工作室。

「席薇，今天有一百萬個女人要去爲阿莉西的舞會試裝，妳一定要去上班，尤其是**我的禮服還沒搞定耶**。」

蘿倫說的有道理。阿莉西舞會的日期即將到來，而阿莉西的年度舞會本身已經是時尚盛會。此外，還得完成妮娜的電影首映會造型。《**致命金髮女郎**》的首映是今晚，雖然妮娜已經挑選了四套禮服，她必然會在最後一刻臨時要求一套完全不同的禮服。

「我眞的辦不到——查克萊得自己想辦法應付。妳還有沒有氯硝西泮錠？」

「等一下！」蘿倫興奮地說。「我想到一個妙點子了，叫查克萊過來，在這裡讓大家試裝！我是說，這裡是全紐約最漂亮的套房，大家一定會覺得查克萊**超酷的……**」蘿倫給我一杯水和兩顆小藥丸。

「喏，請用。」

「**美到變態**。」瑪西說。「我好喜歡哦！感覺超C.Z.格斯特[96]。」她穿著一件式的淡檸檬色蕾絲禮服，裙襬極為蓬大。

她審視著自己在壁爐上方金邊藝術造型鏡裡的身影，而我則用大頭針固定褶邊。「看起來非常有……棕櫚灘的美妙風情。」然後她壓低音量：「妳還好嗎，席薇？」

我搖搖頭，繼續工作。

「今天早上蘿倫逼我打點滴，我覺得血液都要燃燒起來了。」我說。

前面提過的波．摩根醫生早上九點鐘來到旅館，扮相像搖滾明星，穿著Paper Denim & Cloth牛仔褲，白襯衫上漿上得很重，會在他移動時發出窸窣聲。他從Goyard包包拿出點滴注射器和一罐褐色液體，標籤寫著Pirateum。他架好點滴，藥液滲入我的靜脈，而他則聊起超模客戶的大小事情。

他根本不像醫生，當我說他看起來年紀很輕時，他笑笑說：「我遵循自己的醫囑。」

「波！我好愛他。」瑪西說。「他有沒有告訴妳，妳的免疫系統掛了？」

「有，他說我的腎上腺過度操勞，但我知道自己這麼沒勁的原因。我對所有事情都很憤怒。蘿倫甚至不准我打電話給老公。」我說。

「她是對的，就是要讓妳老公知道失去妳，他的損失有多慘重——」

96 C. Z. Guest，一九二〇～二〇〇三年，美國社交名媛，喜歡簡約、雅緻的服裝風格。

「——穿這樣的**女明星架勢**夠明顯嗎？」汀斯莉打斷我們，裙襬飄飄地走向我們。她穿著紅色宴會服，肩部有繁複的皺褶。「這樣人家怎麼知道我決心要成爲演員？我看起來像佛朗明哥舞者。」

「女演員都穿得像佛朗明哥舞者，所以根本沒問題。」瑪西不屑一顧地說。

「我的手腕被這衣服……**襯托得好粗哦**。」莎樂美站在浴室門口，穿著銀色軟緞禮服，長長的泡泡袖，袖口有黑色羅緞打的蝴蝶結。「噁……我看起來**好噁心**。」她補了一句。

「手腕不可能變粗的。」汀斯莉說，擠開擋住她的瑪西，以便好好照鏡子打量自己。「妳穿這樣很好看。好了，席薇，我看來如何——」

「席薇，我要之前保留的那套衣服，黑緞的那套。」莎樂美昭告天下。

天啊！妮娜把衣服帶去洛杉磯了。不過，首映會是今天星期三的晚上，而阿莉西的舞會是週五，到時我應該早就收到妮娜歸還的衣服了。

「衣服不在……借去拍照了。」我撒謊。

「這樣啊——算了。」莎樂美惱惱地說。她晃回臥房，查克萊正在那裡伺候阿莉西，因爲她要求現場不要有閒雜人等。

「你們在裡面幹什麼？」汀斯莉狐疑地問。她尾隨莎樂美進臥房，瑪西跟在後面，我總算落個清靜。

我任憑手上正在處理的禮服掉到地上，無精打采地望出窗外，感覺一切都是如此膚淺而不重要！

誰在乎這些白痴宴會服？莎樂美的手腕是否肥了？老公不在身邊，我要怎麼撐過這些雞飛狗跳的時間？我抹去臉上的一滴淚，只要捱過接下來的幾小時就好！有時候，即使是最高檔的違法維他命點滴，也不能讓你展露笑顏。

「哈囉！米莎！巴頓[97]！妳！今晚！明豔！動人！」電視裡，《前進好萊塢》[98]的主持人**南西．歐德爾**（Nancy O'Dell）以在星光大道上才需要的宏亮頒獎口吻說道，聽來像她脖子裡有內建的擴音器。

我在旅館套房裡收看節目。由於妮娜要穿查克萊的作品亮相，查克萊非常興奮，邀請員工、朋友傍晚到工作室收看節目。我心情太晦暗，決定自己看。

杭特今天留了更多簡訊，但蘿倫和瑪西說此時打電話給他並不明智，而我相信她們。我想，也許應該請瑪西轉告杭特我安然無恙。想到杭特為我牽腸掛肚，我就難過，感覺很糟。但如果讓瑪西代打電話，她會說出我的下落，她那個人根本藏不住話。

狀況真慘！我逼自己將心思放在電視上，也許《前進好萊塢》可以讓我停止胡思亂想。

「令人驚豔！！！」南西嚷道。她穿著綴滿白色人造鑽石的藍色禮服，看來跟瑞吉酒店樓下大廳的水晶燈一模一樣。「可以請妳為大家介紹妳的服飾嗎——」

97 Mischa Barton，英國影星，演過《靈異第六感》、《新娘百分百》、《戒，情人》等。
98 Access Hollywood，美國NBC電視台的娛樂新聞節目。

「Chanel訂製服。」米莎回答，百無聊賴的表情。

「Chanel！！！**訂～製服！**」南西複述。「美！呆！了！妳看起來很漂亮！！！據我所知，蕾絲來自——噢！！！我看到妮娜．珂羅兒了！她走過來這邊了！」這時米莎看來已經厭倦配合回答了。「謝謝妳！米莎再見——」她說，用的是電視主持人專門用來驅離名人的「**時間到**」口吻。

螢幕裡的妮娜，雪紡禮服裙擺飄逸，走向瑪麗。雖然我心情欠佳，卻忍不住興奮起來，忽然間深深受到螢幕吸引，檢視起妮娜造型的每一個細節。

「妮娜．珂羅兒來了！！！《**致命金髮女郎**》的明星……」南西邊說邊上前。「妮娜！珂羅兒！妳！真！漂亮！」

「別胡說！」妮娜甜甜地說，來到《**前進好萊塢**》的舞台。「**妳才漂亮呢**。南西，妳好嗎？」

「我很好！妮娜，妳的衣服**魅力無邊**……這是誰的作品？」

「設計師特地爲我做的。」妮娜綻出笑靨。

「眞棒！！！」南西尖叫，她身後的觀眾也爲妮娜叫好。

「這是Versace禮服。」妮娜說。「多娜蒂拉[99]是我最愛的設計師。」

我不敢相信自己的耳朵！查克萊必定會難過死了，而我這副德性也無法逗他開心。

這時，我的手機開始嗶嗶響，一看螢幕，是阿莉西，我決定不接。此時此刻，我死也不想在週五前爲客戶修改衣服。幾秒後，她的電話轉到語音信箱。

不久，手機又響了，阿莉西顯然急著要找到我。

---

99 Donatella，凡賽斯的創意總監。

我接起電話。阿莉西聲音低沉，像在感冒。

「衣服沒問題吧？」我問。

「衣服……我——很——喜歡。」阿莉西結結巴巴。天啊，她在哭嗎？

「阿莉西，妳還好嗎？」

「我沒事。是山——呃——山佛啦，他過世了。」

「眞不幸。」

我完全不知道阿莉西跟他那麼親近。她聽起來很可憐。

「噢，眞對不起，阿莉西，妳聽起來很傷心。」我補上一句。

「我是很——很——很傷心啊！」她哭號著，聽起來歇斯底里。「沒——沒良心！竟然死了！沒義氣！再過兩天就是我的舞會耶！要是他等到星期六再死就好了，那我就可以舉行舞會，現在每個人星期五都要去爲他守靈。」她哭哭啼啼，宛如一隻豬狂吃飼料槽裡食物的聲音。

阿莉西發出又長又難聽的擤鼻聲，最後才愉悅地說：「好啦，我們可以討論我的衣服嗎？是喪禮要穿的。」

19 看人與被人看的喪禮

「在這裡當死人眞的**超棒**。」蘿倫低喃。

盛大的喪禮是在聖多馬教堂（Saint Thomas Church）舉行。這座哥德式建築位第五大道與五十三街的交會處，主持儀式的牧師恰巧神似帥氣男星奧蘭多・布魯[100]。光憑這些，即使只注重外表的紐約女郎也會立刻拐個彎，踏進教堂。首先，教堂就在Gucci名店正對面，要過去很方便。其次，山佛的喪禮上的致命糖衣錠[101]（**查理・羅斯、彭博、歐普拉**）[102]，要比梅鐸的太陽谷高峰會多更多[103]。

山佛死於追求虛榮。他去牙醫診所爲右下臼齒安裝新的黃金齒冠——他覺得那很帥，但才換好不久，就被那顆牙齒噎死了。

蘿倫央求我陪她參加喪禮。她沉溺在後悔之中——後悔她跟山佛爭執、後悔他們沒有繼續當

---

100 Orlando Bloom，英國男星，以《魔戒》三部曲中精靈勒苟拉斯一角竄紅。

101 Brain Candy，典故出自一九九六年的同名電影。故事描述科學家發明一種抗鬱劑，可讓服用者重溫最快樂的回憶，如大量服用則會令人因為在快樂中不可自拔而陷入昏迷。

102 Charlie Rose是美國知名記者與電視訪談節目主持人。Bloomberg是現任紐約市長。Oprah是美國著名脫口秀主持人。

103 Rupert Murdoch是美澳的傳媒大亨，他跟其他傳媒大亨每年在愛達荷州的太陽谷（Sun Valley）聚會一次。

朋友、後悔她沒有說再見、後悔她沒有和他搞婚外情（她在哀傷中，甚至懊惱自己怎麼沒跟「水床」上床）。她說那股濃烈的後悔情緒，幾乎不亞於在大帳篷俱樂部（Marquee Club）的宿醉。

在喪禮當天早晨，她頭疼到完全無法決定到底要穿黑色的Chanel直筒連身洋裝？還是黑色的Dior直筒連身洋裝？但這兩件根本沒有什麼差別！

最後，她選擇了Dior，並將一枚Verdura的巨大藍寶胸針別在頸部衣領。

至於我呢，三天沒和杭特說話導致我精神嚴重受創，那天早上也跟蘿倫一樣腦筋短路。唯一能讓我勉強自己離開那陰鬱避難所的事情，就是喪禮。我甚至在頭髮上別了一條黑色面紗，希望沒人看得到我眼裡的悲苦。我們當然免不了太晚出發的下場，到達教堂的時間都太遲，沒剩下半張喪禮流程表可拿。

我們踏進教堂時，我心想，難怪山佛會想在這裡舉行喪禮。教堂非常寬敞，足可將迪士尼樂園塞進來，外加六百名親友。

巨大的橡木門在我們身後發出回音關上，第五大道的忙碌擾攘便由教堂特有的撫慰人心靜謐所取代。

「來這邊。」我們左邊傳來這麼一句。

瑪西、莎樂美、阿莉西爲我們在她們那排留了座位。我們擠進去。

莎樂美今天看來格外淒愴，穿著Roland Mouret犀利如刀鋒的黑色稜紋絲綢西裝裙套裝，她甚至佩戴黑手套、黑蕾絲手帕，讓造型更完整。瑪西穿黑色綢紗料子的直筒連身蛋糕裙，阿莉西穿了一件查克萊的寬大外套，搭配短裙，外套翻領上別了一朵黑玫瑰。她們三位看來像《教父》電影裡雍容華貴的臨時演員。

「復活在我，生命也在我；信我的人，雖然死了，也必復活——」很像奧蘭多・布魯的牧師莊嚴地開始說道。

「——這個牧師**隨時都可以讓我復活**。」瑪西低語，雙頰飛紅。

「——凡活著信我的人，必永遠不死——」

「妳覺得牧師他們可不可以交女朋友？」瑪西壓低音量。

「我以為妳要和克里斯多福復合。」我輕聲說。

「我是啊！」瑪西說，覺得受到冒犯。「我們正在協議，這我之前就告訴過妳了。」

「噢，真是好消息。」我說。

牧師繼續說話：「我們兩手空空地來到人間，也必然……」**（他停下來注視會眾，以確保大家會特別注意到這段跟自己有關的談話）**「我重申，我們離開時，也必然帶不走任何東西……」

「可惜沒人會在妳死掉之前說這些事。」阿莉西說。「這真是**很棒的忠告**。我掛掉的時候，要怎麼處理我買的那麼多東西呢？」

「現在我們來禱告。」牧師下令。

會眾一齊下跪，現場一片靜默。忽然間，我聽到我們後方的教堂大門咿呀打開。誰這麼晚到？我轉頭看。來人穿著飄逸的黑色雪紡長裙，正是蘇菲亞！一瞥見她，我感到腸子凝固成塊。我碰碰蘿倫的肩膀，然後我們兩人都盯著蘇菲亞。她沿著走道靜靜往前走，裙襬在她身後浪漫地翻飛，我想在場每個人都注視著她。

「這又**不是她的婚禮**。」蘿倫不以爲然地說。「眞不得體。」她誇大地嘆息，再度垂頭禱告。

我則是忍不住盯著蘇菲亞，看她厚顏無恥地走到第一排座位，每個人都被迫挪動，騰出一個空位給她。老天！她未免太自私了吧！她坐到一位穿著深色西裝的男士旁邊，男子的背影好像有幾分眼熟，但離我太遠，看不出是誰。

他傾身和她交談。此時，我想我或許認得出那個人是誰了。**不會吧?!那不是**——

「蘿倫。」我用手肘推推她。「那個是不是……齋爾斯？」

蘿倫霍然抬頭，凝視那名男子，一動也不動。

「他怎麼會坐在家屬席？……還有……跟他咬耳朵的人是蘇菲亞嗎？」她慍怒地說。

「——阿門。」牧師說。「接下來是今天的第一段《**聖經**》誦讀，由齋爾斯・蒙特瑞誦讀《**詩篇**》。」

「什麼?!」蘿倫倒抽一口氣。齋爾斯靜靜走到講壇前。

「噢，是那個**帥哥繼子**，總算看到他了！」莎樂美咯咯笑。「天啊，他好帥。」

「莎樂美，妳剛才說他是**山佛的繼子**？」蘿倫吃了一驚，「妳**確定**嗎？」

「他母親依莎貝兒・克雷克・蒙特瑞一九七〇年代的時候，跟我媽在倫敦當模特兒，我們三歲的時候常常一起玩，早在那時候他就超帥的！」莎樂美說。「這整件事是超級醜聞。我媽說齋爾斯始終沒有原諒山佛害他爸媽婚姻破裂，然後過了兩年又拋棄他媽。我猜他是跟他媽媽來的吧？看——那個就是他媽。」

莎樂美指出一位坐在齋爾斯那排的女人。當她側過身子，我看到她容貌姣好，不過就是有點弱不禁風。蘿倫則臉色灰敗，彷彿血液從身體流失。她顯然瘋狂陷入愛河，目不轉睛地看著齋爾斯唸出：「上帝是我的牧者，我必不至匱乏。」

他停下來注視會眾，彷彿在尋找某個人。

「他在青草地上哺養我。」

他再度停口，似乎直視著蘿倫。有片刻時間，他們兩人好像移不開彼此的目光。

「他領我到可安歇的水邊——」

咚！

蘿倫昏倒了。

「沒錯——」莎樂美毫不同情地說，看著癱倒在座位上的蘿倫。「幼稚園的時候，每個女生遇上他也都是完全招架不住。」

「**一九八七年的感覺好濃厚哦**，我喜歡這裡。」莎樂美在走進快手餐廳（Swifty's）時說。「今天再沒看頭，也保證看得到艾凡娜[104]。——那個人是不是柯林頓？」

這家餐廳座落在列星頓大道與七十二街交會處，在這裡舉辦守靈顯然有點奇怪。但山佛每週來這裡午餐三次，而且在遺囑中指明要在這裡舉辦守靈，主因是他認爲他們的魚子醬可以撫慰前來悼唁的人。

---

104 Ivana，指美國房地產大亨川普的第一任妻子。

「為愛昏倒」的蘿倫在洗手間休息，瑪西、阿莉西、莎樂美和我則應她的要求，代她留意Google不到的男人與蘇菲亞之間的互動。她相信蘇菲亞對齊爾斯圖謀不軌，問題是我們都沒看到他們兩個。餐廳裡人太多，根本不可能看得到誰在哪裡。

「這幾乎跟我的新年舞會一樣棒。」阿莉西哼聲說，打量人群。「要不是這是喪禮，我一定會玩得很開心。看！那是瑪格莉塔．米索尼[105]。」她看著一位苗條小姐，那人穿著及地的針織黑色禮服，縫邊繡著銀葉。她身邊圍繞著上了年紀的男人。「我迫切需要她使用橙花水泡泡浴，在守靈時跟她談這件事會不會很罪過呢？」阿莉西沒等我回答，逕自去找她。

「各位！她在那裡！」莎樂美突然說，不引人注目地歪歪頭，指出餐廳另一頭的凹室，蘇菲亞和齊爾斯的身影就在裡面。「他們在……聊天。」她看來在生氣。「過分！人家屍骨未寒就跟人打情罵俏，簡直不可原諒。」

「蘇菲亞……她的雪紡長裙是不是有亮片？」瑪西問，有點不屑。她伸長脖子，以便把那套衣服看個清楚。「那女人只想一輩子都保住她穿Valentino的假象。」

瑪西這時顯然很鄙夷蘇菲亞。我則陰鬱地思忖這個場面：蘇菲亞在搞什麼鬼？一邊拚命跟齊爾斯調情、同時計劃和我老公私奔嗎？這女人簡直不可思議！

「好啦，我要過去那裡打斷他們。」莎樂美說，走向齊爾斯和蘇菲亞的方向。她笑吟吟，彷彿樂在其中。

「我們要不要先坐一下？」瑪西說，忽然嚴肅起來。「我得跟妳談談。」

---

105 Margarita Missoni，義大利品牌Missoni家族第三代，是第一順位的繼承人。

我們離開會場，晃到一條旁邊的走廊。走廊盡頭擺著兩張小扶手椅，看來很舒服。我們直直走向椅子。

「噢！」瑪西舒服地嘆口氣，癱坐到其中一張。

瑪西等我坐下才說：「跟妳說喔，我聽到一個消息，覺得也許應該知會妳——杭特和蘇菲亞明天要在現代美術館見面。」

「是嗎？」我低喃。「妳**很確定**嗎？」

她點點頭。

「我真的很抱歉，席薇。這是我昨天不小心聽到的。蘇菲亞跟菲比在馬克酒店喝茶的時候，她顯然突然接到一通電話。就我所知，她計畫跟一個已婚男人幽會。她挑選了美術館最浪漫的地方，跟對方約六點在夾層的莫內那裡碰頭。」

20 紐約現代美術館驚狂記

那天午後——想必那時已經四點了——杭特總算打通我的手機。我在無意間接聽了手機，當我聽到杭特的聲音時，我緊張到覺得一股寒意竄過身體。

「親愛的，妳到底跑到哪裡去了？我擔心得要命！」杭特說。

我不敢相信杭特竟然聯絡上我。我的朋友們都發誓不洩露我的行蹤，最近幾天我也幾乎不開手機。但我的丈夫四處找我，仍然讓我內心深處稍稍鬆了一口氣。

「我就是要避開你啊！」我大叫。

「席薇，到底怎麼回事？」

「你自己心裡有數！蘇菲亞——」

「妳把我搞糊塗了……」杭特說。

我停下來思忖。我該怎麼說呢？最後，我深吸一口氣，怒氣沖沖的說：「瑪西說你和蘇菲亞外遇早已是公開的祕密！」

他嚇得半晌沒吭聲。「什麼?!」

「事實上，你那個週末是跟蘇菲亞在倫敦！你還帶她去那家珠寶店。她都跟瑪西說了，顯然她還跟半個紐約的人提過。後來我在梅傑夫看到她戴你送我的那條項鍊！我真不敢相信你會做這種事！」

「我從沒送蘇菲亞那條項鍊，我可以解釋——」

「那條鍊子她還在戴！」我的嗓門隨著焦慮而上揚。「別再跟我『**解釋**』了，我都清楚你在搞什麼鬼！你欺騙了我好幾個月——」

「親愛的，不是妳想的那樣——」

「少來煩我！杭特，我不要這樣的婚姻生活。」我聽到自己的話愈飆愈快，彷彿怕來不及把話全部說完。「我從沒這麼不快樂過！我要離婚！我情願先拋棄人，也不要被人拋棄。」這是蘿倫講過的話。

「**什麼**?!」

「我要做那個**拋棄別人的人**！」我向他高嚷，在痛苦與陰鬱的怒火中掛斷電話。

我瞪著手中的手機。現在我心裡充滿了懷疑。杭特聽起來是真的很詫異，沒有半點心虛的罪惡感……但，我接著告訴自己：**偷吃的男人就算被抓包，也都不會有半點罪惡感的**！況且蘿倫說過駭人的事實：男人愈在外面胡來，對老婆愈疼愛有加——我必須親眼去證實他們幽會！

⁂

我五點五十分抵達美術館，看到人龍沿著五十三街排隊，隊伍尾巴竟然是在第六大道。你們不難想像我當時的心情。幾百位藝術熱愛者耐心十足——不！是**快樂地**站在隊伍裡，等著進入巨大的玻璃屋參觀。這時，一輛巴士吐出一整車的法國遊客，我看看錶，已經五點五十五分。

「排隊要多久？」我滿懷希望地問警衛。

「四十五分鐘。」他語氣活像機器人。

「可是——」我忍著沒說：**我得在五分鐘內逮到我丈夫偷腥**。天啊，這太令人洩氣了。

「有其他購票的方法嗎？」我問。

天寒地凍的，我的手慢慢變成了恐怖的紫丁香色。聖誕節的燈飾已經消失無蹤，寒意刺骨，鋪天蓋地的泥濘融雪——沒有比一月的紐約更寒冷殘酷的地方了！尤其是當妳的老公跟一個瘋狂的「**獵夫魔女**」在那邊逍遙的時候。

「有啊，網路訂票。」警衛回答。

這還真是幫了大忙啊！我無助地看著警衛。

「或是打電話去票務大師[106]買，二一二五五五六〇〇〇。」

「謝謝。」我感激地說。

謝天謝地，我可以打電話給票務大師，訂購六點的票——也就是兩分鐘後的門票。我用手機撥電話。想也知道，電話是電腦接的，可惡！

「**歡迎光臨票務大師。請。仔細。聆聽。選單。已經。變更**——」

慢到爆！我可沒那個耐性，按下零，也許會來個真人接聽吧？

「——抱歉，我不懂——**歡迎光臨票務大師……**」還是語音系統。

106 Ticketmaster，美國主要的售票公司之一。

這回我聽了語音指示，按下五，進入訂票程序。

「您好。要什麼表演的票？」一個聲音說。萬歲！是真人耶！

「現美館。」我急促地說。

「那是百老匯的表演嗎？」

老天啊！「是現代美術館。」我努力不要歇斯底里。畢竟，我來不及監視老公和情婦，並不是電話另一頭領取最低薪資的小職員害的。

「請打現美館的訂票專線二一二五五五七八〇〇。」

我看看手錶，六點出頭，根本沒指望了。我心灰意冷，撥打新的號碼。正在按鍵時，有人拍我的肩膀一下，我旋即轉身。是瑪西。

「我進不去。」我哀號。

瑪西的臉色出乎異常的陰沉，在我面前亮出一張卡片，上面印著：現美館會員。她拉著我的手，直接帶我入館。

「我想妳可能會需要有人幫妳打氣。」她說。

我老覺得現代美術館像一個有蒼蠅嗡嗡飛的巨型玻璃糖果罐。宛如特大糖果的藝術品懸在半空中，看不出懸吊的手法。遊客則縮成小黑點，成群結隊從抽象畫家杜庫寧（De Kooning），移向普普大師安迪．沃荷，再移向極簡主義先驅勒維特（LeWitt）。《紐約時報》那堆報導裡說這裡寧靜而有禪意，唉，我怎麼看不出來？這裡其實比較像時報廣場。

「瑪西，六點十分了。」我焦躁地東張西望。

我們站在從五十三街一路延伸到對面五十四街的白色廣闊中庭，正前方是通往夾層的大階梯。依據那些擔心藝術爭議的人，夾層現在展示的作品正巧很有爭議性，是莫內的「**映在睡蓮池的雲影**」。寬敞的玻璃陽台讓底下的人可以凝望上方的遊客，以及懸吊在樓梯上方巨大的綠色塑膠直昇機。

「蘇菲亞從不守時。那是她電昏男人的手段之一。」

說完，瑪西加入湧向大樓梯的人潮，向夾層前進。我跟著她走，心裡不敢指望什麼，此去將是萬分恐怖，我慶幸自己能夠像個隱形人，隱沒在觀光客和學生團體中。我再也不要任何人注意到我的存在！有什麼比丈夫出軌更丟臉的？我暗想，從今以後，我要躲起來，我要做人生的局外人！用觀光客和外地人的角度對待我自己。無疑地，我餘生的脾氣都將會非常地壞！

我跟著瑪西爬上夾層，迎面就是展場中央的巨大鋼釘。我們像兩個逃命的女學生，躲到鋼釘後面，從那裡看得到莫內的畫，以及放在畫前的樸素黑色皮革賞畫長椅。

「她在那裡。就一個人，奇怪——」瑪西低語。

蘇菲亞背對我們坐著，但那絕對是她。不然，誰會在晚上六點穿著金色亮片夾克出現在公共美術館？

「這太詭異了。」瑪西說。「六點十五分了。不！等一下！她接聽了手機……」

蘇菲亞果然正在講手機。她站起來，直直往我們藏身的鋼釘走過來。**哎唷，我的媽**。她恰恰停在鋼釘的另一側，我們勉強聽得到一點點交談內容。

「對，親愛的……我在喪禮上看到她，可憐哦……是，三分鐘……在雕塑花園嗎？外面很冷耶。你知道我受不了那些藍色的大三角型……我真的寧願在馬修．巴尼[107]的東西那邊等你……」說罷，她關上手機，掉頭離開我們，走向現代藝術展覽館。

「我不曉得有沒有辦法繼續跟蹤她——」我向瑪西說。聽到蘇菲亞說我「可憐哦」令我怒火中燒，我只想離開。我知道的夠多了，不是嗎？我真的有必承受更多的痛苦嗎？

「席薇，妳必須撐到最後。來，我們從丹．佛雷文[108]的作品後面偷看。走。」她說，戒慎地跟著蘇菲亞。

蘇菲亞挑選了全館最熱門的展覽館來幽會。展場裡人潮洶湧，我們幾乎看不到她，因此我們待在丹．佛雷文的巨大五彩光牆後面，絕對不會被蘇菲亞注意到。等我們躲好，安全無虞後，立刻從光牆左邊往外偷瞄。蘇菲亞站著看馬修．巴尼的怪異裝置藝術「二〇〇〇費拉福寶寶之櫃」（*The Cabinet of Baby Fay La Foe 2000*），它是一個塑膠玻璃櫃，裡面放了一頂高帽和一座手術台。好個浪漫幽會的地點！讓人毛毛的。

「他呢？」瑪西低聲說。

「也許……也許他不來了。」我滿懷希望地說。

忽然，蘇菲亞向展場另一頭揮手，金手鐲發出撩人的叮噹聲——同時讓我的心好痛。我根本

107 Matthew Barney，美國視覺藝術家，代表作為實驗性電影Cremaster。
108 Dan Flavin，美國裝置藝術家，擅長使用螢光燈管。

不敢看，卻還是偷偷看了——我幾乎沒有呼吸、心裡異常焦慮！幾秒後，一位紅髮、偏矮、微禿的男士從人群中擠向蘇菲亞。瑪西倒抽一口冷氣。

「噢，天啊！」她叫道。蘇菲亞和紅髮男擁吻，那姿態在美術館裡絕對不常看到。笑靨浮上我的臉，感覺上那個笑容會永遠停駐，燦爛得足以照亮全世界！

「我好開心喔！」我低呼。「**那絕對不是我老公**！我真的是犯了天大的錯！但是這個錯誤——**多美好啊！**」

我轉向瑪西，她臉色白得像紙。

「怎麼了？」我問她，忽然間警醒過來。「妳認得那個男的——」

「他……」瑪西說不出話，平日快活的聲音變成呼吸困難的低喃。「他是**我老公**！」

「那是**克里斯多福**?!」我問。

「我犯了最恐怖、該死的錯！」瑪西哀叫。

「我也是。」我喃喃說。真的是一團亂。

就這樣，瑪西衝出展場，從夾層奔向樓梯。我追著她跑。當她到達樓梯頂的時候，她停在大直昇機下面，仰望上方，然後畫了兩次十字。

「親愛的上帝，等我晚上回到家裡舉槍自盡，請不要讓我復活。」她如此祈禱著。

「瑪西，冷靜點，不要做傻事！」我抓住她的手臂說。

「我要宰了他！妳知道川普第一任老婆的離婚律師是誰嗎？」

21 失蹤的老公

莎樂美宛如聖人般來到現代美術館，瑪西不甘願地**接受她的營救**。我則搭計程車飛車回第五大道，等不及回家去見杭特、跟他重修舊好了！

我之前對他的態度何必那麼惡劣？爲什麼不聽他解釋？我怎麼能不信任他呢?!天哪，我實在是太笨了！我責罵自己。我怎麼會以爲事情就像表面上一樣簡單？蘇菲亞這人太有心眼了，她的舉動必然**別有居心**。她不斷向杭特放電，不但令我飽受折磨，也分散瑪西和我的注意力，讓我們沒察覺她眞正的意圖：搞上克里斯多福！

也許我太常跟「**休夫新貴**」往來，被帶壞了。她們對男人的疑神疑鬼並不令人意外，而我也感染了她們的疑心病。當然，蘇菲亞的舉動不是我幻想出來的——不論她有什麼目標，但她不斷勾引我老公也是事實！她想釣上紐約所有的**未出軌已婚男士，好證明自己的魅力無邊！**

可憐的瑪西——蘇菲亞的行徑未免太惡劣了！

我到底要怎麼跟杭特說呢？我的思緒翻湧，計程車已飆過第五大道上二十三街的路口。我不敢相信就在三小時前自己還要求要離婚，現在打死我也不想結束這個婚姻！我完全搞錯狀況了，但不論錯得再離譜，要認錯仍然令人痛苦萬分。

一個老婆在胡亂控訴老公觸犯了婚姻中最嚴重的罪行後，一句「**對不起**」是她能提供的微弱解毒劑。我感覺好糟糕，羞愧難當。我慌亂又心焦，呼吸愈來愈急促，我覺得自己遲早會因爲羞恥和丟臉而窒息──

好不容易到達第五大道一號，我付了車資，衝向我們的公寓。這時雨勢變得又大又冷，等我閃進大門時，人已經半濕了，呼吸也益發急促。

「莫提姆先生在不在？」我竄過門房路西歐面前時問了一句。

「他一個鐘頭前去機場了。他要去哪裡？」路西歐說。

我停下，一動也不動，愣在大廳中央。**杭特走了**?!他是因爲我的控訴才離開的嗎？──果眞如此，我也不能怪他。

「妳還好嗎？」路西歐問。

「很好……沒有……我只是……」

我在皮包裡翻找手機。總算找到時，我打了杭特的手機，但是立刻被轉到語音信箱。我慌亂留言說我好愛他，求他回電。接著我打去他辦公室，希望那裡還有人在。

電話響了幾聲後，他們公司其中一個實習生丹尼接起電話。

「杭特呢？我是他太太。」我說。

「噢，他去……」丹尼沒了聲音，「等一下，我問問看。」

我聽到背景的人聲，然後他回到線上。

「我們不確定他的去向。他幾個鐘頭前就走了，說是要去蘇黎世……還是日內瓦？呃……」

「他預定什麼時候回來？」我問，感到絕望。

「他帶走了辦公桌上的行事曆……我們不清楚這趟行程會去多久。」

我掛斷電話。**杭特呢？我要怎麼找到他？我終究還是淪落到被人拋棄嗎？**也許，也許……

我跑到街上，大雨依然傾盆。也許我可以跑去蘿倫家，她會知道該怎麼做。我淚如雨下，沿著第五大道走，尋找計程車；忽然，我聽到背後有個熟悉的聲音叫我。

「席薇！席薇！」

我掉頭，看到彌爾頓站在我後面。他膚色黝黑，戴著阿富汗帽子，穿著犛牛斗篷，一定剛從新絲路回來。

「嗨——」我語意不清地打了招呼。

「怎麼啦？席薇，妳在哭嗎？」

「是杭特啦！他走了——」我回答，肩膀一抽一抽的。

「好好好——我們先回妳家去。」彌爾頓說，安慰地摟著我的肩。

半小時後，彌爾頓和我安坐在我家裡，吃著從巧克力吧叫的比利時松露巧克力。我一口氣說完事情始末，哭得柔腸寸斷，至少我感覺是那樣。正在說明的時候，我才想到，雖然我親眼看到克里斯多福和蘇菲亞幽會，但不管怎樣，那都解釋不了爲什麼會有兩條相同的項鍊？我老公爲什麼會送給蘇菲亞和我一樣的鍊子呢？這太奇怪了！尤其是如果蘇菲亞勾搭的人是克里斯多的話——**我真替瑪西難過！**希望莎樂美正在安慰她。

「蘇菲亞**太誇張**了！可惜我不在這裡，不然就能清楚告訴妳這是怎麼回事。」彌爾頓懶洋洋的坐在客廳沙發上說。他的斗篷已經脫掉了，底下是紅色絲質的巴基斯坦傳統女裝。

「怎麼說？」我說，用手帕擦拭眼睛。我叉著腿坐在地板上，試圖用爐火烤乾自己。

「席薇，杭特買那條項鍊是要給妳的，**只給妳一個人**。」

「你怎麼知道？」

「因爲，親愛的，我在場啊。那個週末我們都在倫敦，住在布雷克斯飯店——」

「可是，彌爾頓——」我氣呼呼地插嘴。「你怎麼都沒跟我說？我記得我那時候聯絡不上杭特，還特地問你有沒有看到他？而你說沒有——」

彌爾頓撐起身子時，緋紅的長袍便發出窸窣聲。他坐起來，像要密謀什麼似地湊近我，然後以散播最高機密八卦專用的低語說：「我根本連講都不該講的，我們都發誓要守密。整件事眞的很浪漫——」

「什麼很浪漫？爲什麼蘇菲亞會收到跟我一樣的項鍊？」

「這個……嗯……鍊子是蘇菲亞的主意。」

「少扯了！這話怎麼說？」我跳起來，在爐火前踱來踱去。

「噢，那個星期五晚上，我們都在倫敦的Le Caprice吃飯——我很愛那家餐廳，**愛死了**——杭特——他好浪漫哦，而且很愛妳，席薇。他問我們要怎麼彌補他取消蜜月的事？蘇菲亞就尖叫說：『**送珠寶！**』杭特說他不知道該買什麼給妳？蘇菲亞就從上衣裡拉出一個有S字樣的漂亮墜子，跟杭特說訂製一個一樣的給妳。」

「**一樣的**?!」我的聲音至少高了三個八度。

「我也是說那樣不好啊！但蘇菲亞一直慫恿杭特，跟他說妳絕對不會知道的！我想他太急著要彌補蜜月的失約，就沒顧慮那麼多了。蘇菲亞甚至親自帶他去S. J. Phillips訂製鍊子。」

這就可以解釋《紐約》雜誌的照片。但彌爾頓話還沒說完，他接著說：「那是可愛又愚蠢的異性戀男向妳表達歉意的方式。妳知道丈夫們就是這樣，他們永遠搞不清楚該送老婆什麼東西？他們完全不懂珠寶，其實我覺得這點還滿迷人的。」

「那蘇菲亞為什麼跟瑪西說，那條鍊子是杭特送她的？」我反駁道。

「因為，親愛的，蘇菲亞想釣杭特啊！」彌爾頓說。「她要妳以為鍊子是送她的，她在妳面前炫耀鍊子，就完全達到她的目的——製造你們的裂痕。偏偏瑪西又是無可救藥的流言製造機，蘇菲亞一直隨心所欲的擺佈她。」

「那克里斯多福的事又怎麼說？」我困惑地問。

「她顯然是一次追兩個老公，然後釣上了最容易到手的一個。」

「別鬧了！」我擠出笑聲。「那第六版的報導呢？」

「蘇菲亞最愛的就是在八卦專欄放自己的消息。聽我說，任何關於蘇菲亞的流言都是她自己編的，通通是捏造的。她四處宣稱**每個人都愛上她**，尤其是有老婆的已婚男人！我還真的聽說過她有一度因為這個問題，而住院治療呢。那條項鍊從一開始就是要送妳的。」

「噢，彌爾頓，我毀了一切——」我氣餒起來。「我該怎麼辦？」

「何不再來一塊松露巧克力？」

「保證妳不會猜到我在哪裡！」

這是同一夜的凌晨四點。電話另一頭的蘿倫完全清醒，而且應該是在世界的另一端。

「哪裡？」我帶著睡意說。

「東京的成田機場。」

我猛地從床上坐起來，打開枱燈。也許蘿倫的瘋狂冒險可以讓我暫時忘掉自己處境堪憐。

「蘿倫，妳在東京做什麼？」我問。

「齋．蒙啊！我能說什麼？我們在日本航空頭等艙的水療館接吻，眞的很《愛情，不用翻譯》[109]喔。我覺得**他瘋狂愛上我**了，妳說呢？」

「妳愛上他了嗎？」我問。

「老天，才沒有！記得我的目標嗎？在陣亡將士紀念日前釣到五個男人，而且不被套牢。」她咯咯笑。「可是……那可是**親吻中的親吻**，希望妳懂我的意思。我是說……和其他人相比，親吻他就像親吻上帝，眞的哦！齋爾斯的吻技是我碰過的男人裡面最棒的！滋味美好到我以爲自己快死了！周遭一切都變成白色的，我應該是眞的昏過去了兩秒鐘，妳知道那種感覺嗎？」

「多少可以……」我沒了聲響。我擠不出和蘿倫一起笑的力氣，只沉沉嘆了口氣。

「妳聽起來很慘，怎麼了？」蘿倫說。

---

109 Lost in Translation，二〇〇四年的電影，描寫兩個美國人在東京邂逅，譜出微妙情誼的故事。

我一五一十說出悲慘的故事，交代完瑪西與蘇菲亞、克里斯多福與蘇菲亞、我和杭特的事。

「眞是一團糟！天啊，我明天就回去。齋爾斯要我留下來，但是……我不想受到打擊，他有未婚妻了！我得記住這一點。」

蘿倫的愛情美夢忽然間幻滅，她聽起來很洩氣。

「我以爲妳說不談感情的——」

「是啊，可是……大概是因爲完成了獵男大挑戰，我也不知道，感覺有點沒勁。做完這些事又怎樣？我忽然看清楚了。我是說，我達成目標，但是，我還是在原地踏步……仍然在原地。」

「妳玩得很愉快呀。」我試圖幫她打氣。「妳不像我一樣悲慘，我甚至不曉得杭特在哪裡！」我慌亂起來。我該怎麼做？

「我們會找到杭特的。我父親找得到任何人，調查局的每個人都是他的好朋友，別擔心。我們明天見面，莎樂美說她在準備一場派對，我們兩個都得去。妳要參加，不准找藉口不去。」

22 復仇派對

綽號「**魅力娜**」的**葛蕊娜**（**真名：潘蜜拉**）是定居在紐約的典型烏亮秀髮義大利女伯爵。她的綽號來自長年浸淫在充滿魅力的事物中，尤其少女時期是**匿蹤號**（Stealth）的常客，那是飛雅特集團前掌門阿涅利（Gianni Agnelli）最愛的船。

「**魅力娜**」是紐約最不按牌理出牌的女人之一，如果你打電話時問了聲「**妳好嗎？**」她只有兩種答案，不是「**好得不得了**」，就是「**我有點瘋瘋的。**」

她會穿最耀眼的古董Missoni或Pucci服飾參加雞尾酒會，然後在她令所有人都覺得她眞可愛時，立刻說：「**我好醜，帶我回家**」，但她的外貌明明令人嫉妒，擁有性感女星莫妮卡·貝魯奇（Monica Bellucci）的那種美豔和胸部。

由她來做莎樂美雞尾酒會的女主人，是聰明的選擇。莎樂美代替瑪西策劃對蘇菲亞的復仇，莎樂美將這場派對叫做「**復仇派對**」。

在蘇菲亞與克里斯多福的醜聞曝光後二十四小時內，莎樂美已經籌備出一場派對，地點是「**魅力娜**」在格蘭街的閣樓公寓。她家的現代藝術品收藏頗負盛名，沒人拒絕得了她的邀約，即使是蘇菲亞也不例外。

派對的藉口，是爲人稱「安戈斯王子」的男人舉行雞尾酒會。他是來自格拉斯哥的前衛裝置藝術家，他的展覽將在第二天晚上在高古軒畫廊（Gagosian）開幕。沒人知道「安戈斯王子」的眞名，可是在紐約，沒人在乎英國人到底該怎麼稱呼？

那一夜，當「魅力娜」爲我開門，我誇大地說：「妳家好讚喔！」我態度親熱得過火，藉此掩飾絕望的心情：杭特已經失蹤二十四小時了！音訊全無。今天早上我又打到他辦公室去，丹尼說杭特沒有住進他該去的蘇黎世旅館，沒有人知道他的去向。

「我家很好笑吧？」「魅力娜」應聲，帶我穿過閣樓。她穿著渦紋圖案的雪紡禮服，裙襬隨著她的步伐飄到身後，她赤足走過這廣闊的空間。她全身唯一的首飾，是左腳踝上的綠寶石黃金腳鍊，像印度公主。「妳相信這裡曾是曼哈頓迷你倉庫嗎？」

這棟閣樓公寓當然是曼哈頓迷你倉庫改建的，地方大得足以容納東岸的所有人。光是客廳就有五十呎長，從地板到天花板那麼高的落地窗看得到蘇活區的漂亮屋頂。不論往哪看，都是藝術品。這裡角落一隻美國雕塑家傑夫．庫恩斯（Jeff Koons）的巨大貴賓狗、那裡一幅英國現代油畫家賽斯理．布朗（Cecily Brown）的油畫、地上一條英國藝術家崔西．艾敏（Tracey Emin）的地毯。書房有深色地板和白漆牆，是展示藝品的完美地點。書房裡的家具只有兩張白色皮凳和一架白色的小型平台鋼琴。

「大家都在書房裡。」「魅力娜」說，雪紡禮服隨著她的步伐在我前面發出窸窣聲。

「書房」比公寓裡其他房間都舒服得多，但仍然超摩登的。所有用牛皮紙精心包裝的「書籍」，如果仔細看，就看得出其實是傳統的錄影帶。書房滿是藝術家型的人物。

「來這裡！」汀斯莉說。她慵懶地倚在放了羊皮毯的大沙發上，紅色天鵝絨泡泡袖連身裙看來像四歲小孩穿的那種。她正在和「安戈斯王子」聊天。他的窄管褲有斜斜的裂口，以安全別針別住，長長的劉海染成金色，看來介於龐克樂手席德．維雪斯（Sid Vicious）跟英國普普藝術家大衛．霍克尼（David Hockey）之間。

他性感得詭異，就像是創意無限的那種人，即使造型怎麼看怎麼怪，卻性感得不得了。我過去找他們，順手拿了杯香檳。

「阿囉！」「安戈斯王子」在我坐到汀斯莉旁邊時說，他講話跟披頭四一模一樣。

「他很讚吧？」汀斯莉說，手臂勾著「安戈斯王子」的脖子。「莎樂美已經為他神魂顛倒了。」

「她秀色可餐。」「安戈斯王子」說。

「是啊。」我附和。「是什麼樣的展覽？」

「我從朋立斯運了一間都鐸式小屋到紐約，然後以漫畫式的畫風，用油漆在將屋子外觀畫成比佛利山上的偽都鐸式豪宅，展覽的名字叫偽偽都鐸，哈哈！」他輕笑。「美麗的莎樂美單身嗎？」

「如果有合適的……伊斯蘭教徒，她可以考慮。」汀斯莉說，有點懷疑地看著「安戈斯王子」。「現在她決定只跟宗教信仰相同的人約會，以免她父母太擔心。」

「噢。」「安戈斯王子」說，有點悵然。

這時我眼角瞄到蘇菲亞。

嗯！看到她就討厭。可是一想到莎樂美的計畫必然非常高妙，我就試著端出冷靜的架勢。蘇菲亞站在書房另一頭的壁爐邊，一手枕在壁爐架上。她從頭到腳都是白色的喀什米爾料子和奶油色的皮草背心。她似乎笑得歇斯底里，而跟她一起笑的人是……莎樂美。莎樂美**到底**想做什麼？再過去一點，薇樂瑞和阿莉西站在一起聊天。**這是什麼狀況**？蘿倫呢？她不是應該要來嗎？

我去找阿莉西，跟她咬耳朵說：「莎樂美在打什麼主意？」

「我好愛妳的項鍊，阿莉西。」薇樂瑞插進來，阿莉西沒來得及回答我。

「是Lanvin的。我真沒看頭，這些大家早就有了。」阿莉西說，撫弄用細網包纏成的繁複黑珍珠長項鍊。「問題是，如果買了項鍊，我就會覺得一定得把戒指、**還有**手鍊、**還有**耳環一起買下。我老是沒辦法**只買**項鍊，我實在很難搞——」她氣惱地說。「妳穿得好美哦。」

「今天晚上我只想窩在床上，就穿了這套被窩裝來。」薇樂瑞回答。

薇樂瑞實在是虛偽到骨子裡！她穿著曲線畢露的緊身黑色雞尾酒禮服，腰部有白色蝴蝶結，怎麼看都不像是窩在被窩裡的人。

忽然，壁爐那裡有人又嚷又揮手。

「**費薩爾**！親愛的！在這邊！」莎樂美嚷道。她穿著巧克力褐與白色小圓點的雞尾酒禮服。她朝著某人打手勢。大家都轉身去看。那是一位俊美非凡的伊朗人，穿著精緻無比的深色西裝，戴著紅色的阿拉伯頭巾，踱進書房。他看來像摩登的奧瑪．雪瑞夫[110]，眼睛像黑鑽石。我敢發誓，當他踱到火爐邊去找正在等他的莎樂美時，我聽到在場的女人都同時吸了口氣。

110 Omar Sharif，主演過《阿拉伯的勞倫斯》等經典名片。

「美麗的莎樂美。」費薩爾朗聲說，拉起莎樂美伸出的手親吻。「這朵**嬌豔的花兒**……是誰呢？」他問，轉向蘇菲亞。

「我是蘇菲亞．達蘭。」蘇菲亞爲費薩爾使出最誘人的表情。我看不出這到底是要怎樣懲罰蘇菲亞？——**感覺上未免讓她太愉快了！**莎樂美在想什麼？那人是莎樂美的前夫嗎？蘿倫又在哪裡？還是沒看到她的影子。

而蘇菲亞呢，則以獨一無二的姿態，像老虎宰殺獵物般的步步近逼費薩爾。二十分鐘後，他們一起離開派對，手挽著手，震驚了派對上的賓客。唯一一個似乎沒被嚇壞的人就是莎樂美，她舒舒服服的窩在沙發上，始終依偎在「**安戈斯王子**」身上。

當蘇菲亞和費薩爾離開、關上門後，莎樂美笑到從沙發上摔下來，倒在地板上咯咯笑得像個發條娃娃。

「我眞是天才！**哇哈哈嘿嘿嘿呵呵呵！**」

「怎麼說？」我問。

「妳等著看吧——**咯咯咯哈哈哈**——瞧！我的心腸狠毒到爆。」

莎樂美的「**復仇派對**」除了一整個怪之外，那晚還有另一件讓我非常詫異的事：蘿倫根本沒露臉！不論莎樂美究竟在搞什麼鬼，蘿倫顯然都有份，因此她沒出現很不合常理——但也不算太怪，畢竟，蘿倫**向來不去她該去的地方**。可是第二天，我仍然沒有她的消息，她也沒有依照預約去查克萊的工作室爲出席奧斯卡試裝，這**就眞的**很不尋常了。

華納家族其中一位公子邀請她出席奧斯卡，並給查克萊一張巨額支票，供蘿倫購買她中意的禮服。連蘿倫也對奧斯卡另眼相看，我無法想像她不著魔似地準備行頭！

除了以上種種，我迫切需要有人聽我說杭特的事，我死也不想跟瑪西或汀斯莉分析杭特竟究怎麼回事。

都過了兩天，杭特還是沒消沒息，連他的辦公室也開始擔心他是不是發生了什麼事？那天，蘿倫的手機打不通，打去她家，也是直接轉到語音信箱。查克萊的反應更離奇：這小子生意岌岌可危，現在要靠蘿倫穿著他的禮服出席奧斯卡的照片救命，他卻似乎沒有半點慌亂，甚至在他所謂的**妮娜門事件**[111]後，依舊老神在在。

「這印花布是不是超美的？」他掛著作夢般的表情注視著蘿倫的禮服。「完全就是沙金特[112]畫裡的造型。」

這襲印花布禮服的款式浪漫到不行。緊緻的馬甲從胸部漸收漸緊，束出纖細的小蠻腰，底下是如夢似幻的飄逸裙身。這套禮服遠比如今奧斯卡上的任何禮服都要來得時髦浪漫。

「查克萊，她又不在這裡。」我徒勞無功地嚷嚷。

「哈！」他開心地咯咯笑。「這禮服**超殺的**。」

「查克萊，這個月的進帳實在是看不出來**哪裡殺**了？」我指出事實。

「安啦，席薇，別擔心。好了，現在我還要幫誰做奧斯卡的禮服？」

我不忍心告訴他：**沒人**！

111 作者借用「水門事件」的典故，將妮娜出爾反爾未穿查克萊禮服的事，稱為「妮娜門事件」。

112 John Singer Sargent，十九世紀的美國肖像畫畫家。

「席薇小姐——席——」蘿倫的女僕**阿葛塔**在兩天後打電話來哀叫。她抽抽噎噎，歇斯底里的。「她走——走了——」

「什麼走了？」我問。阿葛塔聽來極度沮喪。

「蘿倫從東京回家，然後說要出去五分鐘……就沒再回來了。她的護照不在——可——可是——」她哭哭啼啼，難以辨識她在說什麼？

「呃——也許她去度假了。」我猜測地說，努力不洩露自己的擔憂。

「她出遠門一向都要我幫她打包行李，從沒例外，她根本連怎麼收拾行李都**不知道**。嗚啊！我看她已經死了！」

「阿葛塔！」我驚呼。「不會發生那種事的——」

「可是小姐——她沒帶珠寶。」阿葛塔哽住。「她度假時總是會帶珠寶！」

沒帶滿滿一袋的鑽石配飾出門，對蘿倫．布朗特來說就不叫度假了。阿葛塔說得對：珠寶代表一切！**蘿倫看來是真的失蹤了**。

23 伊朗婚禮是最好的復仇

"他們在雞尾酒會上相識，於三天後結婚。新娘是居於巴黎與紐約的蘇菲亞，新郎是定居於沙烏地阿拉伯吉達、和瑞士日內瓦的費薩爾．艾爾—費雷王子，據稱身價高達一百七十億美元，小倆口於星期六在歐洲小國盧森堡公證結婚。（費薩爾已有四位妻子，盧森堡顯然是讓他可以合法再婚的歐洲地點。）他們計劃居住在吉達的王宮與伊朗的度假牧場。"

「我太厲害啦！我把『獵夫魔女』嫁給他啦！我認識的人裡面，只有他可以同時當四個女人的老公，以及她的老公——」莎樂美笑呵呵地念出《紐約時報》幾天前的「婚禮」版內容。「伊朗的牧場？應該是伊朗的後宮吧！蘇菲亞呀蘇菲亞，妳聽說過伊斯蘭律法嗎？」

費薩爾是莎樂美前夫的叔叔（「家族裡每個人都叫費薩爾，連女兒們也是。」她解釋道。）娶到西方的新妻子，顯然令他很興奮。

莎樂美也很興奮，她達成了目的——莎樂美相信蘇菲亞絕對無法再涉足異教徒的國度、去破壞別人的婚姻了。

這時，瑪西聘請之前提過的艾凡娜的離婚律師，宣稱她要完成離婚手續。她的性生活已經失控，她決心來一場比蘿倫更高難度的獵男大挑戰。

蘿倫的狀況則沒那麼樂觀。她消失得無影無蹤，因此上了報紙，媒體給她的新封號是「**失蹤的休夫新貴**」。

這場人間蒸發被寫成淒美絕倫的悲劇，她的名氣一夕之間就媲美黛安娜王妃。連多明尼克·鄧恩[113]也在《Vanity Fair》的專欄尋找她的下落，結果一無所獲。

有些媒體指出，幾天前有人在紐約的泰特波羅機場看到她獨自搭上一架小型飛機。有些報導則說有人看到她喝醉酒，在日內瓦機場免稅店閒晃，購買瑞士咕咕鐘。

不用想也知道晚宴上的蜚短流長：「**她非常不快樂**」、「**太有錢了**」、「**不，是鑽石害的！年紀輕輕就坐擁那麼多鑽石，才會未老先發瘋**」、「**要是她沒放棄皮拉提斯，就不會有這種事**」、「**路易斯綁架了她，把她關在阿拉斯加的小木屋。他受不了前妻過得如魚得水**」、「**她水分攝取不足。如果她每天喝兩公升的愛維養礦泉水，現在她還會好好的在這裡**」。

我最欣賞的一則流言是：「**她躲到法國碧姬·芭杜[114]家裡去了。**」

我情緒很低落。

蘿倫或許是被寵壞了，她或許是紐約任性女郎裡面最任性的一個！但她為人風趣、重視朋友。別瞧她那副德性，她其實心地善良，真誠關懷瑪西、莎樂美以及所有的女性朋友。說句自私的話，我很怨嘆她沒有在我身邊照顧我。

113 Dominick Dunne，美國作家與記者。

114 影歌雙棲的老牌法國影星，成名作《上帝創造女人》。

但是，萬一她出事了怎麼辦？我不斷如此思忖著。蘿倫不見蹤影，令我對杭特不知去向的事更是焦慮。

昨天杭特的辦公室來電，問我有沒有他的消息？他們在他辦公桌上一堆文件下發現他的黑莓機，很擔心他的安危。他失聯已經至少五天了，仍舊音訊全無。

彌爾頓設法安撫我，說照這個情況看來，杭特八成是躲去**「異性戀男專屬空間」**[115]了，儘管如此，卻無法令我稍稍放寬心一點。我感到萬分孤單，甚至有點嫉妒蘇菲亞——至少她清楚自己丈夫的下落。

之後那個星期一早晨，我滿心淒涼地漫步到拉斐拉餐廳吃早餐，懊惱杭特不在我身邊。服務生依照杭特和我的點餐慣例，送上兩杯拿鐵和兩塊牛角麵包，我沮喪得甚至無法告訴她，以後再也用不著準備兩份餐點了。

我啜著咖啡，盯著另一杯咖啡，覺得自己是和一個鬼魂共進早餐。我怏怏地拿起一份**《紐約郵報》**。

我嚇得魂都飛了——

「啥?!」我脫口而出。

嚇！報紙頭版上用鮮紅油墨印的醒目頭條，簡直就像是要從版面上跳出來一樣：

「休夫新貴」的祕密婚禮！

---

115 man cave，供男性暫時逃避壓力的空間或場所，通常謝絕女性進入。

禮服、細節、菜色詳見第三版！

我立刻翻到第三版。容光煥發的蘿倫在黑白照片裡微笑，雪花在她周遭打轉，她迎風而立，蟬翼紗料子的白色禮服在她身後飛揚。這地方會是……俄羅斯嗎？我更加仔細地研究照片。背景有一個金色的小塔樓……看來別具異國情調和冬天的感覺。

禮服的胸部極盡服貼之能事，從腿部到雙足則寬大飄逸，後方有一大片曳地的裙襬……不會吧?!這是查克萊設計的禮服！**能穿一次，做鬼也甘願**。他是不是從一開始就知情？他當然知道！否則，她沒有來工作室的那天，他不可能如此老神在在。

接下來，我打量蘿倫的妝：她眼部化了完美無瑕的黑色眼線，略帶六〇年代的風味，秀髮垂下，柔美的波浪髮襯著她的臉蛋。她粉頸上似乎配戴了某種巨大的珠寶，但極難辨識是什麼？她一手拿著一束白色山茶花，另一手拿著菸。這正是她的調調。她眼神閃亮，彷彿幸福洋溢。但新郎呢——

我迅速瀏覽文字報導。驚嘆一聲，看到以下的文字：

紐約最雍容華貴的離婚女郎、漢米爾的女繼承人蘿倫．布朗特曾宣稱永不再婚，並自創「休夫新貴」一詞來描述自己、以及她那些喜愛玩樂的女性朋友們。日前在聖彼得堡的聖以薩大教堂被人目擊舉行婚禮，新娘禮服是紐約設計師查克萊．強斯頓的作品，採用蟬翼紗及絲質布料。據說，以人工縫製的裙襬縫邊長達

兩百碼，裙襬曳地的部分鑲綴了一萬七千顆小珍珠。

她披著白貂披肩，玉頸配戴藍色心形鑽項鍊，一般認為那是著名的「蕾蒂西亞公主西班牙之心」。這顆寶石是新郎齋爾斯．蒙特瑞的贈禮。此人一般所知不多。據信，他們在參觀聖彼得堡隱士廬劇院（Hermitage）展示的法貝熱袖釦時認識，他們相識五週。

數天前，布朗特小姐從紐約居所失蹤，警方擔心她遭遇不測或被綁架。記者請新任蒙特瑞太太發表意見時，儘管是在零下二十度的低溫，她仍然容光煥發地說：「請代我向我在紐約的所有女性朋友們說聲嗨。」隨後便進入一輛未開車燈的賓士車，這對夫妻旋即上路，展開為期四個月的蜜月旅行。

一顆淚珠抖抖顫顫地滾落我臉頰——**大家都結婚了！更凸顯出我的寂寞淒涼。**

我盯著報紙，一滴又一滴的淚水滴濺到報紙上。就在這時，某個白色東西進入我眼簾——一條白色手帕被遞到眼前。真窘！我抬頭，臉紅了：**是杭特！**

「我做了一件糟糕的事。」他說。「我很抱歉。」

24 老公的誘惑

「別說了。」我輕輕駁斥，用杭特的手帕拭淚。「我才是最惡劣的人。親愛的，我犯了最要不得的錯。我以為你跟蘇菲亞胡來，然後我發現她跟瑪西的先生有一腿，然後……我不敢相信我沒有選擇信任你。我好笨，還硬要離婚，但我根本不想離開你。你可以原諒我嗎？」

「沒辦法。」杭特說，直視我的眼睛。

我當場愣住了！——誰教我咎由自取！我只是凝望著杭特，被自己造成的局面嚇壞了。

接下來的發展很離奇，杭特竟然坐到桌子上，捧起我的手，然後說：

「我不必原諒妳……那不是妳的錯，是我犯了非常愚蠢的錯。」

他一臉怪怪的表情。哎呀，老天！他該不是要招認自己**確實**跟蘇菲亞有在暗通款曲吧?!這——這可真是言語也無法形容的嚇人啊！我瞪著他，焦躁地猛嚥口水，等待他的下文——

「怎麼了……」我結結巴巴地說。

「我雇用蘇菲亞那個恐怖的女人。去倫敦的時候，我跟她聊到想送妳一份特別的禮物，以補償取消蜜月的事，她提議幫忙挑選禮物。她說，照著她項鍊的草圖訂製一條給妳也無妨。我真傻！我明明清楚她的為人，應該看得出她會暗中操弄。但願我從來沒有雇用過她！打從中學時代起她就把男人耍得團團轉。她老是說自己勾搭上誰誰誰了，但是那些話多半是謊言——」

「噓。」我用手按住杭特的唇。「那個壞女人的事，我一個字也不想聽。」

杭特回到我身邊確實令我如釋重負，但只要聽到蘇菲亞的名字，仍會燃起熊熊怒火。她造成的傷害太慘烈了！唯一感到安慰的是：我知道她絕對逃離不了沙烏地阿拉伯和那裡的生活！

「我保證從今以後，絕不容許蘇菲亞靠近我們一步。」杭特說。

「眞的嗎？你是眞心的嗎？」我有點僵硬地說。

其實我很想投入丈夫的懷抱，但經歷過這麼多風風雨雨，我就是無法馬上放鬆下來。

杭特察覺我信不過他。爲了讓我放心，他說：「親愛的，我什麼時候言不由衷過？」他的眼裡閃著微光。

我猶疑不定。當我仔細思前想後，發現杭特果然不曾違背過諾言。最後，我說：「確實是沒有，親愛的。」

杭特看來鬆了一口氣，抬起手輕撫我的臉龐，然後說：「我受不了妳看到蘇菲亞戴那條項鍊，我要送妳更漂亮的東西，親愛的。」

「其實我很喜歡——」

「可惜我已經下訂單了，是精緻到妳會難以置信的東西。」

我的心比火熱夏天的冰淇淋融得更快。忽然間，想哭又想笑的愉悅感湧上我心頭。杭特探過桌面，對準我的唇深深長吻，之後起身來到我身邊坐下，一條胳膊圈住我的脖子，另一手拿著手帕爲我拭去淚水。那感覺很美好，正是兩人世界應有的模樣。

「你這幾天去了哪裡？」我問，但我其實不怎麼在乎答案。

「去思考。」

「在哪？」

「那不重要。」

「親愛的，我還有事問你——」我說。「請不要跟我打迷糊仗。」

「好吧，我會開誠佈公，完全坦白。妳想知道什麼，儘管問吧。」

「爲什麼你做事那麼神祕？老是一下子就不見人影？神祕電話一通接一通、常常掛在網路上，而且死也不讓我知道你在忙什麼？如果你不是跟蘇菲亞搞外遇，那你在做什麼？」

杭特只是笑，打開公事包，取出一個扁扁的牛皮紙袋，遞給我，上面寫著「**二號蜜月**」。

「哇！」我大叫，心花朵朵開。但我還是把牛皮紙袋遞還給杭特。

「妳不想看我們要去哪裡嗎？」他說，將它推向我。

「不要，我不想知道蜜月的地點，那應該是驚喜。」

「這倒是，很高興妳相信我會帶妳去好地方。」

「我相信你啊，親愛的，眞的。」我說。但忍不住小小嘴賤一下：「即使你取消我們的第一次蜜月，我還是相信你。」

「妳夠勇敢。」他說，撕下一塊牛角麵包塞到我嘴裡。「妳一副整個星期都沒吃的模樣。」

「你不在的時候我沒胃口。」我滿嘴早餐地說。「對了，蘿倫結婚了，很不可思議吧？」

我指著《**郵報**》的報導，杭特似乎沒有半點意外。

「我不是一向都跟妳說，她會在一眨眼功夫嫁掉、生三個小孩嗎？」他說。

「但……也不應該是齋爾斯吧？他已經訂婚了！」

「我說過他們是天生的一對，對吧？」

這是眞的。杭特對蘿倫感情生活的直覺也神準得嚇人，甚至比我還厲害。

「親愛的，可不可以讓我再問一個問題？我保證是最後一個。」我說。

「問吧，問什麼都行。」

「你常常去拜訪的那個差勁大學朋友到底是誰？這個問題困擾我很久了。」

「呃，他是……嗯，妳可以等到蜜月嗎？我發誓到時候一定會告訴妳。其實，妳到時候也會見到他。」

「那更好！」我說。「但這是我們的蜜月，我不要你的大學哥兒們全程作陪，好嗎？」

杭特靠過來一些，嘴巴湊近我的耳朵，色色地低喃：「好啦，老婆，好幾天沒看到妳了，我們何不回家，然後……**妳知道我想怎樣吧？**」

「現在是星期一，工作怎麼辦……」我的反對完全沒有力量——**杭特看起來實在好帥！**

今天這個早晨，他有那種剛下飛機、有點邋遢的模樣，我招架不了那股性感魅力！再說，我好想念他！我抵擋不了誘惑。「其實，我覺得我們應該……你清楚怎麼做……」

25 蜜月，這次是來真的

在我們蜜月期間，我每天的日記內容不外乎：

蜜月。揚帆。丈夫。妙不可言。

蜜月是上天的恩賜。確實如此。從黎明到薄暮，從晚餐到早點，以及其餘時段的分分秒秒，小倆口會衷心覺得他們是永恆香水廣告裡的愛侶。

我們的一號蜜月出師不利，二號蜜月可就如夢似幻囉。

杭特和我在一月底離開積雪的紐約，大概七小時後（**感覺像七分鐘——蜜月總是這樣，每件事都飛逝得太快**），我們雙雙踢掉鞋子，走上柚木甲板。這是一艘美麗非凡、潔淨無瑕的單桅帆船，而且我覺得船名很貼切——叫**幸福號**。它停泊在聖巴台密島的古斯塔維亞港[116]，那可愛的小海灣周圍有青山環抱，還有粉紅色、黃色的海濱別墅點綴其間。

皮膚被風吹得乾紅的義大利籍船長安東尼奧在甲板上迎接我們。他穿著棕褐色的百慕達短褲、潔白的馬球衫、玳瑁太陽眼鏡，整體外表與這艘船搭配得天衣無縫，六位船員也一樣。

幸福號上面的每張坐椅、日光浴床的椅套顏色，都和安東尼奧的短褲相同。木製品不是亮澤

116 距離紐約一千七百哩，位於加勒比海東北隅。

的白色，就是上了深胡桃色的亮光漆。這艘船上的棕褐色和白色的確缺一不可；在船上，感覺宛如置身在咖啡冰淇淋裡面。棕褐色毛巾布浴袍上面繡著一個白色的花體字母H，與條紋花樣的柏圖瓷器組（Bernardaud）搭配成套，即使是乘客個人專屬的游泳拖鞋也採用一樣的顏色。

之後幾天，我們都悠哉悠哉地在聖巴台密島周邊航行，尋訪大大小小的海灣。我們日復一日地游泳、親親抱抱、做日光浴。說眞的，我們沒做別的事。

我們不需要變化。我們會在迷人的小灣下錨，下船，在小村莊漫步，稍後在露天咖啡座啜飲鮮榨檸檬水，一邊閱讀《紐約前鋒論壇報》。午後，我們會航行到隱密的海灣游泳、滑水。

偶爾會有其他船隻翩然入港，下錨處遠得不至於打擾我們，卻近到可以用望遠鏡觀察對方。一連幾個小時用望遠鏡頭觀察別人的甲板，是公認很不錯的船上消遣。猜測遠方甲板上的小黑點是誰、準備做些什麼，更是樂趣無窮。

其他活動包括大吃特吃、頻繁的午後蜜月性愛。而關於愛情動作戲的部分，以我的眞人實證爲例——**果然比非蜜月的性愛美妙得多了！**

還有，天啊，超級可口的現烤蛋糕配茶！

最深得我心的蜜月餐，我想莫過於喝茶配蛋糕了。在撩人的粉紅比基尼上罩一件Allegra Hicks的翠綠長袍，在船上享用鮮烤薑味蛋糕，感覺很有撫慰心靈的老式情調——卻也如此奢華。品味蛋糕時，一邊聊著傻氣又浪漫的蜜月情話，開場白通常是我多麼喜愛杭特穿著Villebrequin新泳褲的帥勁，繞到我第二天可以品嚐什麼口味的蛋糕，而杭特則說我胖一點更可愛。

直到有一天午後，發生了一件事。

我們在一個名為科洛索（Corossol）的古雅小漁村附近的海灣下錨。環繞海灣的峭壁上蓊蓊鬱鬱都是大花田菁和雞蛋花，下方的水彷彿瑩瑩泛出霓虹藍——完美的地點。海灣另一端是完全空曠的岩灘。

午餐後，我閉目躺在甲板上柔軟的日光浴躺椅上，杭特在看書。除了海水涮涮涮地拍擊船身，以及岸上隱隱約約的蟬鳴之外，四周寂靜無聲。我們獨霸了整個海灣——我找不到比這裡更私密的海灘了。間或會有一隻海鷗振翅而來，盤旋著，彷彿在窺看我們的甲板。唯一的人聲，就是偶爾會有一位船員提出令人愉悅的問題：「要不要喝點什麼？」

「嘿，妳還醒著嗎？」杭特忽然冒出一句。

「什麼？」我懶洋洋地說，怎麼也沒辦法提起勁來撐開眼皮。在暖和的天氣裡半夢半醒地躺在那裡，實在是太舒服了。

「妳可能會想瞧瞧這個——」杭特說。

我不甘願地睜開眼睛，戴上太陽眼鏡，坐起身，往海灘的方向一看，再過去一點點的地方，有一艘很大的遊艇正翩然駛入海灣。

「他們離我們好像太近了點，是不是？」我說，聽到另一艘船的錨和鐵鍊落水的聲音。每個人都會對自己的海灣保護備至——進入一個海灣大概五分鐘後，不知怎地，你就會將海灣視為自己的私人產業。

「那艘船很漂亮。」杭特說，拿起雙筒望眼鏡觀察對方。「妳看看——」他遞來望遠鏡。

在雙筒望遠鏡的黑色大圓圈中，對方的船非常清楚：它必然有一百五十呎長，船首有兩根粗大的桅桿，超級典雅，採用深藍色鏡面處理的船體閃亮，像鏡子一樣明晰地映照出海面的波光。

「我不介意跟這艘船分享我們的海灣。它太漂亮了。」我決定好好打量它。

我稍微看得仔細些。這艘船完美無瑕，兩個甲板、家具罩著清爽的深藍與白色棉布套。

我將望遠鏡的鏡頭對準船尾，那裡恰恰可以辨識出船名。

「**A Bout de Souffle**[117]。」我出聲念著，「**斷了氣！**這船名超酷的。」

「可不是嗎？」杭特說。「妳還看到了什麼？」

「嗯，我看到很多船員正在用油鞣革把甲板擦亮。」我說，瞇著眼。

「還有──噢，好像有個男人在下層甲板晃來晃去……他老婆來了……她的打扮華麗得不可思議……她的迷你長袍有金色刺繡，美得不得了……一雙腿是很深的古銅色呢，還有完美的翹臀……」

我將望遠鏡往上移，打量女郎的軀體。她的超大黑色太陽眼鏡遮住了大半張臉，一條翠綠色的絲質長巾緊緊在頭上纏成頭巾狀，模樣甚至比李．拉齊維爾[118]六〇年代在義大利卡布里度假時更雍容華貴。我繼續向杭特作時尚評論，他對這些細節似乎興趣濃厚。

「噢，你看，她正在點菸。哇！她的金手鐲真燦爛。我就欣賞在海邊配戴珠寶的女人，超頹廢的！怪了……她脖子上戴著超美的珍珠……慢著──杭特！」我嚷起來，將望遠鏡遞給他。

「那是不是蘿倫?!還有齊爾斯?!──**我確定那是蘿倫！**」

117 法國導演尚呂克．高達的成名作，偷車賊殺了警察後，試圖說服一個女孩和他逃往義大利的故事。中譯片名為《斷了氣》。

118 Lee Radziwill，社交名媛、演員、作者。

杭特笑著接下望遠鏡。

「嗯，那絕對是她，還有**疑似老公**的人陪著她呢。」他說。

他好像沒半點訝異。我呢，倒是興奮到爆炸。

「來。」杭特拉起我的手。「我們搭小船過去打聲招呼。」

二十分鐘後，「**斷了氣**」號的法籍船長協助我們登船。蘿倫和齋爾斯手挽著手站在甲板上迎接我們。

眞是難以置信！蘿倫竟然結婚了！這一對新人渾身散發著快樂的光輝，十分耀眼迷人。

齋爾斯曬得很黑，穿著柔和的粉紅色泳褲。蘿倫已經換了衣服——和首飾。現在她穿著巧克力色與白色的斑馬紋泳衣，背部全裸。她的左手無名指戴著一個碩大的烏木與黃晶雞尾酒戒指[119]，秀髮紮成俐落的馬尾。婚姻生活顯然讓蘿倫如魚得水，她比以往更明豔照人，而這艘我畢生僅見的豪華大船更是烘托得她容光煥發。

「嗨！」蘿倫歡叫，熱情地擁抱我，然後轉向杭特說：「杭特，**帥哦**。」

這時候，杭特和齋爾斯像老朋友一般擁抱。我暗想，這還眞奇怪——

「很高興又看到你，杭特。」齋爾斯說。

「眞的太久沒見面囉。」杭特說，豪爽地拍了齋爾斯的背一下。

奇哉怪哉！這兩個人應該不是朋友啊？就我所知，他們甚至算不上點頭之交。我不解地望著杭特。

---

119 cocktail ring，通常是閃亮的超大戒指，未婚婦女會戴在右手無名指，以便與在左手無名指戴婚戒的已婚婦女作區別。

「慢著，你們兩個認識？」我狐疑地問。

杭特臉上泛出了言語難以形容的促狹笑容。「親愛的，我有件妙事得告訴妳。」杭特看著我，眨眨眼。「齋爾斯就是我跟妳提過的大學老朋友。」

「什麼?!」我叫道。

「他們是大學死黨。」蘿倫笑嘻嘻補充說明。「他們感情好到嚇死人，害我有時候會擔心……他跟妳說過沒有？」

我看著蘿倫，再看看齋爾斯，視線再回到杭特身上。我完全在狀況外，我的表情逗得齋爾斯和杭特瞬間爆笑不止。

「我跟妳提過要撮合他們，讓他們變成夫妻，對吧？」杭特說。

「可是杭特，聖誕節的時候，你說大學的老朋友又來紐約，我提議帶蘿倫一起去，大家認識一下，我明明記得你說不要的。」我忿忿地說。

齋爾斯．蒙特瑞就是那個神祕的大學朋友?!不敢相信我沒有早早猜到。

當時我的蘇菲亞疑心病正嚴重，我記得那時候我以爲杭特一定是去跟蘇菲亞胡來，我顯然完全誤判狀況了。

「親愛的，那時已經來不及啦，他們在莫斯科打過照面了。聖誕節的時候，齋爾斯和我已經策劃了好幾個月——」杭特回答。「要是她那天晚上一起去，會破壞我們的整個計畫。」

「是眞的。」蘿倫輕笑說。「他們對我們一直很壞心眼！」她舉步走向甲板中間的螺旋樓梯。「我們去上層甲板，那裡有舒服的吊床。」

我們全跟上去。上層甲板多了一絲絲的波希米亞風，一大片的遮棚下擺放著低矮的白沙發。往船首過去一點，就是在風中輕輕搖晃的吊床。這艘船幾乎和「幸福號」一樣浪漫，但我暗中判定「斷了氣」號太大，營造不出膩在一起的感覺。我們都坐在沙發上，只有齋爾斯仍舊杵著，問：「有人要喝東西嗎？」

「我要莫吉多雞尾酒。」我說。

「老公，請給我鮮榨檸檬汁。」蘿倫說完給他一枚飛吻。

就這樣，齋爾斯去張羅飲料，而我跟杭特、蘿倫留下來。

「眞不敢相信，杭特！」我抗議說，「怎麼不早點告訴我？你怎麼狠得下心看我替蘿倫跟齋爾斯的事擔心這麼久？他的未婚妻呢？後來怎樣了？眞過分！」

儘管我為蘿倫由衷感到高興，但我也有點生氣被耍。

「席薇，那個未婚妻是我自己想像出來的。」蘿倫說。

「想像出來的？什麼意思？」我問。

「妳不記得啦？馬球賽那天，我問齋爾斯蕾蒂西亞公主之鑽是為誰而買，他只說『姑且說那是訂婚禮物』，可沒說已經鎖定了未婚妻人選。」蘿倫解釋著。「然後我就開始幻想他有全世界最漂亮的未婚妻，但他其實沒有。後來他告訴我，當他在馬球場帳篷看到我走向他，就決定要娶我！很浪漫吧？感覺甚至不像眞的，是不是？」

「可是杭特，我跟你說過好幾次蘿倫愛上一個已經訂婚的男人，為什麼你不告訴我他還是自由之身？」我問。

杭特沒有立刻應聲，目光移到海面，思忖著答案。四下靜謐，間或有澄澈的波浪拍擊船身的潺潺水聲。

「要是我坦白一切，妳會立刻跑去向蘿倫全盤托出，現在就不會有這個美麗的愛情故事了。」杭特總算咯咯笑說。「齋爾斯要我發誓保密。他瘋狂愛上了蘿倫，那顆藍色心形鑽從一開始就是要給蘿倫的，但他知道要是流露出太多情感，蘿倫可是會腳底抹油的！而且，妳不時提供給我一級棒的蘿倫心理狀態報告，我當然立刻轉告齋爾斯。假如妳知道我們的計畫，我相信妳不會向我透露那麼多情報。」

我簡直不敢相信我的耳朵！如果我沒有誤會，那杭特就是任由蘿倫跟我誤以為齋爾斯已經訂婚，同時暗中向齋爾斯稟告蘿倫的濃情蜜意，藉此提高齋爾斯將蘿倫娶回家的成功率！

「妳老公摸透了我的心思，我很感激他。」蘿倫溫順地點了點頭。「我一向就說，訂婚男子的魅力遠遠贏過單身漢。當齋爾斯說藍色心形鑽是送給未來妻子的禮物時，我就心想：**那個未婚妻不是我！**而立刻愛上他。」

杭特說的對。這是一個美麗的愛情故事。就在此時，齋爾斯用托盤端著飲料回來。

「妳知道嗎？這是用這裡的檸檬做的。」蘿倫說，拿了一杯檸檬汁。齋爾斯為大家遞送飲料時，蘿倫說：「要是我以為你沒有婚約在身，我**絕對**不會嫁給你，對吧，親愛的？」

齋爾斯露出微笑，撫過老婆大人的秀髮。他是真心愛慕她！然後他說：「我的幸福全要歸功於杭特，他一手策劃了一切，了不起！妳老公是我們的丘比特。」

「是是是，我老公是聖人。好了，夠了。」我說。

就在這一刻，蘿倫轉過頭，直視著我。微微的海風吹得她的馬尾在肩頭擺動。

「席薇，妳想想看，當妳老公要妳務必相信他、一切都平安無事時，妳大可以聽他的話。」她說。

我目光移到杭特身上。他迎視我，眼神很溫柔。就在那一刻，我們彷彿忽然間完全了解彼此的心意，我從未如此信賴我的丈夫。

「我知道。」我說，覺得幸福拂面而來。我感到無上的喜悅，由衷地心滿意足，歡欣之情漫延到每個指尖。

蘿倫喝乾了她的檸檬汁。「現在，誰想要來一杯四點鐘的龍舌蘭酒？」她說，張望尋找船員的身影。

我大大鬆了一口氣——**儘管已婚，蘿倫依舊一點也沒變。**

❀

「天啊，我覺得二度蜜月好快樂！眞的比我的離婚蜜月幸福得多了。」蘿倫嘆息地說。

這時是黃昏，我們倆躺在大吊床上，柔和的晚風吹得吊床輕輕搖晃。齋爾斯和杭特趁著薄暮時海面正平靜，在海灣裡玩滑水板。杭特一度滑過船邊，而且在跳上一道波浪時，不知怎麼還有辦法給我一個飛吻？

「眞愛現。」我說，暗暗自豪。

「席薇，其實妳老公是史上最棒的丈夫！——當然，他僅次於我老公。妳不該生他的氣。」

蘿倫說。「他對事情發展始終瞭如指掌，但他什麼也沒說，以免破壞了大家的好事。現在我結了婚，跟妳變成更是合拍的朋友。」

「難怪當妳閃電的結婚消息見報時，他看起來一點也不意外，他眞是深藏不露啊。」

「想不想吃千層派？妳知道我們船上有一位法國糕餅師傅嗎？」

「我太熱了，大概沒什麼吃蛋糕的胃口。」我啜著清涼的莫吉多雞尾酒回答。「對了，妳的婚紗美極了。」

蘿倫闔上眼睛片刻，彷彿在回味禮服的美。「可惜沒人仔細欣賞過。」她嘆息。「查克萊是天才。他傳了簡訊給我，因爲《郵報》刊了那張照片，他的新訂單多得數不清。」

「跟妳說，妮娜要穿相同款式的藍色禮服出席奧斯卡，妳不會介意吧？」我問。

「我其實受寵若驚，像妮娜那種時尚偶像，竟然會模仿我這麼邋遢的人。」她挖苦地說。

「要不要去船頭看有沒有海豚？」

說罷，蘿倫下了吊床，我跟上去。我們踱到船首，上身探出船舷，盯著底下藍色深海，靜默不語。忽然，蘿倫指著移向她左邊水域的一道灰影。

「看。」她低聲說。「是烏龜。我愛死烏龜了。牠們好醜，又好可愛喔。要是我用後空翻，翻出船首下水，妳想這件Thomas Maier泳裝會不會毀掉？」

這時，一隻海豚嘩啦啦地將鼻子挺出水面呼吸。之後就跟來時一樣突然，牠消逝到遠方。

「噢，牠走了。」蘿倫說。「我有沒有跟妳說過莎樂美的事？」

「什麼事？」我說，手一撐，爬下船舷，看著蘿倫。

「她要結婚了。」

「別鬧了！跟誰啊？」

「安戈斯，那個蘇格蘭人，她們叫他「**安戈斯王子**」的。原來他**真的是王子**。他，就像馬克白家族之類的人物，編造假名的事只是純屬虛構。莎樂美的家人跟他**很談得來咧**。她父親說，她愛嫁給不信教的人絕對沒問題，只要對方是王室就好。從現在起，她就是『**安戈斯王妃**』了。」

「不會吧?!」

「是眞的。而，汀斯莉跟鮮配網那個傢伙私奔了，當時她跟門房有婚約，害得門房傷心欲絕。對方去汀斯莉的家接她，那白色禮車宇宙無敵世界長，汀斯莉太愛他了，所以假裝她不窘。噢，又有一隻海豚，快看！」蘿倫脖子伸得老長，往下看。

「妳有沒有聽說瑪西考慮跟克里斯多福復合？」我問。

「眞的假的？」蘿倫說。

她似乎忽然陷入沉思，遠眺海面片刻，然後視線轉向我，說：「但願如此。不管別人怎麼說，**結婚還是比離婚強一百萬倍**！那種親密的感覺最幸福。現在我知道我以前懷念的是什麼了——我要所有的派對、所有的假期、以及所有的……高潮。」這時蘿倫忍不住噗嗤，「剛剛說到，所有的高潮其實都沒什麼，就連多重高潮也一樣。妳知道，沒有比身爲卸任的『**休夫新貴**』更棒的事了！當然，我對自己有點失望。」

「爲什麼？」我問。

蘿倫玩弄著戴在左手無名指的雞尾酒戒指，將它在手指上前後推動。她眼裡有股壞壞的調調，然後面無表情地說：「我的獵男大挑戰全面失敗啊！」

我不解地望著她。

「妳說失敗是什麼意思？」

「我並沒有打算要一個**新丈夫**……，而且，我竟然還瘋狂愛上了婚姻生活。」

「我不會說那個叫失敗。」我告訴她。

「還有，我仍然搞不定環繞音響。」蘿倫執拗地說。「這樣真的很麻煩耶。」

各位愛怎麼形容蘿倫都行，總之她**全然、絕對、瘋狂地愛著她的老公**！這實在是令人驚訝！我從沒料到我會這麼說，但事實擺在眼前。

現在，紐約女郎耗費在尋覓一個完美好丈夫的心血上，幾乎跟以往甩掉丈夫一樣拚命。

《致謝》

如果不是幾位深具魅力、充滿機智、非常了不起的紐約女郎給我啓發，我絕對寫不出**《休夫新貴》**這本小說！

感謝每一位偷偷說出祕密、竭力協助我寫這本書的時髦**「休夫新貴」**們。謝謝妳們！——妳們清楚我說的就是妳們——**妳們會保持在小說中匿名出現，我真誠地感謝妳們**。

我也要感謝我紐約的編輯**強納森．柏恩漢**（Jonathan Burnham），要不是他逐字逐句地編輯，本書或許會**不忍卒睹**。

也非常感謝英國企鵝出版社（Penguin）的**茱莉葉．安南**（Juliet Annan）、簡克羅暨奈斯比公司（Janklow Nesbit）的文學代理人**艾瑞克．賽蒙諾夫**（Eric Simonoff）的傑出表現，我由衷感謝他們。

我也感激**路克．簡克羅**（Luke Janklow）的支持。麥拉麥克斯出版社（Miramax Books）、**哈維．溫斯坦**（Harvey Weinstein）、**克莉斯汀．鮑爾斯**（Kristin Powers）、**茱蒂．霍特森**（Judy Hottensen）是與我共事的優秀團隊。**珊蒂．曼德森**（Sandi Mendelson）是出色的公關。

謝謝以下各位給我無限的靈感，讓我得以創作本書的細節，從蘿倫家牆壁上的藝術品、到她穿戴到床上的珠寶等等。他們是：**鮑伯·柯恩**（Bob Cohen）、**潘蜜拉·葛洛斯**（Pamela Gross）、**蘇珊·坎波斯**（Susan Campos）、**邁爾斯·瑞德**（Miles Redd）、**丹尼爾·瑞摩德茲**（Daniel Romauldez）、**珍娜維芙·戴維斯**醫師（Genevieve Davies）、**布雷爾·沃茲—克拉克**（Blaire Voltz-Clarke）、瓦特斯基藝廊（Wartski）的**喬佛瑞·穆恩**（Jeoffrey Munn）、古老俄羅斯珠寶店（A La Vieille Russie）、**莎曼珊·葛瑞格力**（Samantha Gregory）、**安東尼·陶德**（Antony Todd）、**汀斯莉·默瑟—莫提姆**（Tinsley Mercer-Mortimer）、**貝絲·布雷克**（Beth Blake）、**卡拉·貝克**（Kara Baker）、**米蘭達·布克斯**（Miranda Brooks）、**米莉·狄·卡布羅爾**（Milly de Cabrol）、**荷莉·彼得森**（Holly Peterson）、**克麗奧佩特拉**（Cleopatra）、**NG**、**瑪菲·波特·阿斯頓**（Muffy Potter Aston）、**維琪·華德**（Vicky Ward）、**夏綠蒂·史賓特斯**（Charlotte Sprintus）、**莎曼珊·卡麥隆**（Samantha Cameron）。

我還要謝謝**安娜·溫圖**（Anna Wintour）在我寫作本書及《Vogue》工作上的支持，賽克斯大家族對我的忠誠與支持，**卡莉·弗雷澤**（Carly Fraser）查證的功力高強，**安娜—露易絲·克雷格**協助安排編輯校定，路易斯威登的**愛蜜麗·柏克萊**找到漂亮的Epi皮箱供我們製作封面。

最重要的是謝謝我的丈夫**陶比·羅蘭**（Toby Rowland）。他再三閱讀《休夫新貴》，並帶我去給我寫作靈感的美麗地點。

國家圖書館出版品預行編目資料

休夫新貴／普蘭姆．賽克斯（Plum Sykes）作；
尤妮譯．-- 初版．--［臺北縣］板橋市：
趨勢文化出版，2009. 10
面；　　公分．
譯自：The Debutante Divorcee
ISBN: 978-986-85711-0-5（平裝）

874.57　　98019183

popular 02
休夫新貴
The Debutante Divorcee

作　　者／普蘭姆・賽克斯Plum Sykes
發 行 人／馮淑婉

出版發行／趨勢文化出版有限公司
板橋市漢生東路272之2號28樓
電話◎2962-1010
傳真◎2962-1009

譯　　者／尤妮・謝佳真
編　　輯／黃威遠
校　　稿／selena・CJ.
封面設計／R-one
內頁排版／新鑫電腦排版工作室

初版一刷日期／2009年12月10日
法律顧問／永然聯合法律事務所

讀者服務電話◎2962-1010#66
ISBN 978-986-85711-0-5（平裝）
Printed in Taiwan

原著書名為：The Debutante Divorcee

本書訂價◎新台幣260元